KJB

© Wundertollfotografie

Angela Kirchner, Jahrgang 1982, ist gelernte Buchhändlerin und inzwischen als Autorin und Texterin tätig. Wie Maries Sparkles springen ihre bunten Ideen über die Buchseiten und verzaubern alle Leser*innen. Sie lebt mit ihrer Familie in Unterfranken.

© privat

Annabelle von Sperber, 1973 geboren, hat bereits über 100 Bücher illustriert. Sie studierte Illustration an der HAW Hamburg und arbeitet heute als Illustratorin, Autorin und Dozentin für Illustration im Schwarzwald.

Weitere Informationen zum Kinder- und Jugendbuchprogramm der S. Fischer Verlage finden Sie unter *www.fischerverlage.de*

Angela Kirchner

Sparkling

Maries zauberhafte Welt

Mit Vignetten von
Annabelle von Sperber

KJB

Aus Verantwortung für die Umwelt hat sich der Fischer Kinder- und Jugendbuch Verlag zu einer nachhaltigen Buchproduktion verpflichtet. Der bewusste Umgang mit unseren Ressourcen, der Schutz unseres Klimas und der Natur gehören zu unseren obersten Unternehmenszielen.

Gemeinsam mit unseren Partnern und Lieferanten setzen wir uns für eine klimaneutrale Buchproduktion ein, die den Erwerb von Klimazertifikaten zur Kompensation des CO_2-Ausstoßes einschließt.

Weitere Informationen finden Sie unter: www.klimaneutralerverlag.de

FSC
www.fsc.org
MIX
Papier | Fördert gute Waldnutzung
FSC® C083411

Erschienen bei FISCHER KJB

Umschlaggestaltung: Annabelle von Sperber
in Zusammenarbeit mit Max Meinzold
Lektorat: Tamara Reisinger
Satz: Pinkuin Satz und Datentechnik, Berlin
Druck und Bindung: CPI books GmbH, Leck
Printed in Germany
ISBN 978-3-7373-4309-1

Für Christiane
(my sparkling guiding light)

1. Verschwunden

In dem Moment, in dem Marie den Zauber aussprach, ahnte sie, dass er schiefgehen würde. Zum achten Mal an diesem Vormittag. Oder war es schon das neunte Mal? Marie hatte aufgehört zu zählen, nachdem bei einem ihrer Versuche wieder nicht die blöde Vase zu schweben begonnen hatte, sondern zwei Gardinenstangen von der Wand gefallen waren. Und weil sie lieber nicht wissen wollte, was diesmal passieren würde, sah sie gar nicht erst hin. Stattdessen ließ sie mit einem unzufriedenen Grummeln den Kopf hängen.

Kurz darauf ertönte ein Geräusch, als würde jemand Papier zerreißen, gefolgt von einem leisen PLOPP! Marie hoffte, dass der Spuk damit ein Ende hatte, doch dann bogen sich auch noch die Ecken des Teppichs nach oben. Sie flatterten einen Moment lang heftig und lösten sich schließ-

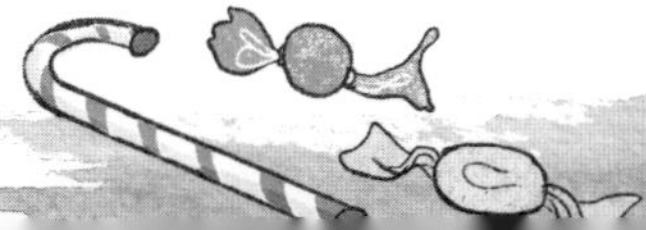

lich in einem Schwarm bunter Schmetterlinge auf. Erst jetzt war es wirklich vorbei.

»Immerhin hast du diesmal nichts in Brand gesetzt«, sagte Luuk, und Marie hob den Blick.

Ihr Adoptivvater stand ein ganzes Stück abseits in einer Ecke des riesigen Trainingsraumes und putzte sorgfältig seine Brille. Marie wusste, dass diese Geste nur dazu dienen sollte, sie zu beruhigen. Aber das funktionierte heute genauso wenig wie an all den anderen Tagen zuvor.

»Ich versteh das einfach nicht!«, schimpfte sie ungehalten. »Diesmal hatte ich das richtige Bild im Kopf, ich hab im richtigen Moment losgelassen und hatte die richtige Handbewegung. Trotzdem kriege ich den Zauber nicht unter Kontrolle. Warum?«

»Es liegt vor allem daran, dass du unkonzentriert bist«, erwiderte Luuk. Er steckte das Putztuch weg, setzte seine Brille wieder auf und trat vor eins der Fenster, über dem dank Marie nun keine Gardinenstange mehr hing. »Wo warst du mit deinen Gedanken, nachdem du den Schwebezauber losgeschickt hast?«, fragte er. »Unten bei Alfred in der Küche? Das würde zumindest erklären, weshalb so viele Sparkles auf dem Boden gelandet sind.«

Ertappt biss sich Marie auf die Unterlippe. Sie hatte tatsächlich für den Bruchteil einer Sekunde an Alfred gedacht – oder besser gesagt an die Pfannkuchen, die der Butler gerade fürs Mittagessen zubereitete. Das waren nämlich nicht bloß irgendwelche Pfannkuchen, nein, es waren die besten Pfannkuchen der Welt! Richtig fluffige, dicke Fladen, die nach Vanille und Zimt schmeckten und sofort zerfielen, sobald man sie in den Mund steckte. Und zum Nachtisch hatte Alfred Tonkabohneneis mit Schokosoße versprochen, wenn Marie der Schwebezauber heute endlich gelang. Zu dem Zeitpunkt war sie tatsächlich auch noch ganz zuversichtlich gewesen.

»Natürlich schaffst du das, da mache ich mir gar keine Sorgen!«, hatte der Butler in ihren Optimismus miteingestimmt. »Master Luuk hat diesmal die kleine Vase ausgewählt, die bringst du bestimmt ohne Schwierigkeiten zum Schweben.«

Als Gestaltwandler hatte Alfred natürlich gut reden, dem fiel Magie so leicht wie der Sonne das Scheinen. Dennoch war Marie daraufhin voller Tatendrang nach oben in den Trainingsraum gestürmt und hatte Luuk förmlich angebettelt, mit den Übungen beginnen zu dürfen. Bisher war Alfreds Prophezeiung allerdings noch nicht einmal annähernd eingetreten …

»Marie Sophie Justine de la Borne!«

Ups. Hektisch blinzelte sich Marie zurück in die Gegenwart. Ihren vollen Namen benutzte Luuk nur, wenn er eine besonders wichtige Lektion erklären wollte. Oder wenn Marie, so wie gerade eben, mal wieder vor sich hin träumte.

»Vielleicht habe ich wirklich kurz an Alfred gedacht«, gab sie zerknirscht zu und wickelte sich dabei eine Strähne ihrer langen, strahlend weißblonden Haare um den Zeigefinger.

»Vielleicht?«, hakte Luuk nach.

»Ja, schon gut. Ich hab an ihn gedacht.«

»Und warum nicht an den Zauber, den du gewirkt hast?«

»Weil Alfred Pfannkuchen zum Mittagessen macht.«

Luuk warf einen Blick auf die Uhr an seinem Handgelenk, dann hob er ganz langsam eine Augenbraue. Marie hatte bestimmt schon tausendmal versucht, ihm das nachzumachen. Es sah einfach *so verdammt cool* aus! Aber egal, wie sehr sie sich auch abmühte, es gelang ihr nicht. Bei ihr rutschten immer beide Brauen nach oben.

»Wir waren vor zwei Stunden bei Amélie frühstücken«, sagte Luuk nun, und Marie lächelte versonnen.

»Ja, das war super!« Wie jede Woche hatte sie schon auf den Dienstagvormittag hingefiebert, weil sie und Luuk dann immer zusammen in *Amélies Gaumenfreuden* an der Ecke Winterstraße frühstücken gingen. Und wie jede Woche hatte Marie nicht bloß die gemeinsame Zeit mit ihrem Adoptivvater und Magie-Lehrmeister genossen, sondern auch all die herrlichen französischen Leckereien. Was für ein Luxus!

»Wenn ich es nicht besser wüsste, würde ich behaupten, du könntest eine hervorragende weiße Magierin abgeben«, murmelte Luuk kopfschüttelnd. Und als Marie ihn daraufhin verständnislos ansah, fügte er hinzu: »Nun ja, manche weißen Magier sind nahezu unersättlich – und das nicht nur in Bezug aufs Essen.«

Unersättlich … Marie verzog den Mund. Dabei konnte sie doch überhaupt nichts für ihren Appetit! Es war zwar schon eine ganze Weile her, aber sie erinnerte sich noch sehr genau an die Jahre im Heim, wo es morgens immer das Gleiche zu essen gab: Müsli mit einer kleinen Schüssel Obst.

Irgendwann hatte Marie das Zeug einfach sattgehabt. Deshalb gehörten das Frühstück in *Amélies Gaumenfreuden* und Alfreds Pfannkuchen jetzt auch ganz klar zu ihren Highlights.

In ihrer persönlichen Bestenliste kamen die beiden direkt nach dem Punkt, dass Luuk Vorlost sie an ihrem fünften Geburtstag adoptiert hatte, um ihr endlich das langersehnte Zuhause mit einer echten Familie zu schenken. Dass er sie später zu einer bunten Magierin ausbilden wollte, war für Marie ein Bonus gewesen, den sie sich nicht einmal im Traum hätte ausmalen können.

Am liebsten hätte sie zwar damals sofort mit dem Zaubern begonnen, aber die dafür notwendigen Fähigkeiten galten erst im Alter von zwölf Jahren als vollständig ausgereift. Das hieß, erst dann konnte man den Magiestrom überhaupt gefahrlos aus der Atmosphäre ziehen und verwenden. Wobei gefahrlos nicht ganz richtig war, denn die Sparkles durfte man nicht unterschätzen. Diese winzigen, unkontrollierbaren Magiefunken sorgten manchmal für ganz schön viel Chaos.

Inzwischen war gut ein halbes Jahr vergangen seit Luuk mit der Ausbildung begonnen hatte, doch so, wie er Marie in diesem Moment anschaute, hatte er sich das Ganze um einiges leichter vorgestellt.

»Ich versuche es noch mal«, entschied Marie und fühlte sich gleich viel besser, als Luuk ihr daraufhin ermutigend zunickte.

Der Magiermeister kehrte in seine geschützte Ecke zurück und verschränkte abwartend die Arme vor der Brust. Marie rief sich währenddessen noch einmal alle Einzelheiten des Zaubers ins Gedächtnis. Sie musste die schwebende Vase deutlich vor ihrem inneren Auge sehen, sonst würde es nicht funktionieren. Anschließend musste sie eine Handbewegung ausführen, als würde sie in einem Sandkasten graben, um einen Zipfel Magie zwischen die Finger zu bekommen. Wie ein Fluss zog diese natürlich vorkommende Kraft ihre Bahnen durch die Atmosphäre. Und sobald Marie ein Stück davon in den Händen hielt, musste sie daran ziehen, bis sie genug Magie beisammen hatte, um sie in Richtung Vase losschicken zu können.

Eigentlich ganz einfach.

Marie straffte ihre Schultern und stellte sich vor, wie die Vase vom Tisch abhob und durchs Zimmer schwebte. Sie stellte sich Luuks Freude vor, seine Erleichterung und erneut die schwebende Vase. Danach grub sie die Magie aus dem Raum. Sie hielt den zappelnden Energiestrom mit aller Kraft fest, konzentrierte sich auf die Vase und – dann klingelte Luuks Handy. Genau im selben Augenblick, in dem Marie den Zauber losließ.

Anstatt auf die Vase zuzusteuern, zerfaserte der Zauber sofort in drei Teile. Der kleinste verpuffte rasch. Der mittlere explodierte zu einem Schauer aus Sparkles. Die Magiefunken schwirrten überall im Trainingsraum herum und sorgten dafür, dass die Bücher aus den Regalen fielen, die Lampen wild flackerten und sich die Wände neongrün färbten. Der dritte und größte Teil des Zaubers aber war derjenige, der

Marie am meisten beschäftigte. Denn der raste ungebremst auf Luuk zu.

Erschrocken keuchte Marie auf. Sie musste ihrem Adoptivvater irgendwie helfen, ihn warnen oder sonst was! Doch bevor sie überhaupt reagieren konnte, hatte Luuk bereits eine Hand gehoben, kurz die Finger bewegt und den Zauber dadurch mühelos auf ein Sofakissen umgelenkt. Nun schwebte es in sachten Kreisen durch den Raum.

Das Handyklingeln erstarb.

»Tut mir leid!«, platzte Marie heraus und versuchte angestrengt, ihre Augen von dem umhertrudelnden Kissen zu lösen. Es schwebte! Der Zauber hatte funktioniert! Endlich!

»Was denn?«, erwiderte Luuk lächelnd. »Für diese Ablenkung kannst du ja nichts. Und abgesehen von den Sparkles hast du das doch ausgezeichnet hinbekommen.« Er pflückte das Kissen aus der Luft und warf es zurück aufs Sofa. »Willst du gleich noch einen Versuch wagen?«

Vor Begeisterung quietschend hüpfte Marie von einem Bein aufs andere. »Auf jeden Fall!«, rief sie, dann wandte sie sich wieder der Vase zu.

Luuk holte währenddessen sein Mobiltelefon aus der Hosentasche, wahrscheinlich um den Ton auszuschalten. Aber kaum hatte er es in der Hand, klingelte es erneut.

»Oh.« Sichtlich überrascht blickte er auf das Display, ehe er sich mit einem nervösen Räuspern übers Kinn strich. »Da … da muss ich dringend rangehen, entschuldige. Alfred wird kurz mit dir weitermachen.«

»Jawohl, Master Luuk«, ertönte die Stimme des Butlers

nur eine Sekunde später. Gleich darauf erschien sein Gesicht im Spiegel an der Wand.

Mittlerweile hatte sich Marie daran gewöhnt, dass Alfred jedes noch so leise geflüsterte Wort mitbekam, das im Haus gesprochen wurde und nicht durch einen Zauber vor seinen Ohren verborgen war, und dass er auftauchen konnte, wo, wann und in welcher Gestalt auch immer er wollte. In den ersten Monaten nach ihrer Ankunft hier hatte der Gestaltwandler Marie mit seinen Fähigkeiten allerdings regelmäßig aus der Fassung gebracht.

Viel zu oft war es vorgekommen, dass er gerade noch oben in den Schlafräumen die Betten frisch bezogen hatte, und im nächsten Moment war er auf einmal im Keller erschienen, um Marie daran zu hindern, heimlich von der Kirschmarmelade zu naschen. Jedes Mal, wenn so etwas passiert war, hatte Marie einen Schreikrampf unterdrücken müssen.

»Das Schweben hat gerade ganz gut geklappt«, sagte Luuk nun an den Butler gewandt. »Übt es einfach weiter, bis ich zurück bin.«

»Ja, Master Luuk.«

»Ach, und denk bitte daran, die Schutzzauber um das Haus weiter zu verstärken. Sonst legt Marie mit ihren Sparkles irgendwann noch die gesamte Straße lahm.«

»Noch mehr Schutzzauber, seid Ihr sicher?«, hakte Alfred nach, während Marie schuldbewusst den Kopf einzog. »Ich habe doch erst gestern …«

»Ja, ich *bin* sicher.« Inzwischen hatte Luuk den Raum durchquert und trat jetzt eilig auf den Gang hinaus. Dort hob er sein Handy ans Ohr. »Felix?«, sagte er. »Das ist ja eine Überraschung, dass du …« Dann fiel die Tür hinter ihm ins Schloss.

»Felix? Felix Flemming?« Marie runzelte die Stirn. »Ist das nicht der Kerl, der das leer stehende Haus gegenüber vom Gasthaus *Schwarzer Schwan* umbaut?«

»In der Tat.« Alfreds Gesicht im Spiegel nickte.

»Und was will der ständig? Seit Wochen ruft er gefühlt zweimal am Tag an.«

»Diese Frage kann ich dir leider nicht beantworten«, erwiderte der Butler ausweichend. »Ich verfolge die Telefonate von Master Luuk nicht annähernd so genau wie du.«

»Als ob!« Belustigt schnaubte Marie durch die Nase. »Ich bin mir sogar sicher, dass du Buch darüber führst, wann er mit wem telefoniert.«

Alfred kniff die Augen zusammen, ging jedoch nicht weiter auf Maries Kommentar ein. »Wir sollten uns lieber auf den Schwebezauber konzentrieren«, konterte er stattdessen und ließ sich aus dem Spiegel auf den Teppich tropfen. Dort verwandelte er sich von einem silberfarbenen Klumpen in einen schmalen, gänzlich in Schwarz gekleideten Mann mit Glatze. In dieser Gestalt trat er mit Abstand am häufigsten auf.

»Keine Sorge, die Pfannkuchen sind zum Warmhalten im Ofen«, sagte er, als Maries Magen plötzlich ein lautes Knurren von sich gab. Dann wedelte der Butler mit seinen behandschuhten Fingern durch die Luft. »Und jetzt lass mich endlich sehen, was du heute gelernt hast.«

Gut eine Stunde später hatte Marie kaum noch Schwierigkeiten damit, die kleine Vase schweben zu lassen. Sie konnte jetzt auch Bücher zum Fliegen bringen, Kerzenständer und leere Blumentöpfe. Beim letzten Versuch hatte sie es sogar geschafft, die Karten eines Kartenspiels so in der Luft anzuordnen, dass sie einen perfekten Kreis bildeten. Nur eine einzige war dabei in einen kunterbunten Konfettiregen zerplatzt.

»Hervorragend«, sagte Alfred und tätschelte Marie lobend die Schulter. »Zum Abschluss kümmern wir uns noch um Master Luuks Teetasse.« Er deutete zum Fensterbrett hinüber, wo die kunstvoll verzierte Tasse seit dem Abgang des Magiermeisters geduldig wartete. »Lass sie zu mir herüberschweben. Aber schön langsam! Nicht, dass du den Tee verschüttest.«

»Was? Niemals!«, erwiderte Marie und wich erschrocken einen Schritt zurück. »Du weißt ganz genau, wie wichtig ihm das Ding ist!«

»Und das völlig zu Recht«, erwiderte Alfred. »Die Tasse war ein Geschenk des chinesischen Kaisers zu Master Luuks zwanzigstem Geburtstag.«

»Ja, 1746!« Als Luuk ihr zum allerersten Mal davon erzählt hatte, war Marie sicher gewesen, dass er irgendwelche Zahlen durcheinandergebracht haben musste. Inzwischen hatte sie sich allerdings an den Gedanken gewöhnt, dass Magierinnen und Magier um ein Vielfaches älter werden konnten als Malmag. Wenn man Luuks wahres Alter nicht kannte, würde man ihn auf Mitte 40 schätzen – höchstens.

»Das ist mir durchaus bewusst, Marie«, sagte der Butler nun und verdrehte die Augen.

»Ach ja? Ist dir auch bewusst, dass er mich garantiert auf die Straße setzen wird, wenn ich diese Tasse kaputt mache?«

»Dann mach sie nicht kaputt.« Ein weiteres Mal deutete Alfred zum Fensterbrett hinüber. »Handbemaltes Porzellan. Es wäre wirklich ein Jammer, solltest du …«

»JA!«, rief Marie. »Ein riesengroßer Jammer! Deswegen lasse ich das Ding auch genau da stehen, bis Luuk es wieder holt. Außerdem brauche ich eine Pause, langsam hab ich echt Hunger.« Sie raffte die Arbeitsblätter zusammen, auf denen die Handbewegungen für die Zaubersprüche aufgezeichnet waren, und stopfte sie zurück in ihre Schultasche. »Wo steckt Luuk eigentlich? Telefoniert er etwa immer noch mit diesem Flemming?«

»Das kann ich mir kaum vorstellen«, entgegnete Alfred. »Wahrscheinlich bereitet er sich längst auf seinen Nachmittagsunterricht vor und korrigiert Klausuren oder etwas in der Art.«

»Ach, komm, Alfred. Du hörst ihn doch. Wo ist er?«

»Dass ich seine Telefonate nicht belausche, war keine Lüge, junge Dame.« Der Butler lächelte verkniffen. »Master Luuk weiß seine Privatsphäre durchaus zu schützen. Also geh und such ihn selbst.«

Marie ließ die restlichen Unterlagen, wo sie waren, stürmte aus dem Trainingsraum und den Flur entlang zu Luuks Büro. Wenn sie ihrem Vater noch von all den gelungenen

Schwebezaubern vorschwärmen und den Stolz in seinen Augen glitzern sehen wollte, musste sie sich beeilen. Hauptberuflich arbeitete Luuk Vorlost nämlich als Lehrer an der städtischen Kunstakademie. Und diesen Job nahm er ebenso ernst wie Maries Ausbildung.

»Luuk!«, rief sie, während sie an die Bürotür hämmerte. »Luuk, ich kann es!« Ohne auf seine Antwort zu warten, stieß sie die Tür auf – und brummte unwillig. Luuk war nicht hier. Vielleicht hatte er sich heute einen anderen Platz zum Arbeiten gesucht, damit er nicht mitbekam, wie Marie mit ihren Sparkles den Trainingsraum umdekorierte.

Aufgeregt vor sich hinpfeifend flitzte sie zur Treppe hinüber, die ins Erdgeschoss führte. Dort setzte sie sich aufs Geländer, rutschte in Windeseile nach unten und nahm den Schwung mit, um auf Strümpfen weiter ins Wohnzimmer zu schlittern. Aber auch hier keine Spur von Luuk. Genauso wenig wie in der Bibliothek, in der Küche und im Esszimmer. Er war doch wohl nicht zur Arbeit gegangen, ohne sich zu verabschieden. Oder?

Nachdem sie ein paarmal erfolglos nach ihm gerufen hatte, wurde Marie allmählich ungeduldig.

»Alfred?«, rief sie. »Alfred, sag mal, wo …?«

Erst jetzt fiel ihr auf, dass die Haustür einen Spaltbreit offen stand. Das passierte sonst nur in Ausnahmefällen, weil dadurch die Schutzzauber stark geschwächt wurden. Und während Maries Trainingseinheiten durfte die Tür eigentlich überhaupt nicht geöffnet werden, damit keiner der Zauber aus Versehen nach draußen entwischen konnte. Die einzig mögliche Erklärung war also, dass sich Luuk in der Nähe befand und den Eingang im Blick hatte.

Trotzdem war Marie ein wenig mulmig zumute, als sie langsam zur Tür ging. Wenn er draußen war, musste er doch ihr Rufen gehört haben. Wieso hatte er nicht geantwortet? War jemand zu Besuch gekommen? Wohl kaum, sonst hätten Marie und Alfred ja die Klingel gehört. Um diesen markerschütternden Gong nicht mitzubekommen, musste man schon taub sein. Oder ohnmächtig. Es musste also einen anderen Grund geben, warum …

Ein spitzer Schrei schlüpfte über Maries Lippen, als bei ihrem nächsten Schritt ein Knacken unter ihrem Fuß ertönte. Hastig sprang sie zurück und sah nach, auf was sie da draufgetreten war. Ein Handy. *Luuks* Handy. Es lag mitten in der Diele auf dem Boden, und weil es beinahe dieselbe Farbe hatte wie das dunkle Parkett, war es Marie überhaupt nicht aufgefallen.

Die offen stehende Tür, das achtlos herumliegende Handy, die drückende Stille hier unten – immer mehr beschlich Marie das Gefühl, dass irgendetwas ganz und gar nicht in Ordnung war.

Mit einem Satz war sie bei der Haustür und riss sie auf, doch Luuk war nirgends zu sehen. Bloß einer seiner Pantoffeln lag einsam und verlassen auf dem Fußabtreter. Seine ledernen Straßenschuhe dagegen standen unangetastet vor der Garderobe.

»Alfred!«, rief Marie erneut, und diesmal erschien der Butler innerhalb eines Atemzuges am Fuß der Treppe.

»Du meine Güte, nun hetz mich nicht so!«, schimpfte er. »Und schließ die Tür. Master Luuk wird nicht begeistert sein, wenn …«

»Luuk ist nicht hier«, unterbrach ihn Marie sofort und zeigte auf die Straßenschuhe ihres Adoptivvaters. »Dabei müsste er hier sein. Er geht doch nicht ohne Schuhe und Handy aus dem Haus. Und schon gar nicht mit nur einem Pantoffel.«

»Natürlich nicht«, stimmte Alfred zu. »Vermutlich hatte er es eilig und ist kurz in den Garten. Oder in den Keller. Hast du dort nachgesehen?«

»Nein.« Marie schüttelte den Kopf.

»Dann los«, sagte Alfred nur.

Während der Butler erst den Keller und anschließend noch einmal gründlich den Rest des Hauses überprüfte, streifte Marie durch den winzigen Garten direkt dahinter. Immer wieder rief sie Luuks Namen, sie suchte auch im Geräteschuppen und wühlte sich sogar durch die Hecke daneben – nichts. Luuk war verschwunden.

2. Goldener Opa

»Ich bin nach wie vor der Meinung, dass das keine besonders gute Idee ist.« Alfred stand wie steifgefroren mitten im Trainingsraum und starrte auf das rote pelzige Wesen mit edelsteinbesetztem Halsband hinab, das sich zu seinen Füßen zusammengerollt hatte. »Eigentlich glaube ich sogar, es ist die schlechteste Idee von – um Himmels willen, es haart meine Schuhe voll«, ächzte der Butler. »Kannst du es bitte da wegnehmen?«

»Das ist kein *es*, sondern ein Kater«, erwiderte Marie gereizt und warf sich aufs Sofa, um ein letztes Mal ihre Übungsblätter durchzugehen. »Sein Name lautet Keks.«

»Kekse sind klein und zuckrig, mein Kind. Der hier sieht mir eher aus wie ein ausgewachsener Kuchen. Und er wiegt auch ungefähr so viel.«

Mit einem lauten Stöhnen vergrub Marie das

Gesicht in den Sofakissen. Irgendwann würde ihr der Butler bestimmt noch den letzten Nerv rauben. Wieso musste er denn ausgerechnet jetzt über den Körperumfang einer Katze diskutieren, wo sie doch womöglich kurz davor standen, endlich mehr über Luuks Verschwinden herauszufinden?

Anfangs hatte Alfred ja noch steif und fest behauptet, dass sich die Sache schon irgendwie von allein klären würde. Dass Luuk bald genauso plötzlich wieder auftauchen würde, wie er sich zuvor in Luft aufgelöst hatte. Und Marie hatte ihm wohl oder übel glauben müssen, immerhin kannten sich ihr Vater und der Butler schon eine halbe Ewigkeit.

Doch heute Morgen hatte Alfred seine Meinung auf einmal geändert, und das beunruhigte Marie zutiefst. Inzwischen stand sogar das Wort »Entführung« im Raum!

»Fein, nennen wir Keks doch einfach Kuchen«, sagte sie und schaute den Gestaltwandler herausfordernd an. »Bist du in deinem bisherigen Leben schon mal von einem Kuchen angegriffen worden? Nein? Dann lass mich bitte endlich weitermachen.«

»Aber …«

»Alfred, dieser Kater ist der Einzige, den wir fragen können, ohne dass die Polizei oder das Jugendamt davon erfahren!«

Der Butler lächelte gequält. Im Grunde tat er seit zwei Tagen nichts anderes mehr, als bei jeder Gelegenheit gequält zu lächeln, und irgendwann hatte sich Marie damit abgefunden. *Solange er noch lächelt, kann es ja nicht so schlimm sein*, hatte sie die ganze Zeit über gedacht. Tja, damit hatte sie wohl falsch gelegen …

»Okay«, sagte Marie nun und legte den Stapel Übungsblätter endgültig zur Seite. »Ich denke, ich bin so weit.« Wenn sie nicht bald loslegte, hatte sie den ganzen Aufwand umsonst betrieben.

Das Problem an der Aktion war nämlich gewesen, dass Keks, der verfressene Kater ihrer Nachbarin Gabriella Eco, nur äußerst selten seinen Lieblingsplatz auf dem Fensterbrett im Wohnzimmer verließ. Und noch viel seltener – nämlich nie – verließ er Gabriellas Haus. Keks war Hauskatze durch und durch, und Gabriella hütete ihn wie ihren Augapfel. Den halben Tag hatte Marie deshalb warten müssen, bis sie die Terrassentür mit Magie öffnen und den Kater mit Thunfisch nach draußen hatte lotsen können. Und jetzt drängte die Zeit. Gabriella würde sicherlich schon bald von ihrem wöchentlichen Buchclub-Treffen zurück sein.

»Du glaubst also wirklich, dass du dieses Fellknäuel mit Magie zum Sprechen bringen kannst?«, fragte Alfred, und das Misstrauen in seiner Stimme brachte Maries Nerven noch mehr zum Flattern. Seine sonst so grenzenlose Zuversicht, was Maries Können anging, war offenbar gemeinsam mit Luuk verschwunden. Dabei hätte Marie heute sogar eine Extraportion davon vertragen können.

»Hast du eine bessere Idee?«, entgegnete sie. »*Du* bist doch derjenige, der seit heute Morgen ständig davon redet, dass Luuk wahrscheinlich entführt wurde. Was *ich* übrigens schon die ganze Zeit gesagt habe.«

»Nun, etwas anderes kann es ja gar nicht mehr sein!«, rief Alfred aufgebracht. »Seit ich an seiner Seite bin – und das sind nun gut und gerne schon zweihundertfünfzig Jahre –, ist er noch nie so lange am Stück von der Bildfläche verschwunden. Und dazu all die vielen Zeichen – ach herrje, DIE ZEICHEN! Hätte ich sie doch bloß früher bemerkt!«

»Zeichen?« Marie runzelte die Stirn. »Wovon redest du?«

Ein weiteres Mal blickte Alfred auf die Katze hinab, die es sich nun endgültig auf seinen Schuhen bequem gemacht hatte. Er versuchte, einen Fuß zu bewegen, gab es aber gleich wieder auf, als Keks empört maunzte.

»Master Luuk war zwar schon immer sehr vorsichtig, in letzter Zeit jedoch ganz besonders«, sagte er dann. »Ständig hat er mit anderen bunten Magierinnen und Magiern telefoniert. Außerdem musste ich andauernd die Schutzzauber rund um das Haus erweitern und sollte auf verdächtige Begebenheiten in der Nähe achten. Im Nachhinein wirkt es, als hätte er auf etwas gewartet.«

Entsetzt schnappte Marie nach Luft. »Und du bist nicht auf die Idee gekommen, mir gleich nach seinem Verschwinden davon zu erzählen?«, rief sie. »Mann, Alfred! Du und Luuk – ihr seid alles, was ich habe! Wenn ich das gewusst hätte, hätte ich sofort angefangen, nach ihm zu suchen, anstatt zwei Tage mit Herumsitzen und Schulaufgaben zu vergeuden!«

»Na ja, ich hatte anfangs tatsächlich die Hoffnung, dass er wieder zurückkommt«, sagte Alfred und begann, mit gepeinigter Miene seine Hände zu kneten. »Es ist schließlich nicht ungewöhnlich, dass er eine Zeit lang abwesend ist.«

»Ohne sich vorher zu verabschieden?« Marie schnaubte. »Doch, das ist sehr wohl ungewöhnlich. Und du wusstest, dass ich mir Sorgen mache.«

»Denkst du etwa, mir geht es anders? Allein der Gedanke daran, dass ihm etwas zugestoßen sein könnte, ist schon unerträglich«, murrte Alfred. »Abgesehen davon bist du noch ein Kind, ich wollte dich nicht beunruhigen – oder dir die ganze Arbeit allein aufhalsen.«

»Oh, bitte …«

»Du weißt, dass ich dir kaum helfen kann, sollte wirklich etwas passiert sein.«

»Ja, das weiß ich«, gab Marie seufzend zurück. Auch wenn Alfred nach wie vor ein Gestaltwandler war, ähnelte er mehr einem Flaschengeist, seit er sich um den Schutz von Luuks Haus kümmerte: Er konnte zwar verhindern, dass jemand einbrach, aber nach draußen konnte er nicht. All seine Magie – ja, seine gesamte Existenz! – beschränkte sich nun auf dieses Anwesen, und diese Grenze konnte er bloß überwinden, wenn er alle Schutzzauber fallen ließ.

Marie schenkte ihm ein beschwichtigendes Lächeln. »Aber ich komme auch allein gut zurecht.«

»Das glaubst du jedenfalls«, sagte der Butler mit Leidensmiene. »Mir wäre allerdings lieber, wir holen uns Hilfe. Und bis wir die gefunden haben, bleiben wir brav hier. Im Haus.«

»Wo wir darauf warten, dass der Zauberrat oder die Nachbarn irgendwann Luuks Fehlen bemerken und bei der Polizei oder dem Jugendamt anrufen? Ausgezeichneter Plan, wirklich.« Mit einem Nicken deutete Marie auf den moppeligen Kater zu Füßen des Butlers. »Sei mir nicht böse, aber ich denke, meiner ist besser. Und schneller.«

»Nur, weil du der festen Überzeugung bist, dass dieses Fellmonster etwas von seinem Fensterbrett aus beobachtet hat«, sagte Alfred. »Für den Fall, dass du dich irrst …«

»Tue ich nicht«, erwiderte Marie entschlossen. Diese Möglichkeit stand überhaupt nicht zur Diskussion, denn Keks saß *immer* auf dem Fensterbrett. Er *musste* gesehen haben, was mit Luuk an diesem Vormittag vor zwei Tagen passiert war. Und Marie war zuversichtlich, dass sie ihm dieses Geheimnis entlocken konnte. Mit einem siegessicheren Grinsen stemmte sie die Fäuste in die Hüften.

»Gleich finden wir heraus, wer Luuk entführt hat«, sagte sie. »Und dann schnappen wir uns den Mistkerl!«

»Wenn ich das schon höre, wird mir ganz mulmig zumute.« Alfred stöhnte. »Können wir nicht noch einmal darüber nachdenken, welche Alternativen uns zur Verfügung stehen? Ich fürchte, wir überstürzen hier einiges.«

»Unsinn. Damit vertrödeln wir bloß noch mehr Zeit.«

»Aber stell dir nur mal vor, es war … ich weiß nicht …, sagen wir, es war ein weißer Magier. Oder Felix Flemming! Dem traue ich alles zu, so oft, wie er Master Luuk angerufen hat.«

»Umso besser, der wohnt ja gar nicht weit weg.«

»Marie! Falls er es war und mitbekommt, dass du ihm nachstellst, könnte er dich genauso schnell von der Bildfläche verschwinden lassen! Und mit weißen Magiern ist auch nicht zu spaßen.«

»Wir denken nicht noch länger nach. Punkt.«

Ohne weiter auf Alfred zu achten, schnappte sich Marie den dicken Kater und setzte ihn auf dem Tisch in der Mitte des Raumes ab. Vor zwei Tagen hatte an genau derselben Stelle die kleine Vase für den Schwebezauber gestanden, nun räkelte sich Keks auf dem Tischtuch, als hätte er nie etwas anderes getan. Ganz kurz kratzte er sich an seinem glitzernden Halsband, dann ließ er sich auf die Seite plumpsen.

Lächelnd schüttelte Marie den Kopf. Als besonders aktiv konnte man den Kater nun wirklich nicht bezeichnen. Zum Glück, denn so konnte Marie beruhigt die Augen schließen, um sich besser zu konzentrieren.

»Ab jetzt bitte kein Wort mehr, Alfred«, raunte sie. »Und beweg dich nicht.«

Diesmal musste sie sich nicht nur eine sprechende Katze vorstellen, damit der Zauber gelang, sie musste auch die Stimme in ihrem Kopf hören. Sie musste entscheiden, in welcher Tonlage Keks reden würde, in welcher Geschwindigkeit und welche Worte er benutzen würde. Das kostete schon einiges mehr an Kraft, als eine kleine Vase zum Schweben zu bringen. Wahrscheinlich glühte Marie bereits wie eine Tomate vor Anstrengung. Und wahrscheinlich predigte Luuk deshalb immer wieder, dass die regelmäßigen Turnübungen …

Mit einem aufgebrachten Brummen schob sie den Gedanken an Luuk beiseite. Keks, sie musste an Keks denken!

Als sie endlich sicher war, die richtige Wahl für seine Stimme getroffen zu haben, streckte Marie die Finger nach der Magie im Raum aus. Sie wartete, bis genug davon über ihre Handflächen strich, dann packte sie zu und formte die Magie zu einem Ball. Zwei winzige Sparkles schlüpften zwischen ihren Fingern hindurch, aber davon ließ sich Marie nicht weiter stören. Stattdessen richtete sie all ihre Aufmerksamkeit auf den Magieball. Er musste so klein sein wie möglich, viel kleiner als ihr tomatenroter Kopf. Deshalb presste sie ihn zusammen, bis sie vor Anstrengung auch noch zu schwitzen anfing.

»Marie.« Alfred sagte ihren Namen, doch Marie ignorierte ihn.

Es war an der Zeit, den Zauber loszuschicken. Sie öffnete die Augen, fixierte den Kater, der nach wie vor träge auf dem Tisch lümmelte, und machte sich bereit.

»Marie.« Wieder ihr Name.

Egal, egal, egal …

»MARIE!«

Die Energiekugel begann heftig zu zittern, und obwohl sich Marie nach Kräften bemühte, sie zusammenzuhalten, splitterten bereits die nächsten Sparkles davon ab. Das durfte doch alles nicht wahr sein!

»Alfred, ich muss … mich konzentr…« Noch ehe sie den Satz beenden konnte, machte sich der Zauber selbstständig. Er sprang aus Maries Hand und zischte haarscharf an Keks vorbei, ehe er an der Wand dahinter entlangschrammte und auf den Spiegel zueierte, der neben der Tür hing. Oh, Scheibenkleister! Hatte Luuk nicht in einer der Unterrichtsstunden erzählt, dass Spiegel einen Zauber nicht nur umlenkten, sondern manchmal auch verstärken konnten? Das war nicht gut, gar nicht gut!

Marie wich ein paar durch den Raum irrenden Sparkles aus und hechtete zur Tür, um den Spiegel von der Wand zu reißen. Doch sie war zu spät. Der Magieball knallte auf die glänzende Oberfläche, gerade als Marie den Rahmen zu fassen bekam. Sie zog daran, der Spiegel kippte zur Seite – und feuerte den Zauber mit doppelter Geschwindigkeit auf einen Vorhang aus dicken roten Kugeln zu, der genau dort hing, wo sich vorhin noch ein Fenster befunden hatte. Ein Zischen ertönte, als sich der Zauber durch Alfreds Schutzbarriere fraß, danach nichts mehr.

Fassungslos starrte Marie dem Energieball hinterher.

Für einen Augenblick herrschte völlige Stille im Trainingsraum, dann trat Alfred ein Stück näher an Marie heran und räusperte sich leise.

»Vermutlich ist es nun zu spät, dich darauf hinzuweisen, dass einer der Sparkles das Fenster in einen Vorhang aus gammeligen Tomaten verwandelt und damit meinen Schutzzauber geschwächt hat«, sagte er, und Marie drehte langsam den Kopf in seine Richtung.

Tomaten. Sie hatte an Tomaten gedacht. Verfluchter Mist!

»Jaaa«, murmelte sie gedehnt. »Und vermutlich ist es auch zu spät, um zu fragen, wie lange es dauert, bis sich ein verirrter Zauber in …«

Ein Schrei unterbrach sie mitten im Satz. Er wehte von

draußen herein und war laut genug, dass sich die Härchen auf Maries Unterarmen aufrichteten.

Alfred lächelte – natürlich – gequält. »Damit hat sich deine Frage wohl beantwortet.«

Immer zwei Stufen auf einmal nehmend hetzte Marie ins Erdgeschoss hinunter. Sie lief zur Haustür, riss sie auf und rannte weiter. Irgendetwas oder irgendjemand hier draußen war von einem Zauber – *ihrem* Zauber! – getroffen worden, und das war so ziemlich das Schlimmste, was hätte passieren können.

Ganz abgesehen davon, dass Marie nämlich nicht wusste, was der Zusammenstoß mit dem Spiegel aus ihrem Zauber gemacht hatte, war sein Entwischen ein klarer Verstoß gegen eine der wichtigsten Magierregeln. Unter keinen Umständen durften die Malmag, wie die nicht magischen Menschen von den Magiern genannt wurden, etwas über Zauberei erfahren! Und wenn es doch einmal dazu kam, musste das Erlebte mit Hilfe eines Vergessenszaubers aus dem Gedächtnis des Malmag gelöscht werden. Restlos.

Das Ding war, Marie hatte natürlich absolut keinen Plan, wie der Vergessenszauber funktionierte.

Als sie das Gartentürchen erreichte, machte sie sich gar nicht erst die Mühe, die Klinke zu benutzen. Stattdessen schwang sie sich mit einem Satz hinüber – und landete direkt vor den Füßen ihrer Nachbarin Gabriella. Marie ächzte leise, als ihr das Herz in die Kniekehlen rauschte. Viel mehr konnte jetzt wahrlich nicht schiefgehen.

»Mein liebes Kind!«, stieß Gabriella hervor. »Ein bisschen Nachsicht mit deinen älteren Mitmenschen, bitte.« Sie legte sich eine Hand auf die Brust und atmete übertrieben tief durch. Anschließend musterte sie Marie streng von oben herab. Mit ihren zurückgekämmten grauen Haaren und der dicken Hornbrille erinnerte sie dabei an die unzufriedene Lehrerin aus einem uralten Kinderbuch.

»Entschuldigung, Gabriella«, sagte Marie und ließ ihren Blick suchend ein paarmal über Gesicht und Körper ihrer Nachbarin schweifen. Es schien alles in bester Ordnung zu sein, also war der Zauber wohl irgendwo anders gelandet. »Ich habe es etwas eilig.«

»Hm«, machte Gabriella. Doch dann blitzte etwas in ihren wässrigen blauen Augen auf, das Marie nur allzu gut kannte: Neugier.

Wenn irgendwo in der Straße ein Schuh verlorenging oder Putz von der Wand fiel, wusste Gabriella Eco normalerweise als eine der Ersten Bescheid. Bestenfalls kam man im Anschluss mit einem ausgiebigen Gespräch über den Vorfall davon. Schlimmstenfalls schleppte Gabriella eine ihrer Wahrsagerinnen an, um das Ganze genauer unter die Lupe zu nehmen und den kosmischen Grund zu erfahren.

Und nun hatte sie Lunte gerochen.

»Wieso hast du es denn so eilig?«, fragte sie. »Ist etwas passiert?«

»Nein, nein«, erwiderte Marie, während sie sich an Gabriella vorbeidrängte, um die nähere Umgebung zu kontrollieren. Besonders weit konnte der Zauber nicht gekommen sein, immerhin war der Schrei deutlich zu hören gewesen. Die meisten Leute, die unterwegs waren, wirkten jedoch vollkommen normal. Sie gingen zielstrebig in die eine oder andere Richtung, trugen Einkäufe mit sich herum oder Aktentaschen, umrundeten dabei die zwei Kinder, die einige Meter entfernt standen und miteinander tuschelten …

Marie stockte, als eins der beiden Kinder, ein dunkelhaariger Junge etwa in ihrem Alter, den Kopf hob und sich verstohlen umblickte. Er wirkte ratlos und ein klein wenig ungläubig. Beinahe so, als hätte er einen Geist gesehen, obwohl er nicht an Geister glaubte.

Genau nach diesem Ausdruck hatte Marie Ausschau gehalten.

Ohne ein weiteres Wort an Gabriella zu verlieren, sauste sie zu den beiden Kindern hinüber und kam kurz vor ihnen wieder zum Stehen.

Die zwei starrten sie mit großen Augen an, abwartend, unsicher.

Und jetzt? Marie hatte seit über einem halben Jahr kein einziges Wort mehr mit Kindern in ihrem Alter gewechselt! Und in der winzigen Privatschule, die sie bis zu ihrem zwölften Geburtstag besucht hatte, waren auch nie richtige Freundschaften entstanden. Zu groß waren die Unterschiede zu den Diplomatentöchtern und Politikersöhnen gewesen. Wenn sie ehrlich war, wusste Marie überhaupt nicht, wie sie mit Gleichaltrigen umgehen sollte.

Aber ihr blieb keine Zeit, um noch länger darüber nachzudenken.

»Hi«, sagte sie deshalb geradeheraus. »Ich bin Marie.«

»Ich bin Merle! Fängt auch mit Mmm an«, antwortete das jüngere Kind, ein Mädchen von höchstens sechs Jahren. »Guck mal, ich hab jetzt ein …« Die Kleine streckte ihre Hand aus, um Marie etwas zu zeigen, doch der Junge stellte sich sofort schützend vor sie.

»Sei still, Merle!«, fauchte er, und das Mädchen ließ traurig die Schultern hängen. Marie konnte regelrecht spüren, wie enttäuscht die Kleine darüber war, dass sie ihr Geheimnis für sich behalten musste.

»Schon gut. Ich weiß, dass du da etwas ganz Besonderes hast«, flüsterte Marie ihr zu, dann wandte sie sich an den älteren Jungen. »Deshalb solltet ihr beide jetzt auch mit zu mir kommen. Unbedingt.«

Alfred würde bestimmt endgültig durchdrehen, wenn Marie ohne Absprache einfach zwei Malmag ins Haus brachte. Aber auf den Gestaltwandler konnte sie in dieser Situation leider keine Rücksicht nehmen. Marie musste um jeden Preis verhindern, dass noch mehr Leute von ihrem ausgebüxten Zauber Wind bekamen. Allen voran Gabriella, die zwar mittlerweile vor ihrem eigenen Haus stand, allerdings weiterhin ungeniert zu ihnen herüberglotzte.

Dummerweise schien der dunkelhaarige Junge überhaupt nichts davon zu halten, Marie zu folgen. Ganz im Gegenteil.

»Nein, danke«, gab er schroff zurück, während er Merle noch ein Stück weiter hinter sich schob. »Wir müssen …«

»Ich kann euch helfen«, unterbrach ihn Marie hastig. »Wirklich. Das hier ist … na ja, keine Ahnung, was genau passiert ist. Allerdings ist es irgendwie meine Schuld, und ich verspreche, ich mache es wieder rückgängig.« Sie legte die Hände aneinander und hoffte, diese flehende Geste würde den Jungen umstimmen. »Bitte, du musst mich nur lassen.«

Doch ehe er antworten konnte, drängte sich Merle an ihm vorbei und nölte: »Was heißt rückgängig, Philip? Ich mag nicht, wie das klingt.« Erneut streckte sie ihre Hände aus, und diesmal reagierte der Junge, Philip, zu spät.

Marie entdeckte das kleine glänzende Ding sofort, das auf Merles Handfläche lag.

»Wo...ookay«, murmelte sie gedehnt. »Was ist das denn Schönes, ein ... goldenes Männchen?«

»Das ist mein Opa.«

Verdattert rieb sich Marie die Nasenwurzel. »Ach, dein Opa ist ein goldener Zwerg?«, fragte sie, während sie die winzige Figur musterte. Sie trug einen Anzug und war so fein gearbeitet, dass man sogar Falten auf der Kleidung und in ihrem Gesicht erkennen konnte. »Das ist ja interessant.«

»Nee, ich hab natürlich einen richtigen Opa.« Merle kicherte. »Aber das Männchen sieht genauso aus. Nur der Name ist anders. Ich hab ihn Willi genannt.«

»Willi.« Marie kniff die Augen zusammen, als das Figürchen kurz den Arm hob. Hatte sie das gerade eben richtig gesehen?

»Ein schöner Name, oder?«, plapperte Merle weiter, während sie den etwa vier Zentimeter großen Zwerg verzückt ansah. »Eigentlich gehört er meiner Mama. Die kann ihn aber nicht leiden, weil er aussieht wie Opa, viel zu teuer ist und nur bei uns rumsteht. Ich mag ihn trotzdem. Und vorhin hat er auf einmal angefangen …«

»Das reicht!«, schimpfte Philip. Er wollte den Goldzwerg an sich nehmen, hatte jedoch nicht mit Merles Gegenwehr gerechnet. Die Kleine tänzelte über den Gehweg wie eine Ballerina, drehte sich und hüpfte, dass ihre dunklen Locken nur so flogen.

»Mein Bruder kann Willi auch nicht leiden«, rief sie. »Und er findet es doof, dass sich Willi auf einmal bewegen und sprechen kann.«

Bewegen und sprechen? Maries Miene hellte sich auf. Sie hatte wirklich eine Figur aus Gold zum Sprechen gebracht? Beim allerersten Versuch? Das war unglaublich! Aber anscheinend hatte der Spiegel den Zauber tatsächlich verstärkt, weil der sonst bei keinem unbelebten Ding etwas hätte bewirken können. Marie war ehrlich gesagt zwar ein wenig verwirrt, dass das Männchen allen Ernstes wie die Miniaturausgabe eines Menschen aussah. Das machte die Sache allerdings noch viel spannender!

Mit freudig klopfendem Herzen dachte sie an Luuk. Oh, wenn er das doch alles irgendwie mitbekommen könnte! Er würde mit Sicherheit ganz anders reagieren als der Junge hier vor ihr. Anstatt auch nur ein klitzekleines bisschen beeindruckt zu sein, schien Philip sich mit jeder Minute bloß noch mehr aufzuregen.

»Hör auf, so einen Blödsinn zu reden!«, fuhr er seine Schwester an und versuchte erneut, ihr den goldenen Zwerg aus der Hand zu nehmen. Aber als auf einmal Gabriellas durchdringende Stimme zu ihnen herüberschallte, wirbelte er erschrocken herum.

»Das sind doch die beiden Decker-Kinder aus der Hausnummer neun, oder, Marie?«, wollte sie wissen, und: »Gibt es irgendwelche Probleme?« Dabei kam sie langsam auf Marie, Philip und Merle zu.

Panik stieg in Marie auf. Diese Schnüfflerin Gabriella durfte *auf gar keinen Fall* etwas hiervon erfahren, sonst würde es bald nicht nur die gesamte Straße wissen, sondern die gesamte Stadt. Und früher oder später würde dann alles beim Zauberrat landen. Man würde Marie zurück ins Heim stecken, Alfred von seinen Pflichten als Hausgeist entbinden und verjagen und die Sache mit Luuks Entführung nach ein paar erfolglosen Suchaktionen auf sich beruhen lassen. Zumindest ließen das die Geschichten erwarten, die Marie bisher über den Rat gehört hatte. All ihre bisherigen Anstrengungen wären umsonst gewesen, und Luuk wäre wahrscheinlich für immer verschollen.

Wenn sie doch nur wüsste, wie sie Gabriella aufhalten könnte …

Ein lautes, kehliges Miauen ließ die neugierige Nachbarin innehalten, und im ersten Moment wusste Marie nicht, ob sie sich freuen oder lieber im Boden versinken sollte. Keks hatte nämlich seine Chance genutzt und war Marie durch die offene Haustür hinaus ins Freie gefolgt. Jetzt setzte er gerade seine erste dicke Pfote vom Gehweg auf die Straße, und Gabriella schrie entsetzt auf.

»KEKS!«, kreischte sie. Dann sprang sie ebenfalls auf die Fahrbahn und brachte zwei herankommende Autos mit wildem Gezappel zum Stehen. Als einer der Fahrer daraufhin die Hupe betätigte, klatschte ihm Gabriella kurzerhand ihre Handtasche auf die Motorhaube.

»Wag es ja nicht, Gas zu geben, ehe ich meine Katze in Sicherheit gebracht habe, du verblödeter Raser!«, brüllte sie so laut, dass man es sicherlich am anderen Ende der Stadt noch hören konnte.

Der Fahrer nickte bloß stumm.

»Kennst du die Frau?«, fragte Merle leise. »Warum schreit die denn so?« Die Kleine drängte sich eng an Maries Seite, während sie ihre winzigen Hände um den lebendig gewordenen Gold-Opa schloss.

»Gabriella Eco ist meine Nachbarin«, gab Marie ebenso leise zurück. »Und sie regt sich gerne über Sachen auf, die sie nicht versteht.« Mit einem Blick auf Philip fügte sie hinzu: »Ich schätze mal, dass sie sich noch viel mehr aufregen wird, wenn sie euren kleinen goldenen Freund hier …«

»Schon gut, ich hab's verstanden!« Philip stöhnte und warf ergeben die Arme in die Luft. »Also los. Wenn das alles hier wirklich deine Schuld ist, bring es gefälligst wieder in Ordnung.«

3. In Teufels Küche

Wie erwartet war Alfred alles andere als begeistert davon, dass Marie nach ihrem missglückten Zauber nun auch noch zwei Malmag ins Haus brachte. Und am meisten regte er sich darüber auf, dass sie die beiden vollkommen unbeaufsichtigt im Wohnzimmer zurückließ, während sie selbst in der Küche Limo holte.

»Was soll das werden?«, zischte er. »Du darfst die zwei nicht einfach allein hier herumschleichen lassen!«

»Erstens mal schleichen sie nirgends herum«, erwiderte Marie und blickte sich suchend im Raum um, bis sie den Gestaltwandler endlich ausfindig gemacht hatte: Er stand als Teekessel getarnt auf dem Ofen. »Und zweitens kannst *du* ja gern auf sie aufpassen, anstatt mich hier anzunörgeln.«

Ein empörtes Blubbern drang aus dem Kesselinneren. »Du weißt genau, dass ich mich ihnen nicht zeigen darf! *Keine Magie vor Malmag*«, zitierte der Butler das Magiergesetz, gegen das Marie wegen des entwischten Zaubers ohnehin schon verstoßen hatte. »Indem du diese Kinder ins Haus gelassen hast, bringst du uns endgültig in Teufels Küche. Wenn sie sich irgendwo verplappern und der Zauberrat davon erfährt …!«

Mit mehr Kraft als nötig riss Marie die Kühlschranktür auf und holte drei kleine Limoflaschen aus dem Getränkefach. »Der erfährt noch viel früher davon, wenn Gabriella weiter herumschnüffelt«, murrte sie. »Sei froh, dass ich es geschafft habe, sie loszuwerden!«

»Ach so, das hier ist alles nur zu unserem Besten?«, fragte Alfred pikiert. »Entschuldige bitte, das war mir nicht bewusst. Dann will ich nicht länger stören.«

Marie streckte dem mittlerweile dampfenden Teekessel die Zunge heraus und knallte den Kühlschrank wieder zu. »Du wirst schon sehen, ich kriege das hin«, sagte sie, während sie rückwärts zur Küchentür lief. »Zuerst besorge ich mir diesen seltsamen Goldzwerg, damit ich ihn zurückverwandeln kann. Und wenn ich das erledigt habe …«

»Mit wem redest du?«

Erschrocken fuhr Marie herum, als auf einmal Philips Stimme hinter ihr ertönte. Der Junge war unbemerkt in der Küche aufgetaucht und schielte nun an Marie vorbei in den Raum hinein. Vor lauter Aufregung begann Alfred auf dem Herd zu pfeifen wie ein echter Teekessel.

»Oh, du bist allein«, stellte Philip verwundert fest. »Das

ist doch Luuk Vorlosts Haus hier, oder? Ich dachte, du redest vielleicht mit ihm.«

Ein Stich bohrte sich in Maries Herz, doch sie versuchte, sich nicht davon ablenken zu lassen. »Luuk ist im Augenblick nicht da«, sagte sie. »Kennst du ihn etwa?«

»Nein. Aber von dem Haus hab ich schon viel gehört. Angeblich spukt es hier.«

»Aha.« Marie lächelte schmal und warf einen flüchtigen Blick zu Teekessel-Alfred, der inzwischen nur noch leise vor sich hin blubberte. »Ist mir noch gar nicht aufgefallen.«

»Möglicherweise wundern sich die Leute auch bloß darüber, dass du mit dir selbst sprichst«, schlug Philip vor. »Ist schon ein bisschen seltsam.«

»Alle schlauen Menschen führen Selbstgespräche, Philip Decker aus Hausnummer neun.« Marie drückte dem Jungen zwei Limoflaschen in die Hand und schob ihn zurück in den Flur. »Wieso bist du überhaupt hier? Ich habe doch gesagt, ihr sollt im Wohnzimmer auf mich warten.«

»Du hast aber auch gesagt, du bist gleich wieder da«, entgegnete Philip, während er sich von Marie den langen Gang hinabführen ließ. »Und dass du das mit der Figur rückgängig machen wirst.«

»Werde ich ja.«

»Dann fängst du am besten bald damit an. Wir haben nämlich nicht den ganzen Tag Zeit. Wenn Mum rausbekommt, dass wir das Ding …« Er stoppte mitten im Satz, und anstatt ihn zu beenden, brummte er nur: »Mach es einfach rückgängig.«

Einfach … *Wenn das doch bloß möglich wäre,* dachte Marie. Immerhin hatte sie heute mehrere Stunden damit verbracht, einen Sprech-Zauber zu erlernen, von dem sie nicht einmal sicher sagen konnte, ob er ohne Umweg über den Spiegel überhaupt funktioniert hätte. Sie wollte sich gar nicht erst vorstellen, wie schwer es sein würde, diesen Zauber wieder aufzuheben!

»Was hast du eigentlich mit Willi angestellt?«, fragte Philip jetzt. »Ich meine …« Er blieb stehen und wartete, bis Marie ihn erneut ansah. »Ziemlich abgedrehte Geschichte. Aber Merle glaubt, du bist eine … eine Hexe. Das ist natürlich völliger Quatsch. Richtig? Genau wie das Gerede darüber, dass es hier spukt.«

Marie seufzte. Früher oder später hatte diese Frage ja kommen müssen. Zugegeben, ihr war es sogar schon komisch vorgekommen, dass bisher keiner der beiden nachgehakt hatte – sie selbst hätte in dieser Situation sicherlich längst jemandem ein Loch in den Bauch gefragt.

»Dass es hier spukt, ist wirklich Quatsch«, sagte sie. »Der Rest allerdings nicht. Ich bin tatsächlich eine Hexe oder Magierin oder wie immer du es nennen willst. Nur leider darf ich eigentlich überhaupt nicht mit dir darüber reden, deshalb ist das Gespräch hiermit auch schon wieder beendet.«

Philips Augen weiteten sich. Einen Moment lang starrte er Marie bloß an, dann schnaubte er belustigt durch die Nase.

»Ja, genau. Und jetzt mal im Ernst«, sagte er. »Das muss

irgendein billiger Trick gewesen sein. Du hast Merle diesen sprechenden Zwerg in die Tasche gesteckt, nicht wahr?«

»Warum hätte ich das tun sollen?«

»Ich weiß nicht«, gab Philip zu. »Vielleicht willst du das echte Gold ja klauen. Die Figur ist eine ganze Menge wert.«

»Und damit ihr mir auch ja auf die Spur kommt, fange ich euch extra noch auf der Straße ab und schleppe euch mit zu mir nach Hause?«, ätzte Marie. »Für wie blöd hältst du mich?«

Kopfschüttelnd ging sie ins Wohnzimmer, wo Merle es sich mit Willi auf dem Boden gemütlich gemacht hatte. Die Kleine schaute fasziniert dabei zu, wie der goldene Zwerg im Teppichmuster erst eine lange Gerade entlangschritt und anschließend zu einer gewebten Spirale weitereilte. Dabei murmelte der kleine Kerl die ganze Zeit leise vor sich hin.

Verzückt grinste Marie in sich hinein. Was genau Willi da von sich gab, konnte sie zwar nicht verstehen. Wahrscheinlich würde sie für den Rest ihres Lebens auch nie mehr so etwas Seltsames zu Gesicht bekommen wie einen sprechenden Zwerg aus Gold. Doch je länger sie das Figürchen beobachtete, desto höher türmte sich eine Welle aus Stolz in ihr auf. Das da war *ihr* Werk, *sie* hatte dafür gesorgt, dass Willi lebendig geworden war! Und das schon nach so kurzer Zeit!

Normalerweise bestand Luuk darauf, dass sie einen neuen Zauber erst einmal über Tage oder gar Wochen hinweg büffelte, ehe sie ihn durchführen durfte …

Marie schob den Gedanken beiseite. Es half nichts, sie musste jetzt wohl oder übel dafür sorgen, dass das Ganze rückgängig gemacht wurde. Und danach musste sie dringend einen Weg finden, um Luuks Verschwinden aufzuklären.

Aber eins nach dem anderen …

»Hi, Merle«, sagte sie und kniete sich neben das Mädchen auf den Teppich. »Meinst du, ich kann mir Willi mal für eine Weile ausleihen?«

Die Kleine schob trotzig ihre Unterlippe nach vorne. »Das ist doch gar nicht der echte Willi. Philip sagt, du hast den echten geklaut.«

Marie warf dem Jungen einen bitterbösen Blick zu, doch der zuckte bloß mit den Schultern und reichte seiner Schwester eine der beiden Limoflaschen.

»Das stimmt nicht«, brummte Marie. Dann rutschte sie näher an den Goldzwerg heran und packte ihn mit Daumen und Zeigefinger an seinem winzigen Hut. »Aber ich habe Willi aus Versehen so stark verändert, dass er sich gar nicht mehr wie früher verhält. Das war mein Fehler, Merle. Und wenn ich den kleinen Kerl nicht zurückverwandle, bekommen wir alle einen Riesenärger.«

Merle nickte betreten. »Kann sein«, murmelte sie, während sie am Etikett ihrer Limo herumspielte. »Mama weiß nicht, dass ich ihn mitgenommen habe. Wenn sie das rausfindet, wird sie bestimmt sauer.«

»Dann kümmerst du dich mit deinem Bruder darum, dass eure Mama es auf gar keinen Fall rausfindet. Und ich kümmere mich darum, dass Willi wieder ganz der Alte wird. In Ordnung?« Vorsichtig schloss Marie ihre Hände um die goldene Figur.

»He! Warum isses denn auf einmal so dunkel hier?«, drang gleich darauf eine dünne Stimme zwischen ihren Fingern hervor. »Was soll'n das?«

Okay, das war der endgültige Beweis dafür, dass der Spiegel Maries Zauber tatsächlich verändert hatte. Sie hatte sich nämlich vorgestellt, Gabriellas Kater würde tief und brummig klingen, etwa wie ein Bär. Nicht so, als würde jemand auf ein Quietschie für Haustiere treten.

Obwohl es ihr reichlich schwerfiel, zwang Marie ein zuversichtliches Lächeln auf ihre Lippen. »Danke, Merle«, sagte sie, und an Philip gewandt fügte sie hinzu: »Damit diesmal alles glatt läuft, brauche ich absolute Ruhe. Am besten geht ihr jetzt. Ich bringe euch Willi vorbei, sobald ich fertig bin.«

»Du willst ihn wohl doch klauen?«, fragte Merle dazwischen, und nun musste Marie wirklich lachen.

»Nein, keine Sorge. Aber wenn wir mal ehrlich sind, hast *du* ihn geklaut.«

»Und wenn *ich* mal ehrlich sein darf, halte ich das Ganze für eine ziemlich blöde Idee«, grätschte Philip mit bitterernster Miene dazwischen. »Ich kann dir den Zwerg nicht einfach so hierlassen.«

»Doch, natürlich«, gab Marie zurück. »Du musst nur zur Tür rausgehen, ohne ihn mitzunehmen.«

»Ja, sehr witzig. Und was soll ich meiner Mum sagen, wenn sie ihn sucht?«

»Lass dir was einfallen.« Marie wich einen Schritt zurück, damit ihr Philip die kleine Figur nicht aus der Hand nehmen konnte. »Hilf ihr beim Suchen oder so. Könnte doch auch sein, dass sie ihn selbst verschludert und es nur vergessen hat.«

Merle ließ ein amüsiertes Kichern hören, und noch ehe Philip etwas erwidern konnte, schlüpfte sie bereits zur Tür hinaus auf den Gang.

»Komm, Phil!«, rief sie über die Schulter zurück. »Mama hat versprochen, dass ich heute mit Elena spielen darf. Die hat einen Pool im Garten, der ist riesig!«

Philip biss widerstrebend die Zähne aufeinander, aber schließlich folgte er seiner Schwester. Als er an der Küche vorbeikam, warf er einen kurzen Blick hinein und runzelte die Stirn, sagte allerdings nichts. Auch als Merle und Marie sich voneinander verabschiedeten, schwieg er. Doch kaum hüpfte seine Schwester den gepflasterten Weg in Richtung Gartentor entlang, drehte er sich ein letztes Mal zu Marie um.

»Dieser Zwerg …«, begann er. »Meine Mum hat ihn letztes Jahr von ihren Eltern geschenkt bekommen, sozusagen als Anzahlung fürs Erbe. Vielleicht ist dir schon aufgefallen, dass er einen echten Diamanten auf der Brust hat …«

»Entspann dich, Philip Decker aus Hausnummer neun«, murrte Marie. »Ich will euch den kleinen Kerl echt nicht klauen.« Wie oft musste sie das denn noch wiederholen? Vielleicht sollte sie es aufschreiben und ihm den Zettel …

»Nein, darum geht es mir gar nicht«, unterbrach Philip ihre Gedanken. »Mum würde dir das Ding wahrscheinlich sogar schenken, damit es nicht mehr bei uns im Schrank rumsteht. Ich kann mich noch genau an ihren Gesichtsausdruck erinnern, als sie es ausgepackt hat – sie war total entsetzt.«

»Ein Verwandter aus purem Gold ist auf jeden Fall mal was anderes«, erwiderte Marie mit einem schrägen Grinsen.

»Ja. Und extrem seltsam«, stimmte Philip zu. »Das Blöde ist nur, dass mein Opa jedes Mal danach fragt, wenn er zu Besuch kommt. Er erzählt uns dann auch stundenlang, wie lange der Goldschmied gebraucht hat, um die Figur anzufertigen.« Er seufzte schwer. »Ich möchte wirklich nicht wissen, was passiert, falls der Zwerg auf einmal nicht mehr da ist. Das könnte ziemlich … böse enden.«

Marie blinzelte irritiert. Sie hatte keinen Großvater, Luuk und Alfred waren ihre einzige Familie. Und auch wenn es manchmal Meinungsverschiedenheiten gab, hatte sie nie die Befürchtung gehabt, die könnten »böse enden«. Was Philip wohl genau damit meinte?

»Keine Sorge, ihr bekommt ihn zurück«, sagte sie und schluckte schwer. »Reglos und stumm, Ehrenwort. Aber wo wir gerade dabei sind: Ich hätte auch noch eine wichtige Bitte.«

»Welche denn?«, fragte Philip.

»Ihr müsst das mit der Zauberei für euch behalten, und das meine ich ernst. Niemand darf davon erfahren, was mit Willi passiert ist.«

Philip hob langsam eine Augenbraue – verdammt, er konnte das auch? – und musterte Marie einen Moment lang durchdringend.

»Ich soll also keinem verraten, dass du unser Familienerbstück Willi, eine goldene Mini-Statue in Form meines Opas, zum Leben erweckt hast«, fasste er zusammen. Und als Marie nickte, winkte er lachend ab. »Gar kein Problem. Würde mir doch sowieso niemand glauben.«

Der kleine Goldzwerg quasselte die ganze Zeit. Er quasselte, als Marie in Luuks Bibliothek nach Büchern suchte, die ihr helfen würden, den Zauber rückgängig zu machen. Er quasselte auch, als Marie ihn und die Bücher nach oben in den Trainingsraum trug. Und er quasselte noch immer, als Marie eine Stunde später beinahe über dem dritten Kapitel aus dem Buch *Misslungene Zauber und ihre Gefahren* einnickte.

Allmählich machte es sich bemerkbar, dass sie die letzten beiden Nächte kaum geschlafen hatte. Die wachsende Sorge um Luuk ließ sie nicht zur Ruhe kommen, und dann waren da ja auch noch Alfreds ständige Ermahnungen, dass sie sich lieber Hilfe holen sollten. Aber das Sahnehäubchen war definitiv dieser blöde schiefgelaufene Zauber, den sie nun rückgängig machen musste. Marie schwirrte ganz schön der Kopf von all den Problemen.

Wenn wenigstens dieser goldene Winzling seine Klappe halten würde! Der schien jedoch all die Wörter, die er in seiner bisherigen Existenz *nicht* gesprochen hatte, innerhalb eines Tages aufholen zu wollen. Gerade rutschte er mit einem furchtbaren Quietschen an der Fensterscheibe entlang und faselte etwas darüber, wie schön der Sonnenuntergang aussehen würde.

Moment mal, Sonnenuntergang?! Marie schreckte hoch. Als sie das letzte Mal auf die Uhr geschaut hatte, war es früher Nachmittag gewesen! Hektisch rieb sie sich die Augen und las das Kapitel noch einmal von vorne. Aber viel weiter kam sie auch diesmal nicht, ehe sie erneut in Grübeleien versank.

Wann immer sie blinzelte, erschien Luuks Gesicht vor ihren geschlossenen Lidern, und mit jedem Aufblitzen verstärkte sich das Gefühl, dass ihr Vater bereits seit einer Ewigkeit verschwunden war. Denn obwohl Alfred ständig um sie herumwuselte, schien das Haus ohne Luuk so viel … leerer zu sein. Einsamer. Und während die Sehnsucht nach ihm jeden Tag größer wurde, wuchs auch die Angst, dass andere sein Fehlen bemerken könnten.

Die Kunstakademie hatte sich glücklicherweise mit der Lüge abspeisen lassen, dass Luuk krank im Bett lag und daher nicht selbst anrufen konnte. Trotzdem hatte Marie direkt im Anschluss den Stecker aus dem Telefon gezogen, um nicht doch noch irgendwann in Erklärungsnot zu geraten. Luuk kannte ihre Handynummer, er wusste also, wie er sie erreichen konnte. Mehr war im Augenblick nicht wichtig.

Gerade als sie zum x-ten Mal versuchte, sich den Inhalt eines Satzes zu merken, streifte plötzlich ein Luftzug Maries Wange und verriet ihr, dass Alfred wieder einmal wie aus dem Nichts neben dem Sofa aufgetaucht war. Lautlos stellte er einen Teller mit überbackenen Toasts auf der Lehne ab.

»Ich hoffe, dir ist bewusst, dass du dich auch noch um den

vergammelten Tomatenvorhang kümmern und den Vergessenszauber für diese beiden Kinder erlernen musst«, sagte der Butler und zupfte dabei betont gelangweilt an seinen Anzugärmeln herum. »Immerhin möchtest du ja vermeiden, dass der Zauberrat von der ganzen Geschichte erfährt.«

»Ja, Alfred, danke für die Erinnerung«, entgegnete Marie säuerlich. »Allmählich glaube ich, dir wäre es sogar recht, wenn der Rat davon wüsste.«

»Natürlich *nicht*!« Der Butler straffte die Schultern noch ein wenig mehr, bis er schließlich kerzengerade neben dem Sofa stand und auf Marie herunterblickte. »Diese Versammlung besteht mittlerweile nur mehr aus weißen Magiern und ähnelt einem trüben Sumpf. Welches Ziel diese Leute verfolgen, weiß ich nicht, und ich möchte es um keinen Preis herausfinden. Mir wurde bloß zugetragen, dass sie den bunten Magierinnen und Magiern nicht immer freundlich gesinnt sind.« Mit einem missbilligenden Schnauben schlug er die Fersen seiner schwarzen Schnürschuhe zusammen. »Glaube mir, ich wäre tausendmal lieber mit Gabriellas rotem Fellmonster in einer Besenkammer eingesperrt, als ein einziges Wort mit einem Mitglied des Zauberrats sprechen zu müssen.«

»Das ist beruhigend.« Marie lächelte zufrieden und schnappte sich einen Toast. Doch Alfred schien mit seinem Vortrag noch lange nicht am Ende zu sein.

»Trotzdem halte ich es für falsch, dass du dir nicht helfen lassen willst«, sagte er. »Was, wenn tatsächlich jemand vom Rat seine Finger im Spiel hat? Ich denke, wir sollten herausfinden, wo die anderen bunten Magierinnen und Magier sich aufhalten. Ich kenne einige von ihnen noch von früher.«

»Aber du weißt nicht, wo die wohnen? Oder warum müssen wir sie erst suchen?«

»Nun, Master Luuk hat sich diesbezüglich in letzter Zeit sehr bedeckt gehalten«, murrte Alfred mit zusammengezogenen Augenbrauen. »Ich bin mir nicht einmal sicher, ob er ihre aktuellen Kontaktdaten irgendwo aufbewahrt. Wir könnten allerdings danach suchen, und sobald wir sie gefunden haben …«

»Mach ruhig«, unterbrach ihn Marie kauend. »Wenn du meinst, dass diese Leute uns helfen werden, such sie.«

»Und lasse zu, dass du währenddessen am laufenden Band Zauberunfälle produzierst, weil ich zu beschäftigt bin, um sie zu verhindern? Lieber nicht.« Der Gestaltwandler hob abwehrend beide Hände. »Master Luuk vertraut darauf, dass ich das Haus und die Geheimnisse, die es hütet, beschütze. Dass ich *dich* beschütze.«

»Ja, ich verstehe schon. Ich geb mir Mühe, nichts in die Luft zu jagen, wenn ich den goldenen Opa in ein unbewegliches, stummes Ding zurückverwandle.« Damit stand Marie auf, schnappte sich das plappernde Goldfigürchen vom Fensterbrett und setzte es auf dem Tisch mitten im Raum ab. Anders als Keks blieb der kleine Kerl aber nicht einfach sitzen und wartete geduldig, was passieren würde. Stattdessen rannte er schnurstracks zur Tischkante und wollte sich hinunterhangeln, doch gerade noch rechtzeitig bekam Marie den Ausreißer zu fassen.

»Hey, was soll denn das?«, fragte sie, als er anfing, an ihrer Hand zu nagen.

»Ich beiß dir die Finger ab, wenn du mich nicht loslassen tust!«, keifte der Winzling mit seiner durchdringenden Quietschestimme. »Alle, haste gehört? ALLE!«

Mitfühlend verzog Marie das Gesicht. Willi tat ihr wirklich leid, aber es half nichts. Sie hatte Philip versprochen, ihn zurückzuverwandeln. Und ein Versprechen zu brechen, war so ziemlich das Letzte, was Marie einfallen würde.

Also ging sie nach draußen auf den Flur und holte den verschnörkelten Vogelkäfig, der dort auf einer Kommode stand und angeblich einmal einer berühmten französischen Königin gehört hatte. Alles an dem Ding war unglaublich winzig. Die hölzerne Sitzschaukel, das silberne Spielglöckchen, der am Boden befestigte Trog – selbst der Ring zum Tragen! Glücklicherweise standen die Gitterstäbe so nah beieinander, dass Willi sich auf gar keinen Fall hindurchzwängen konnte.

»Lass mich raus, lass mich raus, lass mich raaaaus!«, schimpfte er, als Marie ihn – nun im Käfig – erneut auf den Tisch stellte.

Jetzt konnte der Zwerg zwar nicht mehr abhauen, allerdings hatte Marie noch immer keine rechte Ahnung, wie sie den Zauber rückgängig machen sollte. Laut *Misslungene Zauber und ihre Gefahren* funktionierte das bei veränderten Zaubersprüchen nämlich nicht annähernd so einfach wie bei geglückten.

Tatsächlich gab es für Maries (Un-)Fall mehrere Lösungen. Eine davon war, die Zeit nur für das fälschlicherweise verzauberte Objekt zurückzudrehen. Das klappte aber bloß in den ersten paar Sekunden nach dem Missgeschick und war somit schon aus dem Rennen. Außerdem konnte man den Zauber auf das ursprüngliche Ziel weiterleiten. Dafür hätte Marie jedoch Keks gebraucht, und der saß inzwischen sicherlich wieder auf seinem Fensterbrett und ließ sich von Gabriella füttern.

Also musste die Entscheidung zwischen einer der beiden verbliebenen Möglichkeiten fallen: Entweder Marie lagerte die magische Energie, die nun in Willi steckte, irgendwo zwischen, bis Keks wieder in Reichweite war, oder sie wandelte sie in etwas anderes um. Leicht klang nichts davon. Bei der Umwandlung rechnete sich Marie allerdings etwas höhere Chancen auf Erfolg aus.

Sie hatte gelesen, dass besonders starke Magier und Magierinnen die Energie sogar so sehr verändern konnten, dass es am Ende wirkte, als wäre nie etwas geschehen. Luuk zum Beispiel hätte das Bewegen und Sprechen einfach in einen Schwarm Motten aufgehen lassen können. Aber Marie stand gerade mal am Anfang ihrer Ausbildung. Sie konnte schon froh sein, wenn der neue Zauber zur Abwechslung mal sein Ziel traf.

Trotzdem musste sie es versuchen, und falls alles so klappte, wie sie es sich vorstellte, würde Willi nachher wieder ein ganz normaler Zwerg aus Gold sein, nur ein kleines Stückchen größer und schwerer. Mit etwas Glück gelang es Marie nämlich, das Sprechen und Bewegen in noch ein bisschen mehr Gold zu verwandeln. Und wenn das geschafft war, konnte sie endlich ihre Suche nach Luuk fortsetzen.

Mit aller Kraft versuchte sie, sich auf die bevorstehende Aufgabe zu konzentrieren. Doch nach fünfzehn misslungenen Anläufen gab sie es schließlich auf und ließ sich zurück auf die Couch sinken. Sie war zu erschöpft, um weiterzumachen. Und sooo müde.

»Magie zu wirken, kostet Kraft, und die Rücknahme eines veränderten Zauberspruches noch viel mehr«, sagte Alfred. »Selbst mancher Meister verzweifelt daran. Du musst schlafen, um dich zu erholen.«

»Nein, ich muss Willi zurückverwandeln und Keks befragen, damit ich rausfinde, wer Luuk verschleppt hat.« Marie gähnte. »Und wieso. Vielleicht war es wirklich dieser Flemming, der hat schließlich als Letzter mit Luuk gesprochen. Und jetzt will er ihn … er will … ach, keine Ahnung, was er will. Oder es war doch ein weißer Magier.«

»Lass uns morgen darüber reden«, erwiderte Alfred, während er eine Wolldecke aus dem Regal holte, auseinanderfaltete und über Marie ausbreitete. »Ruh dich aus, ich werde in der Zwischenzeit versuchen, mehr über die übrigen bunten Magierinnen und Magier herauszufinden. Und sobald du wach bist, sollten wir uns mit dem Vergessenszauber beschäftigen. Wenn diese beiden Kinder sich nicht mehr daran erinnern, dass du ihren goldenen Zwerg verzaubert hast …«

Den Rest des Satzes hörte Marie schon gar nicht mehr.

4. Teamarbeit

Als Marie am nächsten Morgen aus dem Schlaf hochschreckte, knurrte ihr Magen, als hätte sie zwei Tage lang nichts gegessen. Außerdem fühlte sich ihre Zunge an wie Sandpapier, auf dem jemand Kompost verteilt hatte. Eine ganze Menge Kompost.

Also putzte sich Marie ausgiebig die Zähne, trank zwei Gläser Wasser, putzte sich vorsichtshalber noch mal die Zähne und wollte sich anschließend auf den Weg zu *Amélies Gaumenfreuden* machen. Immerhin musste ihr Bärenhunger erst einmal gestillt werden, bevor sie sich um die Suche nach Luuk kümmern konnte. Und da half nichts besser als ein Frühstück bei Amélie. Doch auf dem Weg zur Haustür fiel ihr Blick auf den winzigen Vogelkäfig, der gestern noch oben im ersten Stock gestanden hatte – und in dem nun der goldene Opa Decker hockte.

»Hey! Was geht'n ab?«, fragte er, ließ sich von der Schaukel hinunter auf den Käfigboden fallen und fing an herumzuspringen wie ein verrückt gewordener Stepptänzer. Dabei brabbelte er irgendwelches Zeug in einer Sprache, die Marie nicht verstand.

Verflucht, den kleinen Kerl hatte sie ja vollkommen verdrängt! Wieso hatte Alfred sie bloß die ganze Nacht durchschlafen lassen? Der Butler hätte Marie lieber nach ein paar Stunden wecken und wieder an die Arbeit schicken sollen. Aber jetzt war es zu spät. Philip und Merle saßen sicherlich schon auf heißen Kohlen – oder sie glaubten, Marie hätte die Figur doch von Anfang an stehlen wollen.

Allein beim Gedanken daran wurde Marie schwummerig, und das Grummeln in ihrem leeren Magen machte die Sache nicht unbedingt besser. Unsicher, was sie als Erstes tun sollte, trat sie von einem Bein aufs andere. Dabei lauschte sie der Standuhr in der Bibliothek, die genau in diesem Moment zu läuten begann. Einmal, zweimal, dreimal … erst nach dem achten Schlag kehrte wieder Stille im Haus ein.

Acht Uhr. Grübelnd kniff Marie die Augen zusammen.

Als sie noch die Privatschule besucht hatte, war jeden Morgen um acht Unterrichtsbeginn gewesen. Mittlerweile wurde Marie zwar ausschließlich zu Hause unterrichtet, aber für Philip galt das mit großer Sicherheit nicht. Er ging bestimmt normal zur Schule, sechste Klasse schätzungsweise. Und das wiederum bedeutete, dass er locker bis mittags beschäftigt war und Marie selbst dann noch genügend Zeit bleiben würde, sich um Willi zu kümmern, wenn sie jetzt fix bei Amélie etwas zu essen holte.

Entschlossen flitzte sie in die Küche, kramte ein paar Geldscheine aus ihrer Sparbüchse – und im nächsten Moment war sie bereits draußen auf der Straße. Normalerweise feierte sie jeden Aufenthalt in den *Gaumenfreuden* wie einen Festtag, sog die Atmosphäre in sich auf wie ein Schwamm und zehrte auch Tage später noch davon. Doch heute würde es schneller gehen müssen. Sie würde sich einfach ein paar der kleinen bunten Törtchen einpacken lassen, ein paar Croissants und vielleicht ein oder zwei Rosinenbrötchen dazu – fertig. Alles gar kein Problem, da war sich Marie sicher.

Aber sobald sie das kleine Café betreten und Amélie Delamour entdeckt hatte, war es mit ihrem Plan dahin.

»Marie, meine Liebe!«, rief die stämmige Bäckerin und ließ den Schneebesen fallen, den sie eben erst aus einer Schublade geholt hatte. »Du siehst ja furchtbar aus! Geht es dir nicht gut?«

»Doch, doch«, erwiderte Marie mit einem schwachen Lächeln. Und als sich kurz darauf nicht nur die beiden Bedienungen, sondern auch ein paar der anwesenden Gäste zu ihr umdrehten, winkte sie beschämt ab. »Nur zu wenig Schlaf, keine Sorge.«

»Bist du sicher?« Mit fliegender Schürze eilte Amélie um die Theke herum, legte ihre Hände an Maries Wangen und blickte ihr prüfend ins Gesicht. »Oder gibt es etwas, worüber du reden möchtest?«

Seufzend schüttelte Marie den Kopf, dabei hätte sie Amélie am liebsten alles erzählt. Mit ihrer herzensguten Art und ihrem Gespür selbst für kleinste Sorgen war die Bäckerin eigentlich genau die richtige Person, um Probleme zu besprechen. Doch Marie musste sich wohl oder übel zurückhalten, um nicht noch mehr Schwierigkeiten heraufzubeschwören.

»Nun komm erst mal rein und setz dich«, sagte Amélie, während sie Marie zu einer der kleinen Sitznischen führte. »Hier ist es gut. Mach es dir bequem, ich bringe dir etwas, das dich ein wenig aufpäppeln wird, ja?« Damit verschwand sie in der Küche, wo sie *die besonderen Leckereien für besondere Leute* aufbewahrte, wie sie immer sagte.

Marie ließ sich unterdessen tief in die kuscheligen, nach Lavendel duftenden Polster mit Blümchenmuster sinken. Nach dem Stress der letzten Tage tat es so gut, einfach mal nur herumzulümmeln und vor sich hin zu gucken! Das Café war in den letzten Jahren zu so etwas wie ihrem zweiten Wohnzimmer geworden, und das, obwohl hier immer ordentlich Trubel herrschte.

Doch viel Zeit zum Verschnaufen blieb ihr nicht, denn schon wenige Minuten später kam Amélie mit einem Tablett zurück, auf dem sich kleine Kuchen und Törtchen und Gebäckröllchen bloß so türmten.

»Ganz viel Süßes für meine kleine Naschkatze«, flötete sie, wählte ein Tellerchen mit einem besonders hübsch verzierten Cupcake aus und stellte es vor Marie ab. Dann zwängte sie sich mit ihrem üppigen Körper neben Marie auf die Sitzbank, nahm sie fest in den Arm und flüsterte: »Aber wehe, du verrätst deinem Vater, dass ich dich so verwöhne!«

»Mach ich nicht, keine Sorge«, murmelte Marie um den wachsenden Kloß in ihrem Hals herum. Sie vermisste Luuk mit jeder Minute mehr, die sie hier saß. Also biss sie hastig von ihrem Cupcake ab und kaute extra langsam, um nicht in Versuchung zu kommen, doch noch etwas über sein mysteriöses Verschwinden zu verraten.

»Braves Mädchen«, sagte Amélie. »Er ahnt nämlich schon, dass ich dir manchmal einen Mini-Muffin zustecke, wenn er nicht hinschaut.« Sie kicherte amüsiert. »Wo steckt er eigentlich? Ist er etwa zu beschäftigt für einen Abstecher in sein Lieblingscafé?«

Vor Schreck atmete Marie eins der winzigen Zuckerkügelchen ein, mit denen der Cupcake verziert war, und begann furchtbar zu husten. Während Amélie ihr mit einem tadelnden »Na, na! Immer mit der Ruhe!« auf den Rücken klopfte, suchte Marie fieberhaft nach einem Ausweg aus dieser Situation. Was sollte sie auf diese Frage bloß erwidern? Sie wollte Amélie auf keinen Fall belügen, die Wahrheit sagen durfte sie ihr allerdings auch nicht … Aber vielleicht gab es ja irgendwas dazwischen? Marie konnte der Bäckerin möglicherweise einen klitzekleinen Hinweis geben … oder auch zwei …

»Ach, du liebes bisschen, Felix! Deine Bestellung habe ich in der Aufregung völlig vergessen!«, rief Amélie in diesem Moment und katapultierte Marie damit ruckartig aus ihrem Gedankenkarussell heraus. Schnell stopfte sie sich den Rest des Cupcakes in den Mund, damit ihr nicht doch noch etwas über die Lippen kam, dann schaute sie zur Tür hinüber.

Dort stand tatsächlich Felix Flemming, und obwohl Marie ihm erst ein- oder zweimal über den Weg gelaufen war, erkannte sie ihn sofort. Er trug ein kariertes Hemd mit hochgekrempelten Ärmeln, dazu Jeans, die an den Knien abgewetzt waren, und schwere Schuhe. Überall in seinen schwarz gelockten Haaren und auf seiner Kleidung hingen Sägespäne, Staub und kleine Putzbrocken, ganz so, als hätte er bis eben noch auf einer Baustelle gestanden. Sein Blick blieb eine Weile an Marie hängen, ehe er weiter zu Amélie wanderte.

»Macht nichts, ich kann auch kurz warten«, bot er an und setzte sich auf einen Stuhl in der Nische neben ihnen. »Ich wollte dich sowieso bitten, ob du noch zwei Baguettes zu meiner Bestellung dazupacken könntest.«

»Gleich zwei Baguettes mehr?«, trällerte Amélie. Und nach einem vielsagenden Kichern fügte sie hinzu: »Sag bloß, du hast Besuch?«

»Ähm, ja. Besuch. Es ist aber nur ein …« Flemming zögerte kurz, »… ein alter Schulfreund.«

Beim letzten Wort schenkte er Marie ein angestrengtes Lächeln, dann wandte er sich ab und begann, mit dem Fingernagel an einer Kerbe im Holz des Tisches herumzukratzen.

Irritiert zog Marie die Augenbrauen zusammen, und auch Amélie schien für einen Moment nicht so recht zu wissen, wie sie auf diese Geste reagieren sollte. Doch schließlich erhob sie sich, strich ihre Schürze glatt und sagte: »Zwei Baguettes für den fleißigen Mann im Holzfällerhemd und seinen Besuch – kommt sofort!«

»Danke. Ach, und eine Packung von diesen kleinen Mandel-Dingern mit Melone!«, rief Flemming ihr hinterher, während sie ein weiteres Mal in der Küche verschwand.

»Calissons?«, hakte Amélie nach, und Marie versteifte sich.

Calissons waren Luuks absolute Lieblingssüßigkeit! Amélie beschwerte sich immer wieder darüber, dass die Dinger außer ihm niemand in dieser Stadt zu schätzen wüsste. Tja, abgesehen von Felix Flemming offenbar … Was für ein seltsamer Zufall.

»Du bist Luuk Vorlosts Adoptivtochter, nicht wahr?«, fragte Flemming plötzlich an Marie gewandt.

Sie nickte zögernd.

»Marie, richtig?«, fuhr er fort. »Wie geht es dir? Ist alles … in Ordnung bei euch?«

Marie nickte erneut.

»Ah, sehr schön, sehr schön. Hm …« Flemming stockte und rieb sich einige Male über den Nacken, ehe er weitersprach: »Sag mal, du weißt nicht zufällig, ob Luu… ob dein Vater im Moment irgendwelche wichtigen Termine hat? Oder hat er jemanden erwähnt, der … ich weiß nicht … der sich mit ihm treffen wollte, oder so?«

Mehr als ein Blinzeln brachte Marie nun nicht mehr zustande.

Keine zwei Meter von ihr entfernt saß genau der Kerl, der

kurz vor Luuks Verschwinden noch mit ihm telefoniert hatte, und fragte sie über Dinge aus, die ihn überhaupt nichts angingen. Wieso? Was wollte der Typ bloß von Luuk? Oder hatte er am Ende sogar schon, was er wollte?

Marie wurde schwindelig beim Gedanken daran, was Alfred gestern zu ihr gesagt hatte: »Dem traue ich alles zu, so oft, wie er Master Luuk angerufen hat.«

O Himmel …

»Deine Bestellung ist fertig, Felix«, flötete Amélie in diesem Moment von der Kuchentheke herüber, und Flemming drehte sich beinahe erschrocken zu ihr um. Scheinbar hatte er nicht damit gerechnet, dass das so schnell gehen würde.

»Danke«, murmelte er, warf Marie einen letzten durchdringenden Blick zu und stand schließlich auf, um die prall gefüllte Gebäcktüte in Empfang zu nehmen. Nachdem er bezahlt hatte, wechselte er noch ein paar höfliche Worte mit Amélie und verließ dann schnurstracks das Café.

»Interessanter junger Mann«, sagte die Bäckerin, sobald sie wieder neben Marie saß und ihr den nächsten kleinen Teller hinschob. »Zwei Jahre kommt er jetzt schon hier herein, spricht kaum ein Wort und bestellt immer exakt dasselbe. Doch seit ein paar Tagen – ZACK – alles anders.«

»Als interessant würde ich ihn jetzt nicht unbedingt bezeichnen«, brummte Marie und zerpflückte die Madeleines auf dem Teller in kleine Stückchen. »Seltsam passt viel besser.«

Mit einem verschwörerischen Grinsen auf den Lippen

beugte sich Amélie näher an Marie heran. So nahe, dass ihre braunen Haare Marie an der Wange kitzelten. »Wahrscheinlich hast du recht. Ich meine, wer saniert denn über zwei Jahre lang so ein kleines Haus?« Sie senkte die Stimme, damit keiner der anderen Gäste sie hören konnte. »Angeblich hat sich vor ein paar Tagen sogar die Stadtverwaltung eingeschaltet und darum gebeten, den Fortschritt auf der Baustelle begutachten zu dürfen. Immerhin steht das Gebäude unter Denkmalschutz. Aber Felix hat sie wohl nicht einmal aufs Grundstück gelassen.«

»Sag ich doch, seltsam«, wiederholte Marie.

Eine Weile guckten sie schweigend den beiden Bedienungen dabei zu, wie sie Kuchenstück um Kuchenstück servierten, bis Amélie schließlich flüsterte: »Also wenn du mich fragst, könnte man meinen, Felix *will* gar nicht mit der Sanierung fertig werden. Wer weiß, vielleicht versteckt er irgendwas unter all dem Schutt.«

Irgendwas – oder *irgendwen*. Mitten in der Bewegung hielt Marie inne und schaute die Bäckerin mit großen Augen an.

»Amélie, du bist ein Schatz!«, hauchte sie. Dann kramte sie mit fliegenden Fingern einen Geldschein aus der Tasche, drückte ihn Amélie in die Hand – und im nächsten Moment war sie bereits auf den Beinen.

Marie flitzte so eilig aus dem Café hinaus auf die Straße, dass sie über ihre eigenen Füße stolperte. Mit einem hellen Quietschen fing sie sich ab, schnappte kurz nach Luft und lief dann langsamer weiter. Sie musste Alfred erzählen, dass sie endlich eine Spur gefunden hatte, wenn auch eine winzig kleine. Aber Flemmings ständige Anrufe, seine komischen Fragen gerade und nun die Geschichte, dass er offenbar irgendwas zu verbergen versuchte – all das deutete darauf hin, dass er etwas mit der Sache zu tun hatte.

Beim Gedanken daran, dass sie Luuks Entführer möglicherweise bereits auf die Schliche …

»Falls du mich suchst, unsere Wohnung liegt ein ganzes Stück von hier entfernt.«

Erschrocken fuhr Marie zusammen. Heute war doch Freitag, oder nicht? Und freitags war doch immer noch ein normaler Schultag, oder nicht? Im Zeitlupentempo drehte sie sich um – bis ihr Blick direkt auf Philip Deckers hochgezogener Augenbraue landete.

Dieser Angeber!

»Sieh an, Philip Decker aus Hausnummer neun. Was machst du hier, hast du keine Schule?«, fragte Marie und hoffte inständig, dass sie dabei nicht halb so schuldbewusst klang, wie sie sich fühlte.

»Heute ist schulfrei. Feiertag.« Philip lächelte kühl. »Nächste Woche mache ich zwei Tage Praktikum bei Amélie, deshalb muss ich ihr noch diesen Wisch hier von meiner Lehrerin vorbeibringen«, sagte er und wedelte mit einem Blatt Papier herum. »Aber auf deine Ausrede bin ich wirklich gespannt.« Abwartend verschränkte er die Arme vor der Brust.

»Ausrede?«, piepste Marie. »Wieso denn Ausrede?«

»Na ja, Merle und ich haben den Goldzwerg noch nicht

zurück, obwohl du versprochen hast, ihn uns zu bringen.« Er legte den Kopf schief. »Es sieht allerdings nicht danach aus, als ob du dich gerade um dieses Problem kümmern würdest. Also …«

»Ich hab gesagt, ich bringe ihn euch, sobald ich *fertig* bin.«

»Das heißt, du bist nicht fertig?«, wollte Philip wissen, und als Marie ertappt das Gesicht verzog, fügte er hinzu: »Wie lange soll das denn noch dauern?«

Maries Gedanken rasten. Sie konnte sich im Moment einfach nicht mit Willi befassen, die Spur zu Luuk war viel wichtiger! Aber es durfte auch nicht so aussehen, als wäre ihr der Gold-Opa egal. Sie würde sich später um ihn kümmern. Irgendwann, nur eben nicht jetzt. Am besten war es deshalb wohl, wenn sie das Gespräch mit Philip schon im Keim erstickte.

»Weißt du, ich hab gerade nicht viel Zeit …«, setzte sie an, doch der Decker-Junge unterbrach sie sofort.

»Ja, stell dir vor, ich auch nicht. Also, wie lange noch?«

»Wie lange noch für den Zwerg?«, wiederholte Marie die Frage, während sie versuchte, sich bemüht unauffällig an Philip vorbeizuschieben. »Ich würde sagen, so ein oder zwei … ja, ungefähr ein oder zwei …«

»Stunden?«, schlug Philip vor. »Stunden wären okay.«

»Ich dachte eher an Tage.« Marie grinste verlegen. »Oder Wochen.«

»*Wochen?*« Bisher hatte Philip erstaunlich ruhig geklungen, aber jetzt überschlug sich seine Stimme beinahe. »Das geht auf gar keinen Fall! Wochen, also ehrlich. Ich brauche das Ding spätestens am … Was zum Teufel machst du da eigentlich? Willst du etwa abhauen?«

Abrupt hielt Marie inne. »Nein!«, behauptete sie, und gleich darauf: »Ja! Ich hab dir doch gesagt, dass ich nicht viel Zeit habe. Weil ich … vergessen habe, den Backofen auszumachen. Zu Hause. Bei mir.« Jede einzelne Lüge fühlte sich wie ein Nadelstich in Maries Magengrube an, aber sie zwang sich, den Schmerz zu ignorieren.

Mit zusammengezogenen Augenbrauen trat Philip zur Seite. »Du bist wirklich seltsam«, murmelte er. »Das alles hier ist seltsam.« Er schüttelte den Kopf und atmete einmal tief durch, dann sah er Marie wieder direkt an. »Wenn du nicht willst, dass ich deinem Vater von der Sache mit der goldenen Figur erzähle, gibst du sie mir schnellstmöglich zurück.«

Deinem Vater … Luuk … Der Sorgenknoten in Maries Magen wuchs urplötzlich zu doppelter Größe an, und nur wenige Sekunden später platzte er endgültig auseinander. Marie bemühte sich, die Worte zurückzuhalten, die sich nun ihren Weg nach draußen bahnten. Doch es half nichts. Irgendwo in ihr drin war ein Damm gebrochen, und die Sätze sprudelten vollkommen unkontrolliert aus ihr heraus.

»Wenn Luuk hier wäre, würde ich ihm schon selbst sagen, was passiert ist«, schnappte sie. »Ich weiß nämlich nicht, ob ich euren komischen Zwerg jemals ohne seine Hilfe zurückverwandeln kann! Blöderweise hat irgendjemand Luuk vor drei Tagen entführt, und seitdem fehlt von ihm jede Spur. Könnte sein, dass es Felix Flemming war, der Typ, der das

Haus beim *Schwarzen Schwan* renoviert. Der hat gerade versucht, mich auszufragen. Mich ausfragen – ha, kann er natürlich vergessen! Wahrscheinlich ist er ein weißer Magier oder so. Ich kann es allerdings nicht beweisen, weil Gabriella ihren Kater in Zukunft nie wieder auch nur eine Sekunde lang aus den Augen lassen wird.«

Philip blinzelte verwirrt.

Da Marie jetzt allerdings ohnehin schon gegen so ziemlich jede Regel des Zauberrates verstoßen hatte, redete sie einfach weiter: »Ja, ich weiß, du verstehst kein Wort. Außerdem glaubst du nicht an Magie – an weiße Magier erst recht nicht. Die gibt's nämlich nur im Märchen, und da sind sie ja immer die Guten. Nicht wahr? Ach, und Luuk ist bestimmt bloß auf Geschäftsreise, deshalb bin ich allein zu Hause. Die Geschichte mit seiner Entführung hab ich mir ausgedacht, weil mir langweilig war. Das wolltest du doch sagen, oder?« Ehe Philip etwas erwidern konnte, hob sie den Zeigefinger und fügte noch hinzu: »Und von wegen seltsam: Wer von uns beiden hat denn bitte eine goldene Figur von seinem eigenen Opa daheim rumstehen, hm?«

Mit einem nachdrücklichen Brummen verschränkte sie die Arme vor der Brust und starrte Philip so lange an, bis er allmählich wieder aus seiner Schockstarre erwachte.

»Okaaay«, sagte er gedehnt. »Das war interessant. Wobei ich das mit der Geschäftsreise, der Langeweile und dem anderen Zeug ganz sicher nicht behauptet hätte.«

»Sondern?«, fragte Marie.

»Weiß ich nicht, ich denke noch darüber nach.«

Stöhnend vergrub Marie ihr Gesicht in den Händen. »Gut, mach das. Aber ich muss wirklich nach Hause und Al… und mir was einfallen lassen, wie ich an Flemming rankomme.« Sie wollte erneut an Philip vorbeilaufen, doch er machte einen Schritt zur Seite und versperrte ihr den Weg.

»Moment, ich fasse das nur noch mal kurz zusammen, damit ich verstehe, um was es hier eigentlich geht, ja?« Er runzelte die Stirn und hob eine Hand, um alles Weitere an seinen Fingern abzählen zu können. »Erstens: Du hast unsere Goldfigur verzaubert, ohne Luuk kannst du dieses Kunststückchen aber nicht rückgängig machen.«

»Das war kein *Kunststückchen*, sondern echte Magie«, raunte Marie.

»Richtig, hatte ich … *vergessen*. Und Luuk ist auch ein Magier.«

»Ein Magiermeister sogar. Er bildet mich aus.«

»Verstehe.« Philip nickte, dann zählte er weiter auf. »Zweitens: Luuk ist nicht da, um dir bei der Sache zu helfen. Und du glaubst, Felix Flemming hat ihn entführt.«

»Ganz genau.«

»Weil – drittens – Felix Flemming ein weißer Magier ist.«

»Wahrscheinlich, ja.«

»Sind das die Bösen, oder was?«

»Nein. Oder … vielleicht.« Marie stöhnte auf. »Das ist alles ziemlich kompliziert, und ich hab dir schon mal gesagt, dass ich darüber eigentlich nicht sprechen darf.«

»Okay, nur eine Frage noch.« Philip hob den vierten Finger. »Das mit Gabriella Ecos Kater. Das hab ich nicht kapiert.«

Marie seufzte. »Keks ist der Einzige, der Luuks Entführung beobachtet hat. Ich wollte ihn eigentlich mit Magie zum Sprechen bringen, aber der Zauber ist umgelenkt worden und hat eure Figur getroffen.«

»Hm.« Nachdenklich sog Philip seine Unterlippe zwischen die Zähne und kaute eine Weile darauf herum, bis er schließlich fragte: »Du hast also gar keine Beweise dafür, dass es Felix Flemming war?«

Empört schnappte Marie nach Luft. Ihr Stolz verlangte, sofort zum Gegenangriff überzugehen und Philip alles um die Ohren zu klatschen, was sie bisher wusste. Doch ihr Gewissen grätschte dazwischen, bevor das erste Wort über ihre Lippen schlüpfen konnte. Philip lag mit seiner Vermutung nämlich gar nicht so falsch; als waschechte Beweise konnte Marie ihre Sammlung wohl kaum bezeichnen. Es waren eher eine Handvoll *Hin*weise, an die sie sich klammerte wie an einen Rettungsring.

»Ich meine, wenn du dir so sicher bist, warum rufst du dann nicht die Polizei?«, hakte Philip weiter nach. »Die werden dir bestimmt helfen.«

Okay, *damit* hatte er aber nun alles andere als recht.

»Au ja, Philip Decker aus Hausnummer neun, das ist eine prima Idee. Am besten gehe ich gleich zur nächsten Dienststelle und sage: Hey, Leute! Ich glaube, mein Adoptivvater wurde von einem Kerl im Holzfällerhemd entführt. Wäre cool, wenn ihr euch darum kümmern würdet! Aber seid vorsichtig, der Typ könnte ein weißer Magier sein.« Marie tippte sich an die Stirn. »Hast du mir eigentlich zugehört?

Keine Magie vor Malmag! Und auch keine Gespräche darüber.«

»Malmag?«, echote Philip. »Was ist das nun wieder?«

»Das sind Nichtmagier wie du, die denken, sie wüssten alles besser«, fauchte Marie. »Wenn die Polizei davon Wind bekommt, dass Luuk verschwunden ist, stecken sie mich zurück ins Heim! Weißt du, wie es da ist? Nein, tust du nicht. Man hat immer das Gefühl, nicht richtig zu sein. Am falschen Ort, mit den falschen Leuten, im falschen Leben.« Entschlossen schüttelte Marie den Kopf. »Das brauche ich nicht noch mal. Also lege ich Flemming lieber selbst das Handwerk.«

»Und wie, wenn ich fragen darf?«, entgegnete Philip, nachdem er einen Moment lang geschwiegen hatte. »Willst du ihn auf offener Straße mit Steinen bewerfen? Ihr müsst doch jemanden haben, der in eurer Welt für Ordnung sorgt. Eine Art … ich weiß nicht … Magiepolizei oder so.«

Marie zögerte. Sollte sie diesem Jungen, den sie erst seit ein paar Stunden kannte, wirklich noch mehr von alldem hier erzählen? Er wusste doch jetzt schon viel zu viel, und wenn er auch nur ein Wörtchen darüber vor einem anderen Malmag verlor, würde der Zauberrat sicherlich irgendwann davon erfahren und Marie schwer bestrafen. Ihre Ausbildung zur bunten Magierin wäre dann gelaufen, schlimmstenfalls würde man sogar ihre Erinnerungen löschen.

»Also nein?«, hakte Philip nach, und urplötzlich begann Maries Gegenwehr zu bröckeln.

Vielleicht lag es daran, dass Philip Decker der erste

Gleichaltrige überhaupt war, mit dem sich Marie einigermaßen normal unterhalten konnte. Oder aber sie sehnte sich seit ihrem Gespräch mit Amélie immer mehr danach, jemandem die ganze Wahrheit anzuvertrauen, nur um die Last loszuwerden. Egal, was der Grund war, schließlich gelang es ihr nicht länger, die Worte zurückzuhalten.

»Hatten wir mal«, sagte sie stockend. »Der Zauberrat hat sich wohl früher um solche Dinge gekümmert.« Kurz hielt sie inne und musterte Philip durchdringend, ehe sie etwas leiser hinzufügte: »Auf den kann man sich allerdings nicht mehr verlassen, weil er bloß noch aus weißen Magiern besteht, die sich vor allem um sich selbst kümmern und ihre eigenen Ziele verfolgen.«

»Oh, das ist übel«, brummte Philip.

»Ja. Und indem ich mit dir darüber spreche, verstoße ich gegen so ziemlich alle Magiergesetze, die es gibt. Wenn der Zauberrat davon erfährt, war es das mit meiner Ausbildung – und vermutlich auch mit meinem Leben bei Luuk.« Den letzten Satz hatte Marie mit besonderem Nachdruck gesagt, um Philip den Ernst der Lage klarzumachen. »Deshalb musst du unbedingt die Klappe halten, damit wirklich niemand herausfindet, was hier vor sich geht. Kapiert?«

Als Philip betreten nickte, lief Marie an ihm vorbei – und zog gleich darauf unwillig die Augenbrauen zusammen, weil der Decker-Junge ihr folgte.

»Musst du nicht in die andere Richtung?«, fragte sie über ihre Schulter hinweg, woraufhin er einen Zahn zulegte und zu ihr aufholte.

»Ich hab dir doch schon versprochen, dass ich keinem was über dieses ganze abgefahrene Zeug verraten werde«, sagte er. »Und ich halte mich daran. Aber mein Opa kommt nächsten Freitag zu Besuch. Wenn die Figur dann nicht an ihrem Platz steht, fliegen in meiner Familie die Fetzen.«

»Ja, ich hab's verstanden«, erwiderte Marie. »Ich bemühe mich ja, falls es dir nicht auffällt! Also lass mich endlich …«

»Nein, ich glaube, du verstehst mich ganz und gar nicht«, fiel Philip ihr ins Wort, und der drängende Unterton in seiner Stimme ließ Marie erneut innehalten. »Ich *kann* nicht darauf warten, ob du Luuk vielleicht irgendwann alleine findest. Außerdem brauchst du auch erst mal Beweise dafür, dass es tatsächlich Flemming war. Sonst nützt dir alles Hinterherspionieren nichts. Also, hast du welche?«

»Abgesehen davon, dass er gerade versucht hat, mich auszufragen?« Störrisch reckte Marie ihr Kinn nach vorne, um sich ihre Unsicherheit nicht anmerken zu lassen. »Luuk hat ständig mit ihm telefoniert und ist dabei jedes Mal aus dem Raum gegangen, damit ich nichts mitbekomme. Wahrscheinlich haben sie gestritten. Amélie meinte auch, dass …«

»Beweise, Marie«, ächzte Philip. »Ist dir klar, was Beweise sind?«

»Natürlich, ich bin ja nicht blöd!«

»Gut, dann fangen wir doch am besten damit an, welche zu sammeln.«

Wir? Hatte Philip tatsächlich gerade *wir* gesagt? In Maries Leben hatte es bisher noch nie ein *wir* gegeben, das sie und ein anderes Kind mit einschloss, immer nur *die anderen*. Sie öffnete den Mund, um genauer nachzuhaken, doch Philip kam ihr wieder zuvor.

»Keine Sorge, ich weiß, wie man Dinge ausgräbt, die eigentlich verborgen bleiben sollen«, versprach er. »Meine Mutter ist Journalistin bei der Oelding Press. Da lernt man so was wahrscheinlich am besten.«

Ein nervöses Lachen platzte über Maries Lippen. Einem Malmag etwas über Magie zu verraten, war eine Sache. Aber mit einem zusammenzuarbeiten, dessen Mutter zur Presse gehörte … Da konnte sich Marie ja auch gleich auf den Marktplatz stellen und mit viel Geschrei teure Handtaschen in Kuhfladen verwandeln.

»Na los, wenn du dir schon von sonst niemandem helfen lassen kannst, dann wenigstens von mir!«, bat Philip. »Danach musst du auch nie wieder was mit mir zu tun haben. Mir geht es wirklich nur um die Figur. Ich brauche sie.«

Marie seufzte. »Dein Opa fährt wohl echt auf das Ding ab, hm?«, fragte sie, und jetzt lachte Philip nervös.

»Du hast ja keine Ahnung«, brummte er. Und weil er dabei so furchtbar angespannt aussah, konnte Marie gar nicht anders als einzuwilligen. Möglicherweise lief es mit Philip an ihrer Seite ja tatsächlich besser, wenn er doch so viel Erfahrung im Ausgraben von Geheimnissen hatte. Schlechter als bisher konnte es ja kaum noch werden.

»Okay, meinetwegen«, sagte Marie schließlich und fühlte sofort, wie die Last noch ein wenig leichter wurde. »Dann zeig mal, was du kannst.«

Gut zehn Minuten später kramte Marie ihren Schlüssel aus der Hosentasche und versuchte wie jeden Tag, irgendwie die Tür aufzubekommen. So einfach, wie es klang, war das nämlich bei weitem nicht, denn in letzter Zeit blockierte das blöde Ding immer häufiger. Allmählich schwante Marie, dass das mit Alfreds ständig erweiterten Schutzzaubern zusammenhing. Dafür sprach auch Luuks Reaktion, als Marie ihn einmal auf das klemmende Schloss angesprochen hatte: Er hatte bloß abgewunken und gemeint, das würde schon irgendwann wieder normal funktionieren.

Während Marie also wie eine Wilde im Schloss herumstocherte, wartete Philip geduldig neben ihr. Doch nach einer Weile räusperte er sich und trat dann einen Schritt näher an Marie heran. »Sag mal«, flüsterte er. »Kann es sein, dass deine Nachbarin uns beobachtet?«

Gabriella? Um ein Haar hätte Marie den Schlüssel im Schloss abgebrochen, so sehr erschreckte sie der Gedanke, dass diese geschwätzige Schnüffeltante Luuks Verschwinden bemerken könnte. Hastig warf sie einen Blick über die Schulter zu Gabriellas Haus hinüber – und drehte sich sofort wieder um. Die neugierige Nachbarin stand tatsächlich auf dem Gehweg und sah aufmerksam zu, wie sich Marie mit dem Schloss abmühte. Kurz darauf wehte auch schon Gabriellas schrille Stimme zu ihnen herüber.

»Mariechen!«, rief sie. »Kann ich dir eine Frage stellen?«

»Hast du doch gerade«, murmelte Marie und rüttelte noch heftiger an ihrem Schlüssel. Ausgerechnet heute hakte er besonders stark.

»Hast du zufällig eine Ahnung, wie Keks gestern aus dem Haus gekommen sein könnte?«, fragte Gabriella weiter, und auf einmal klang sie viel lauter. Offenbar hatte sie die Straße überquert und stand jetzt vor Maries Gartentor. »Vielleicht haben du und der Decker-Junge ja irgendetwas bemerkt?«

»Nein, tut mir leid«, erwiderte Marie. »Wir sind im Moment auch wirklich beschäftigt, also …«

»Philip heißt er, nicht wahr?«, fiel Gabriella ihr ins Wort. »Ich wusste gar nicht, dass ihr befreundet seid. Woher kennt ihr euch denn?«

»Ach, wir arbeiten zusammen an einem Projekt. Für … für Sozialkunde.«

Ein Grinsen zupfte an Philips Mundwinkeln. Doch anstatt Marie mit der wissbegierigen Nachbarin behilflich zu sein, beobachtete er bloß weiter interessiert, was geschah. Als ein Quietschen hinter ihnen verriet, dass Gabriella das Gartentürchen geöffnet hatte, hielt Marie unwillkürlich die Luft an. Ihre Nachbarin würde ganz sicher noch sehr viel näher kommen, wenn es Marie nicht bald gelang, *dieses verfluchte Schloss* zu öffnen.

»Sozialkunde«, wiederholte Gabriella. »Furchtbar, das habe ich nie gemocht, als ich noch zur Schule gegangen bin. Vielleicht hätte es mir ja besser gefallen, wenn ich auch zu Hause unterrichtet worden wäre, wer weiß. Was für ein Projekt ist das denn genau?«

»Teamarbeit«, knurrte Marie. »Luuk will, dass ich etwas über Teamarbeit lerne.«

»Ha! Das ist nie verkehrt, da hat Luuk ganz recht.« Gabriella kicherte in sich hinein, während sie unaufhaltsam weiter auf Marie und Philip zusteuerte. »Und du arbeitest mit dem Decker-Jungen daran. Scheint wohl ein schulübergreifendes Projekt zu sein.«

»Ja, genau.« Endlich schaltete sich Philip in das Gespräch ein, so dass Marie sich wieder ganz auf das Schloss konzentrieren konnte. »Wir mussten uns eine Aufgabe überlegen, die wir gemeinsam lösen können. Und wenn wir feee…«

Na, also! Marie hatte es tatsächlich geschafft, die Tür zu öffnen, und nun zerrte sie Philip energisch ins Haus.

»Wir müssen los, Gabriella! Tschü-hüss!«, trällerte sie ihrer Nachbarin noch entgegen, dann pfefferte sie die Tür zu. Sobald Gabriella sich nämlich erst einmal warmgefragt hatte, kam man nicht mehr von ihr weg. Egal, wie sehr man sich bemühte.

»Spinnst du? Die weiß, wer meine Mutter ist!«, rief Philip. »Ich kann sie doch nicht einfach so stehen lassen.«

»Jetzt hör mal gut zu, Philip Decker aus Hausnummer neun«, zischte Marie. »Wenn du diese Tür noch mal öffnest, war's das mit unserem Plan, Luuk zu finden und deinen Zwerg zurückzuverwandeln. Dann darfst du stattdessen die nächsten Stunden Gabriellas Fragen beantworten. Und glaub mir, sie hat *sehr viele* Fragen. Verstanden?«

Einen Moment lang schien Philip ernsthaft darüber nachzudenken, die Tür trotzdem wieder aufzumachen. Doch schließlich gab er sich geschlagen.

»In Ordnung«, brummte er. »Finden wir Luuk.«

5. Die Geschichte der Magie

Luuks Arbeitszimmer war der erste Raum, den Marie und Philip bei ihrer Suche nach Beweisen auf den Kopf stellten. Sie durchwühlten Schubladen und Schränke nach Drohbriefen von Flemming, blätterten durch Notizbücher, Ordner und dicke Hefter, um Einträge zu finden, die auf einen Streit zwischen ihm und Luuk hinwiesen, sahen auf dem Schreibtisch nach und darunter – aber das Außergewöhnlichste, das ihnen auffiel, war eine winzige silberfarbene Glocke. Das fingergroße Dingelchen schien Philip dermaßen in den Bann zu ziehen, dass er so lange damit herumbimmelte, bis Marie es ihm stöhnend aus der Hand riss.

»Lässt du das bitte mal bleiben?«, fuhr sie ihn an. »Spielen kannst du auch zu Hause!«

»Ist ja gut. Ich frag mich nur, wozu man eine Glocke braucht, die nicht läutet.«

»Und ich frag mich, wann du zuletzt deine Ohren geputzt hast.« Marie warf das Glöckchen zurück in die Schublade, wo es klingelnd von einem rechteckigen Etwas abprallte, das in ein Stück Zeitung eingewickelt war – und das sie bisher völlig übersehen hatte. »Hm«, machte sie. Dann zog sie das Päckchen hervor.

»Das ist doch … ein Zeitungsartikel über Flemming!«, raunte Philip. Mit fliegenden Fingern half er Marie, das Paket auszuwickeln, und zum Vorschein kam eine kunstvoll verzierte Holzschatulle in der Größe eines kleinen Notizbuches.

Marie musterte sie kurz und legte sie anschließend beiseite, um Philip die Zeitung wieder aus der Hand zu nehmen.

Der Bericht handelte davon, dass Flemming als junger Mann bei einem sehr berühmten Schreiner in Asien in die Lehre gegangen war und eigentlich dessen Lebenswerk hätte fortführen sollen. Doch stattdessen hatte er sich Tausende Kilometer von seinem Meister entfernt ein baufälliges Haus gekauft, um dort seine eigene Schreinerei zu eröffnen.

»Das Haus gegenüber vom *Schwarzen Schwan*«, murmelte Marie, nachdem sie die Zeilen mehrmals überflogen hatte. »Kommt mir sehr verdächtig vor.«

»Was genau?«, entgegnete Philip skeptisch. »Dass er nicht in Asien geblieben ist?«

»Ja! Guck doch, die bezeichnen seinen Lehrmeister hier sogar als *Mozart des Holzhandwerkes*«, las Marie laut vor. »Das ist doch bescheuert, nicht dort zu bleiben, sondern ein heruntergekommenes Haus zu kaufen. Ausgerechnet hier! Und dann verändert er zwei Jahre lang fast nichts daran.«

»Richtig. Total verdächtig, dass er mit der Renovierung noch nicht fertig ist. Kommt ja auch überhaupt nicht in Frage, dass er vielleicht erst mal ein bisschen Geld verdienen muss oder so.« Philip verdrehte die Augen, doch Marie winkte ab.

»Ach, du verstehst das wahrscheinlich nicht. Wie auch? Du hast keine Ahnung, wie weiße Magier ticken.«

Sie legte den Artikel beiseite und widmete sich der hölzernen Schatulle, die darin eingewickelt gewesen war. Da hatte sich jemand unglaubliche Mühe gemacht, das musste Marie zugeben, und der Buchstabe F oben auf dem Deckel verriet sogar, wer das gewesen sein könnte. F – Felix Flemming. Der Kerl konnte wirklich gut mit Holz umgehen. Die Verzierungen und kleinen Beschläge sahen einfach nur zauberhaft aus, und das kleine Schloss an der Vorderseite … ließ sich nicht öffnen.

Sofort brach Marie in hektische Geschäftigkeit aus. »Wir brauchen den Schlüssel!«, entschied sie und begann, die Schubladen von Luuks Schreibtisch ein weiteres Mal zu durchwühlen. Ein Schlüssel wäre ihr vorhin zwar bestimmt aufgefallen, aber sicher war sicher. Außerdem hatte sie die Unterseite der Schubladen noch nicht untersucht. Oder die Außenseiten.

Nachdem Philip eine Weile nutzlos zugeschaut hatte, machte er sich ebenfalls ans Suchen, doch zwanzig Minuten später gab Marie schließlich auf. So ein winziger Schlüssel konnte überall versteckt sein, und wenn Marie genauer darüber nachdachte, war sie auch gar nicht darauf angewiesen, ihn zu finden. Sie hatte eine viel bessere Lösung, eine *schnellere*.

Während sie Philip verstohlen von der Seite musterte, griff sie nach der Magie im Raum. Der Junge wusste jetzt zwar darüber Bescheid, dass Marie eine Magierin war, aber deshalb musste sie ihm noch lange nicht unter die Nase reiben, wie das alles funktionierte. Stattdessen wartete sie, bis Philip die Schreibtischlampe anhob, um deren Standfuß zu untersuchen. Erst dann konzentrierte sie sich wieder auf das Holzkästchen, stellte sich vor, wie der Energiestrom in ihrer Hand die Form eines Schlüssels annahm, wie er sich wand – und tief in Alfreds Nase bohrte.

Der Butler war nämlich genau in diesem Moment als Spiegelung im Metall des kleinen Schlosses erschienen und starrte Marie wutentbrannt an. Seine Wangen glühten regelrecht vor Aufregung. Doch ehe Marie in irgendeiner Weise reagieren konnte, ließ Philip die Lampe mit einem überraschten Aufschrei zurück auf den Tisch plumpsen.

»Tut mir leid«, murmelte er. »Das Ding ist auf einmal furchtbar heiß geworden. Vielleicht ein Kurzschluss oder so.«

Oder glühende Sparkles, weil ich an glühende Wangen gedacht habe, schoss es Marie durch den Kopf. Sie musste diese herumwirbelnden Funken wirklich dringend unter Kontrolle bringen!

»Ich an deiner Stelle würde den Stecker rausziehen, nicht dass das Haus abbrennt«, fügte Philip noch hinzu, dann schüttelte er seine Finger aus und kam um den Schreibtisch herum. Dabei landete sein Blick auf der Schatulle in Maries Hand.

»Oh«, machte er. »Wieso hast du mir nicht gesagt, dass du den Schlüssel gefunden hast?«

Verwirrt schaute Marie auf das Kästchen hinab. Offenbar hatte der Zauber trotz der abgesplitterten Sparkles gewirkt und das Schloss geknackt. Zumindest stand der Deckel jetzt ein kleines Stückchen offen.

»Ach so … ähm, nein.« Marie grinste verlegen. »Es war überhaupt nicht verschlossen. Hat wohl nur geklemmt.«

Eilig klappte sie den Deckel ganz nach hinten – und schnaubte irritiert. Im Inneren lag eine ovale Holzscheibe, aus deren Mitte ein Vorhängeschloss herausgefräst worden war. Vorsichtig hob Marie das Holzstückchen heraus und untersuchte es von allen Seiten.

»Ist das ein Vorhängeschloss?«, fragte Philip.

»Sieht ganz so aus«, gab Marie nachdenklich zurück. Irgendwo tief in ihrem Gedächtnis leuchtete beim Anblick des Schlosses ein Lichtchen auf, die Erinnerung an etwas, das Luuk ihr während einer ihrer Unterrichtsstunden erzählt hatte … Aber bevor sie den Gedanken richtig zu fassen bekam, wurde sie von einem Flimmern in der Zimmerecke schräg hinter Philip abgelenkt.

Dort verdichteten sich gerade unzählige Staubkörnchen zu einer Wolke, und in dieser Wolke erschien ein Gesicht – Alfred. Der Butler schaute erst zu Philip hinüber, ehe er sich an Marie wandte und missbilligend die Augenbrauen zusammenzog.

»Meinst du, das hat irgendwas zu bedeuten?«, hakte Philip weiter nach, und im ersten Moment hatte Marie Schwierigkeiten zu verstehen, dass er die kleine Holzscheibe meinte.

»Ja … ja, ich denke schon«, stammelte sie und riss ihren Blick von Alfred los. Behutsam strich sie mit den Fingern über die eingravierten Linien auf dem Deckel des Kästchens, über das F in der Mitte, die kunstvoll ausgearbeiteten Fische und Wellenkämme in den Ecken – und dann fiel ihr endlich wieder ein, woran sie das kleine Stück Holz erinnerte.

»Magieanker!«, rief sie aufgeregt. »Manchmal lenken weiße Magier ihre Zauber mit Gegenständen, die sie unauffällig irgendwo platzieren.« Als Philip sie bloß stirnrunzelnd musterte, fügte sie hinzu: »Es gibt Zauber, die länger wirken. Über Stunden, Tage oder sogar Wochen. Und mit Hilfe eines Ankers kann man sie an einem bestimmten Ort – oder auch an einer Person – festpinnen.«

»Damit sie sich nicht abnutzen?«, fragte Philip.

»Sozusagen, ja.« Beinahe ehrfürchtig drehte Marie die Holzscheibe hin und her. »Wenn das hier von Felix stammt und er ein weißer Magier ist, könnte er Luuk damit wer weiß was angetan haben.«

»Aha.« Philip nickte bedächtig. »Und wie finden wir heraus, ob das Ding ein Magieanker ist?«

Marie holte Luft, um etwas zu erwidern, doch Philip unterbrach sie mit einer schnellen Handbewegung. »Ach, und wo wir gerade bei Fragen sind: Warum sprichst du eigentlich ständig von weißer Magie? Ist das was anderes als das, was du machst? Gibt es mehrere … *Arten*?«

Staubwolken-Alfred schüttelte nun so heftig den Kopf, dass plötzlich dicke Flusen durch das Zimmer wirbelten. Dabei formte er mit dem Mund immer wieder das Wort »NEIN!«, aber Marie bemühte sich, ihn zu ignorieren. Sie hatte längst einen Entschluss gefasst: Wenn sie wirklich wollte, dass Philip ihr half, dann musste sie ihm auch alle Informationen liefern, die er dafür benötigte. Und das Wichtigste war jetzt, dass sie Luuk fanden!

»Weißt du was? Wir gehen runter in die Bibliothek«, schlug Marie vor. »Es gibt bestimmt einen Zauber, mit dem man Magieanker erkennt. Und während wir danach suchen, erkläre ich dir das mit den Magiearten.«

»In Ordnung.« Philip zuckte mit den Schultern – und wurde im nächsten Augenblick von einem heftigen Hustenanfall durchgeschüttelt. »Hoffentlich ist es da nicht so staubig wie hier. Ich hab allergisches Asthma. Zu viel Staub in der Luft ist echt keine gute Idee.«

Eilig lief er zur Tür, und sobald er im Flur verschwunden war, drehte sich Marie zu Staubflusen-Alfred um.

»Lass den Unsinn!«, zischte sie. »Oder willst du, dass er wegen Atemnot umfällt?«

»Ich will, dass er aus unserem Haus verschwindet«, gab die wabernde Wolke zurück. »Eigentlich dürfte er gar nicht hier sein. Wenn Master Luuk das wüsste …«

»Er weiß es aber nicht, und mir fehlt die Zeit, darüber zu diskutieren. Philip wird mir helfen, Luuk zurückzuholen.«

»Indem er die Alarmglocke läutet, bis ich taub bin?«

»Alarmglocke?«, echote Marie verwundert. »Meinst du etwa dieses winzige Ding in der Schublade?«

»Sie mag zwar winzig sein, aber glaube mir, sie ist äußerst effektiv, wenn es darauf ankommt.«

Verständnislos kniff Marie die Augen zusammen. Doch ehe sie weiter nachhaken konnte, quälte Alfred einen herzzerreißenden Seufzer seine staubige Kehle hinauf.

»Ach, Marie«, wimmerte er. »Mit anderen bunten Magierinnen und Magiern an deiner Seite hättest du so viel bessere Chancen, etwas auszurichten.«

»Vielleicht. Aber die müssten wir ja erst mal finden.« Marie legte den Kopf schief. »Ich schätze, deine Suche heute Nacht war nicht sehr erfolgreich, oder? Sonst hättest du mir das doch schon längst unter die Nase gerieben.«

»Na ja, das Haus ist groß, und Master Luuk hat gut dafür Sorge getragen, dass ihre aktuellen Aufenthaltsorte geheim sind.«

»Selbst vor dir«, sagte Marie, und die Miene des Butlers verdüsterte sich.

»Selbst vor mir. Also lerne lieber den Vergessenszauber und hilf mir …«

»Nein. Das dauert zu lange.«

Obwohl Marie wusste, dass sie den Butler hier im Haus nirgends einsperren konnte, schloss sie die Tür hinter sich und stapfte zur Treppe, wo Philip bereits auf sie wartete. Aufgebrachtes Gezeter drang aus dem Trainingsraum zu ihnen herüber – Willi beschwerte sich aus Leibeskräften, dass er noch immer im Käfig sitzen musste. Aber darum konnte sich Marie jetzt beim besten Willen nicht kümmern. Sie ignorierte Philips fragenden Blick und zog ihn mit nach unten. Der kleine Gold-Opa musste warten, so leid es ihr tat.

In der Bibliothek angekommen, öffnete Marie alle Fenster, damit Alfred es als Staubwolke so schwer wie möglich haben würde, und ließ die vorderen Rollläden herunter. Immerhin war die Gefahr recht groß, dass Gabriella noch irgendwo vor dem Haus herumstreunte.

»Also, du fängst rechts an zu suchen, ich links«, sagte sie an Philip gewandt. »Wir brauchen alle Bücher, bei denen das Wort Magieanker im Inhaltsverzeichnis vorkommt. Oder nur Anker. Irgendwas in der Art.«

Voller Tatendrang ging sie zum Regal hinüber und zog das erste Buch heraus. *Über die Vernunft* hieß es, und auf dem Umschlag prangte ein Bild, das Marie nur allzu bekannt vorkam: Ein hochgewachsener, kahlköpfiger Mann mit schwarzer Kleidung blickte ihr vorwurfsvoll entgegen. Alfred. Marie verdrehte die Augen und schob das Buch zurück an seinen Platz, um sich dem nächsten zu widmen.

»*Die Geschichte der Magie*«, las Philip währenddessen vom Lederumschlag des dicken Wälzers ab, den er gerade aus dem Regal gezogen hatte. »Band eins. Geschrieben von Kurt Lovolus.«

»*Das* Standardwerk während der gesamten Ausbildung«, erwiderte Marie wie aus der Pistole geschossen. Genau das hatte damals Luuk zu ihr gesagt, als er ihr das dreibändige Werk zum ersten Mal gezeigt hatte. »Da steht alles drin, von den ersten magiebegabten Menschen bis heute.«

»Cool!« Philip schlug das Buch auf – und stutzte. Dann blätterte er weiter, immer weiter und weiter bis er schließlich enttäuscht die Schultern hängen ließ. »Die Seiten sind leer.«

»Nein, sie sind mit einem Zauber belegt, um den Inhalt vor Malmag zu verbergen.« Marie ging hinüber und legte ihre Hände auf das geöffnete Buch. Inzwischen konnte sie den Schutzzauber mühelos aufheben, indem sie sich auf die Magie konzentrierte, die darin versteckt lag, und sie Schicht um Schicht zur Seite schob. Das war fast wie Zwiebelschälen, nur dass sie die Schalen im Anschluss nicht wegwarf, sondern am Ende wieder über die Zwiebel stülpte, um sie zu schützen.

Als ein tiefes Brummen neben ihrem Ohr ertönte, warf sie einen kurzen Blick zur Seite. Nur wenige Zentimeter entfernt schwebte Alfred, nun in Gestalt einer Hummel, und wackelte so heftig mit dem Hinterteil, dass Marie die Worte *LASS DAS GEFÄLLIGST SEIN!* regelrecht hören konnte, obwohl der Butler bloß tief surrte. Nach einem frechen Grinsen in seine Richtung schloss sie die Augen.

»Weißt du, was Sumsi mit Po rückwärts gelesen heißt?«, fragte sie und gab sich die Antwort sofort selbst. »Optimismus. Wir sind jetzt also *alle* mal optimistisch, dass uns diese Aktion hier zu Luuk führen wird.«

»Wenn du meinst«, murmelte Philip. »Auch wenn ich das komische Gefühl habe, dass du nicht mich … WOAH!« Mitten im Satz brach er ab und schnappte überrascht nach Luft.

Marie konnte sich noch ganz genau an das erste Mal erinnern, als Luuk die kunstvoll geschwungenen Buchstaben für sie sichtbar gemacht hatte. Seite um Seite hatte sich mit Text gefüllt, bis schlussendlich jedes einzelne Blatt mit unzähligen Wörtern übersät gewesen war. Vermutlich hatte sie dabei genauso fassungslos geguckt wie Philip jetzt.

»Das … ist der absolute … Wahnsinn!«, keuchte er. »Bis gerade eben dachte ich noch, du veräppelst mich mit deinem ganzen Gerede über Zauberei und so. Aber das …« Er rieb sich die Augen. »Echt irre.«

»Schön.« Marie schenkte ihm ein zufriedenes Lächeln. »Freut mich, dass wir das endlich geklärt haben.«

Langsam blätterte Philip weiter. Dabei gab er sich sichtbar viel Mühe, nicht allzu fest zuzupacken. Wahrscheinlich fürchtete er, das Papier könnte andernfalls unter seinen Fingern zu Staub zerbröseln. »Wie viele Seiten sind das insgesamt?«

»693 in diesem Band«, sagte Marie. »Aber keine Sorge, die musst du nicht alle durchlesen. Ich liefere dir die Kurzfassung.« Beim letzten Satz sauste eine dicke Fliege an ihrem Kopf vorbei und brummte bösartig, doch Marie wedelte sie entschlossen beiseite. Das war bloß wieder Alfred, der sie von ihrem Vorhaben abbringen wollte.

Während sie ein Buch nach dem anderen aus dem Regal zog und das Inhaltsverzeichnis durchblätterte, begann sie zu erzählen: »Okay, am besten stellst du dir die Magie wie eine Kraft vor, die ganz natürlich auf der Welt vorkommt. Wie …« Einen Moment lang dachte sie nach. »Ein bisschen wie Wasser. Genau, denk einfach an einen Fluss! Die Magie bewegt sich auch in Strömen vorwärts, im Gegensatz zum Wasser ist sie allerdings unsichtbar und fließt nicht nur am Boden.«

»Ein unsichtbarer Fluss, der nicht nur am Boden fließt«, wiederholte Philip. »Alles klar.«

»Und je nachdem, in welche Richtung der Strom verläuft, handelt es sich um bunte oder weiße Magie.« Mit einem Fingerzeig nach rechts fügte Marie hinzu: »Bunte Magie – das ist die, die Luuk und ich nutzen – umrundet den Planeten rechts herum, weiße Magie links herum.«

»Ah, hier ist ein Bild dazu«, sagte Philip und deutete auf die Seite, die er eben in *Die Geschichte der Magie* aufgeschlagen hatte. »Also gibt es bloß zwei Arten?«

Marie schüttelte den Kopf. »Eigentlich drei, aber Fabelmagie können wir Menschen nicht nutzen. Sie ist den magischen Wesen vorbehalten.«

»Magische … Wesen?«, stammelte Philip.

»Ja, es gibt so einiges über das die Malmag nichts wissen.«

Marie grinste bei der Erinnerung daran, wie verwirrt sie selbst damals gewesen war, als Luuk ihr all das erzählt hatte. Magie! Phantastische Wesen! Geheime Welten hinter jeder Ecke! Es hatte sich angefühlt, als wäre ihr Leben bis zu diesem Augenblick grau gewesen und erst durch Luuks Worte in ein Meer aus Farben getaucht worden.

»Okay. Ich fürchte, es wird ein paar Tage dauern, bis ich das alles …«, Philip schluckte, »… verstehe.«

»Nein, Tage reichen dafür nicht aus, glaub mir«, sagte

Marie lachend. »Ich weiß von der Magie, seit ich fünf bin, und Luuk hat vor einem halben Jahr angefangen, mir Unterricht zu geben. Trotzdem entdecke ich ständig Neues und lerne dazu. Aktuell bin ich schon froh, dass ich den bunten Magiestrom ohne Probleme finde und es schaffe, ein Stück davon festzuhalten.«

»Du hältst ihn fest?«, hakte Philip nach. »Obwohl du ihn nicht sehen kannst?«

»Genau aus dem Grund ist eine der ersten Aufgaben in der Ausbildung, den Magiestrom zu erspüren«, erwiderte Marie und straffte stolz ihre Schultern. »Bei mir hat es knapp einen Monat gedauert, die meisten brauchen mindestens ein Vierteljahr, bis sie den Strom regelmäßig finden. Erst danach kann man die Magie nutzen, um damit Dinge zu verändern. Oder neu entstehen zu lassen.«

»Wow. Das klingt ziemlich abgefahren.«

»Ist es auch. Vor allem, wenn du vorher Jahre darauf gewartet hast, dass es endlich losgeht.« Seufzend stellte Marie das nächste Buch aufs Regalbrett zurück und widmete sich anschließend der Reihe darunter. Ihr ging die Sucherei jetzt schon auf den Senkel, dabei war sie gerade mal beim ersten von insgesamt elf Regalen. Und Alfred wurde langsam richtig aufdringlich. Gerade zwickte er ihr in Gestalt einer Ameise ins Ohrläppchen.

»Hör endlich auf, ihm alles zu verraten! Sonst erinnerst du dich bald nicht mal mehr daran, dass es Magie überhaupt gibt, weil der Zauberrat dein Gedächtnis löscht!«, nörgelte Ameisen-Alfred ihr ins Ohr, doch Marie schnippte den Gestaltwandler einfach beiseite und warf anschließend einen Blick zu Philip hinüber.

Der hatte inzwischen weitergeblättert und eine Illustration gefunden, die eine Magierin beim Zaubern zeigte. Die Frau zog mit einer Hand einen dünnen Energiefaden aus dem großen Strom, der unter ihren Füßen eingezeichnet war, und lenkte ihn mit der anderen Hand weiter, um damit eine Kugel zum Schweben zu bringen. Genauso hatte es Marie vor ein paar Tagen noch mit der Vase gemacht …

»Interessant. Hier steht, dass die bunte und die weiße Magie wahrscheinlich denselben Ursprung haben«, sagte Philip und holte Marie damit aus ihren Gedanken zurück. »Also sind die beiden sich schon irgendwie ähnlich?«

»Hm, nicht direkt ähnlich, eher wie … Yin und Yang. Sie verlaufen zwar entgegengesetzt, trotzdem gehören sie zusammen. Oder wie Licht und Dunkelheit. Wenn die Sonne scheint, gibt es auch irgendwo Schatten. Verstehst du?«

»Ich denke schon.« Philip nickte.

»Der größte Unterschied liegt allerdings in den Menschen, die die Magie nutzen können«, fuhr Marie fort. »Bunte Magier sind besonders kreativ, weiße Magier besonders willensstark und … Oh! Barkleys Cinnamon!«

Hinter einem Lehrwerk über Astronomie hatte Marie eine Dose ihrer allerliebsten Zimtbonbons entdeckt. Freudestrahlend zog sie das Blechkästchen hervor und steckte sich gleich zwei Bonbons in den Mund. Wahrscheinlich hatte Luuk die Dose irgendwann mal hier abgestellt und sie war hinter die Bücher gerutscht. Aber so, wie die Barkleys schmeckten, war das schon eine ganze Weile her. Angeekelt spuckte Marie die Bonbons zurück zu den anderen und warf die Dose in den Papierkorb neben der Tür.

»Das geschieht dir ganz recht!«, zeterte Alfred, der inzwischen als Lesezeichen getarnt aus einem Buch guckte. Marie zog eine Grimasse. Dieser Butler konnte ja schlimmer nerven als ein Sack entlaufener Flöhe! Entschlossen schob Marie ihn zwischen die Seiten und suchte weiter.

»Und das war's, mehr Unterschiede gibt es nicht?«, fragte Philip, der von alldem gar nichts mitbekommen hatte, weil er noch immer in *Die Geschichte der Magie* vertieft war.

»Na ja, bei der bunten Magie kommt die Kraft zum Zaubern aus der Person selbst«, sagte Marie. »Deswegen sollte ich auch regelmäßig laufen gehen oder schwimmen, meint Luuk. Und eine Stunde Gehirnjogging pro Tag ist auch Pflicht, um meine Konzentrationsfähigkeit zu trainieren.« Dass sie seit Luuks Verschwinden dafür keinen Nerv mehr gehabt hatte, behielt Marie allerdings für sich.

»Kann bestimmt nicht schaden, so was«, stimmte Philip zu. »Und bei der weißen Magie?«

»Da kommt die Kraft von außen.«

Jetzt blickte Philip doch auf. »Wie, von außen?«, wollte er wissen. »Von anderen Menschen, oder wie?«

»Zum Beispiel, ja. Oder von Pflanzen, Tieren – von irgendwas Lebendigem. Selbst um einen Magieanker zu erschaffen, brauchen sie ein Medium.«

»Oh.« Betroffen verzog Philip das Gesicht. »Das klingt schlimm. Ist es so schlimm, wie es klingt?«

»Ich schätze, das kommt ganz darauf an, welchem Ma… Was war das?«

Ein Rascheln hatte Maries Aufmerksamkeit erregt, und mit an die Lippen gehobenem Zeigefinger bedeutete sie Philip, dass er leise sein sollte. Eine Weile blieb es daraufhin mucksmäuschenstill. Doch als Marie schon glaubte, dass sie sich geirrt hatte, ertönte das Rascheln ein zweites Mal. Und es kam aus Philips Richtung. Ganz langsam wanderte sein Blick zu dem Buch in seinen Händen.

»Die Seiten bewegen sich«, flüsterte er. »Sieht aus, als ob da irgendwas versucht, herauszukommen.«

Marie runzelte die Stirn. »Unmöglich. Ich kenne das Buch fast in- und auswendig, da hat sich noch nie was bewegt.« Kopfschüttelnd lief sie zu Philip hinüber, musterte den aufgeschlagenen Wälzer mit Argusaugen – und zuckte zurück, als ein paar Buchstaben sich kurz von den Seiten lösten und sofort wieder aufs Papier gesogen wurden.

»Okay, das ist neu«, murmelte sie. Dann nahm sie Philip das Buch aus der Hand und legte es auf dem Boden ab. Ihre Fingerspitzen kribbelten jetzt wie verrückt, sobald sie mit der Schrift in Berührung kamen, und kurz darauf sprangen manche Buchstaben beinahe im Sekundentakt auf und ab.

»So was ist vorher noch nie passiert?«, fragte Philip ungläubig.

»Nein.« Marie dachte angestrengt nach, was der Grund für die Veränderung sein könnte. Weil ein Malmag das Buch berührt hatte? Weil ein Malmag gerade dabei war, es zu lesen? Weil Marie es zum allerersten Mal ohne Luuk an ihrer Seite aufgeschlagen hatte?

Hunderte von Möglichkeiten fielen ihr ein, und während sie sich bemühte, zumindest ein paar davon auszuschließen, bemerkte sie, dass die Buchstaben nicht alle gleichzeitig hochhüpften. Stattdessen schwebte der letzte noch in der Luft, als der erste schon fast wieder auf dem Papier gelandet war.

»Schau mal, die haben eine Reihenfolge!«, quietschte Marie. »E-N-T… Argh, Mist! Weiter komme ich nicht. Aber vielleicht ist es ein Wort!«

»Sind ein bisschen viele Buchstaben für ein einzelnes Wort, oder?«, gab Philip skeptisch zurück.

»Dann vielleicht eine Nachricht! Luuk hat mal erzählt, dass Magierinnen und Magier über die verrücktesten Wege miteinander kommunizieren.«

»Schon möglich«, raunte Philip, nachdem er die verzauberten Schriftzeichen noch ein wenig länger beobachtet hatte. »Aber wie willst du die lesen? Die Dinger bewegen sich doch viel zu schnell.«

»Ich fang sie irgendwie ein.« Hektisch wühlte sich Marie auf der Suche nach einem Notizblock durch ein paar Regale, fand jedoch nichts außer einer Box mit Taschentüchern auf dem obersten Brett. Gut, dann musste es eben damit gehen.

»Marie, ich bitte dich! Hör endlich auf damit!«, ertönte ein weiteres Mal Alfreds Stimme in ihrem Ohr, und ein weiteres Mal hörte Marie nicht hin. Sie war so kurz davor, dieses Geheimnis zu lüften!

»Hier«, sagte sie und streckte Philip zwei Ecken eines Taschentuchs entgegen. Die anderen beiden hatte Marie selbst fest in der Hand. »Auf drei ziehen wir das Tuch über die Seite, okay? Und schön tief halten, damit wir alle Buchstaben erwischen.«

Philip nickte angespannt.

»Also los. Eins, zwei« – Marie wartete, bis der letzte Buchstabe in die Luft gesprungen war – »DREI!«

Das erste Schriftzeichen – ein E – verfehlten sie zwar, doch den Rest konnten sie mühelos einfangen. In schneller Folge landeten sie auf dem Tuch, fraßen sich langsam in den Stoff hinein und schließlich sogar hindurch, so dass winzige Löcher in Form von Buchstaben entstanden.

Mit angehaltenem Atem hob Marie das Tuch ins Licht, um den Satz lesen zu können, der nun dort geschrieben stand:

(E)NTFESSELE ALFREDS WAHRE GESTALT.

Es dauerte eine ganze Weile, bis Marie wieder aus der Schockstarre erwachte, in die sie beim Anblick der Wörter auf dem Papiertuch gefallen war.

ENTFESSELE ALFREDS WAHRE GESTALT.

Uff. Dieser Satz warf so viel mehr Fragen auf, als er beantwortete. Und die einzige, mit der Marie etwas anfangen konnte, purzelte bereits einen Moment später aus Philips Mund.

»Wer ist denn Alfred?«

Tja … Marie seufzte. Langsam kämpfte sie sich auf die

Beine, das Taschentuch fest in der Hand, und schaute sich im Raum um. Doch ausgerechnet jetzt zeigte sich Alfred nicht. Ehrlich gesagt war sich Marie auch gar nicht so sicher, ob sie Philip von dem Gestaltwandler erzählen sollte. Immerhin war Alfred derjenige, der das Haus beschützte. Derjenige, der dafür sorgte, dass die Magie nicht nach außen drang und das Unheil, das möglicherweise in der Stadt sein Unwesen trieb, nicht nach innen gelangen konnte. Wenn ihm etwas geschah, weil Marie sein Geheimnis nicht bewahrt hatte …

Wie um ihrer Unsicherheit Zunder zu geben, materialisierte sich der Butler nun schräg hinter Philip und schüttelte mit ernster Miene den Kopf. Er hob sogar den Zeigefinger und wackelte damit ein paarmal hin und her. *Nein, nein, nein! Marie Sophie, das lässt du sein,* sollte das wohl heißen.

»O Mann«, sagte Philip auf einmal und schloss kurz die Augen. »Er steht direkt hinter mir, oder?« Im nächsten Moment wirbelte er ruckartig herum. Doch Alfred war schneller. Dort, wo er bis eben gestanden hatte, hing bloß noch eine Wolke aus Staub in der Luft, und augenblicklich begann Philip, wie verrückt zu husten. Er stolperte rückwärts, weg von der Wolke – und direkt auf das Buch zu, das Marie auf dem Boden hatte liegen lassen.

»Vorsicht!«, rief sie und versuchte, Philip am Arm festzuhalten. Aber er kippte bereits nach hinten.

Und dann ging alles ganz schnell.

Philip fiel. Im selben Augenblick erschien Alfred hinter ihm, um *Die Geschichte der Magie* zu retten. Der Butler schnappte sich das Buch und wollte gleich wieder zur Seite ausweichen – nur leider blieb er dabei mit dem Fuß an der Teppichkante hängen. An jedem anderen Tag hätte er sich einfach erneut verwandelt, in einen Vogel zum Beispiel oder eine Libelle. Ausgerechnet heute hatte er jedoch eins der dicksten und wertvollsten Bücher in den Händen, die es in diesem Haus zu bestaunen gab. Ein Buch, das jeden Vogel und jede Libelle schnurstracks mit sich nach unten gerissen hätte.

Ehe Marie es sich versah, prallte Philip mit dem Rücken gegen Alfred und schrie entsetzt auf. Der Butler schrie ebenfalls, sogar noch lauter. Und nur einen Wimpernschlag später landeten beide auf dem Boden. Bloß das Buch blieb verschont, weil Alfred es angestrengt zur Seite streckte.

»Sag mir, wenn ich mich irre«, ächzte Philip, ohne sich zu bewegen. »Aber ich glaube, ich bin gerade auf jemanden draufgefallen.«

»Ähm«, erwiderte Marie wenig geistreich. »Besteht die Chance, dass wir einfach so tun, als wäre das nicht passiert?«

»Nicht die geringste.«

»Dann ist deine Tarnung wohl dahin, Alfred.« Sie half Philip dabei, sich aufzusetzen, während der Butler wie betäubt liegen blieb. Vermutlich überlegte er, ob es jetzt noch Sinn machte, seine Wandlungskünste einzusetzen. Oder er hatte beschlossen, sich als besonders lebensechte Puppe auszugeben.

»Tarnung?«, wiederholte Philip, nachdem er Alfred ein paar Sekunden lang neugierig betrachtet hatte. »Soll das etwa heißen, er war die ganze Zeit über mit uns hier drin?«

»Jepp. In Gestalt einer Hummel, einer Fliege, eines Lesezeichens und einer Staubwolke«, erklärte Marie, während sie das Buch aus Alfreds Händen zog und es zurück ins Regal stellte. »Darf ich vorstellen? *Das* ist Alfred. Er ist so etwas wie Luuks Butler und ein Gestaltwandler.«

Philip stieß einen überraschten Pfiff aus, ehe er sich ein Stückchen zu Alfred hinabbeugte und ihn noch genauer beäugte. Marie rechnete schon fast damit, dass er jeden Moment die Hand ausstrecken und den Butler berühren würde. Doch stattdessen flüsterte er voller Ehrfurcht: »Ein Gestaltwandler. Der absolute Oberhammer.«

»Der absolute Oberhammer, junger Mann, ist die Tatsache, dass du überhaupt hier bist«, erwiderte Alfred pikiert. »Aber ich für meinen Teil würde es eher als riesengroße Katastrophe betiteln.« Eilig erhob er sich und zupfte seine Kleidung zurecht. Dabei musterte er Philip von oben herab, ganz so, als würde er einen giftgrünen Käfer in einer Becherlupe beobachten. »Zuerst die Sache mit Master Luuk, danach der sprechende Zwerg und nun auch noch dieser Malmag. Marie, ich weiß wirklich nicht, was in dich gefahren ist. Seit Jahren hat niemand Fremdes mehr dieses Haus betreten …«

»Ich habe es dir doch vorhin schon erklärt: Er kann uns helfen, Luuk zu finden«, sagte Marie.

»Und das werde ich auch«, fügte Philip entschlossen hinzu. »Gleich nachdem wir geklärt haben, was ENTFESSELE ALFREDS WAHRE GESTALT bedeutet.«

6. Drei Augen sehen mehr als zwei

»Ich sage es euch jetzt ein allerletztes Mal«, knurrte Alfred und hob abwehrend beide Hände. »Hier wird gar nichts entfesselt, damit das endgültig klar ist.«

Seit gut einer halben Stunde diskutierten Marie und Philip nun bereits mit dem Gestaltwandler, aber der verhielt sich mit jeder Minute mehr wie ein bockiges Kind. Dabei hatte er anfangs selbst noch gerätselt, wer diese Nachricht wohl im Buch versteckt haben könnte und was derjenige damit bezweckt hatte. Von diesen Überlegungen war mittlerweile jedoch nichts mehr vorhanden. Stattdessen tigerte Alfred nun mit schnellen Schritten durchs Wohnzimmer und ließ dabei seinen Blick zwischen Marie und Philip hin und her wandern.

»Alfred«, sagte Marie beschwichtigend. Sie nippte sogar an dem furchtbaren Tee, den der Butler gekocht hatte, um ihn ein wenig versöhnlicher zu stimmen. »Nur ganz kurz. Bitte.«

»Nein heißt nein. Ich kann das Haus nicht einfach unbeaufsichtigt lassen, schon gar nicht in unserer aktuellen Situation.« Fassungslos schüttelte Alfred den Kopf. »Dass du solch eine Teufelei überhaupt in Erwägung ziehst.«

»Weil Luuk es offensichtlich so wollte«, schaltete sich Philip wieder in das Gespräch ein, nachdem er eine ganze Weile geschwiegen hatte. Um seine Worte zu untermauern, hielt er das Taschentuch mit der Nachricht hoch. »Hier steht es schwa… also, hm, eingebrannt in weiß.«

»Und wer sagt dir, dass der Zauber von Luuk stammt?«

»Na ja, wenn er von jemand anderem stammen würde, hätten Sie diese Person vorher erst mal ins Haus lassen müssen. Aber Sie haben ja behauptet, dass seit Jahren niemand Fremdes mehr hier war.« Philip hob beide Augenbrauen. »Das war doch sicher nicht gelogen, oder?«

Alfred brummte nur, und Marie verzog mitleidig das Gesicht. Sie konnte ja verstehen, warum der Butler sich dermaßen dagegen wehrte, seine wahre Gestalt anzunehmen. Immerhin hatte er ihnen vorhin noch einmal ganz ausführlich erklärt, was die Folge davon sein würde: Um die Schutzzauber rund um das Haus aufrechtzuerhalten, hatte Alfred sich nicht nur an das Gebäude gebunden, er hatte ihm sozusagen auch einen Großteil seiner magischen Kraft übertragen. Und diese Kraft fehlte ihm nun, um in seine ursprüngliche Form schlüpfen zu können. Umgekehrt konnte er das Haus jedoch nicht schützen, sobald er seine wahre

Gestalt innehatte, da dann nicht mehr ausreichend magische Kraft für die Schutzzauber vorhanden war.

Aber was brachte es denn, wenn er weiterhin stur darauf beharrte, diese Barrieren zu halten, anstatt Luuk zu finden – denjenigen, dem der Schutz ja im Grunde galt?

»Komm schon, Alfred«, bat Marie erneut. »Wir könnten hierbei wirklich deine Hilfe gebrauchen. *Luuk* könnte sie gebrauchen. Umsonst hinterlässt er uns ja wohl kaum so eine Nachricht.«

Der Butler blieb abrupt stehen. »Ich verstehe einfach nicht, aus welchem Grund Master Luuk so etwas von mir verlangen sollte«, jammerte er. »Wie könnte ich ihm in meiner anderen Gestalt besser nützen? Was könnte wichtiger sein, als das Haus und dich zu schützen?«

»Das wissen wir wohl erst, wenn wir getan haben, was auf dem Papiertuch steht.« Ein aufmunterndes Lächeln erschien in Philips Gesicht. »Also, packen wir es an?«

»Anpacken?« Alfred schnappte nach Luft. »Was bin ich, ein Handwerker?«

»Natürlich nicht!«, grätschte Marie dazwischen, ehe Philip ihren schwer erkämpften Fortschritt wieder zunichtemachen konnte. Sie wusste, wie unangenehm es Alfred war, von einem Malmag entdeckt worden zu sein. Und dass jetzt ausgerechnet dieser Malmag ihn – ein Jahrhunderte altes magisches Wesen! – auch noch zur Eile antrieb, setzte dem Ganzen freilich die Krone auf.

»Du bist ein verantwortungsbewusster, starker und sehr fähiger Gestaltwandler, und genau aus diesem Grund …«, fuhr Marie fort, doch Alfred brachte sie mit einem Handwedeln zum Schweigen.

»Schon gut, hör auf, mir Honig ums Maul zu schmieren«, sagte er und seufzte übertrieben. »Ich weiß ja, dass ihr ohne mich nicht weiterkommt.«

»So würde ich das zwar nicht unbedingt – AU!«

Marie hatte Philip einen Tritt verpasst, damit er endlich den Mund hielt, und nun lächelte sie ihn mit zusammengebissenen Zähnen an. »Oh, tut mir leid. Ich hab dich wohl aus Versehen am Fuß erwischt. Kommt vor, weißt du. Vor allem, wenn man …«

»Habt ihr euch genug bekriegt?«, fragte Alfred. »Dann würde ich jetzt gern beginnen. Je früher wir es hinter uns haben und dieser naseweise Malmag wieder aus dem Haus verschwindet, desto besser.«

»Ach, ich dachte, dein größtes Problem wären die fehlenden Schutzzauber?«, hakte Marie nach, und der Butler stieß laut die Luft aus.

»Selbstredend«, sagte er. »Der Junge hat hier trotzdem nichts zu suchen. Halt das für einen Moment, ja?« Er drückte Marie einen übel zerfledderten Plüschbären in die Hand, den er kurz zuvor aus dem Ärmel seines Pullovers gezogen hatte, und legte vorsichtig ihre Finger darum.

»Uäh, was ist das denn? Der sieht aus wie ein Kinderheim für Läuse und anderes ekliges Ungeziefer!«, beschwerte sich Marie und streckte den Bären weit von sich. Sie wollte ihn gerade fallen lassen, als Alfred sie mit einem spitzen Aufschrei daran hinderte.

»NICHT!«, kreischte er. »Um Himmels willen, Kind, mach es doch nicht noch schlimmer, als es ohnehin schon ist! Oder willst du unbedingt, dass uns das Haus über dem Kopf zusammenstürzt?«

Marie verstand kein Wort. Und weil ihr dieses Unverständnis offenbar gut lesbar ins Gesicht geschrieben war, fügte Alfred hinzu: »Der Bär ist so etwas wie ein Notfallknopf. Für den Fall, dass jemand das Haus betreten sollte, während die Schutzzauber inaktiv sind. Wenn dieses Kuscheltier zerstört wird, verschwindet alles Magische hier auf Nimmerwiedersehen. Egal ob bunte oder weiße oder …«

»… Fabelmagie?«, hauchte Marie, und der Butler nickte.

»Einfach alles.«

»Das ist kein Notfallknopf, sondern eine Selbstzerstörungsanlage«, krächzte Marie. Ungläubig drehte sie das räudig aussehende Plüschtierchen hin und her. »Warum hast du denn nicht was Hübscheres genommen? Was Wertvolles?«

»Das war Master Luuks Idee.« Gedankenverloren betrachtete der Butler das schmuddelige Bärchen. »Als wir damals hier eingezogen sind, war dieser kleine Kerl das einzige Überbleibsel der vorherigen Besitzer. Scheinbar wollte er unter keinen Umständen von hier weg. Da erschien es Master Luuk naheliegend, ihm eine Aufgabe zu geben.«

»Gar nicht schlecht. Ehrlich gesagt wäre das« – Philip rümpfte die Nase, als sein Blick den Teddy streifte – »der allerletzte Ort, an dem ich nach einem Notfallknopf suchen würde.«

Alfred nickte zustimmend, dann hob er warnend einen

Zeigefinger in Maries Richtung. »Also pass gut darauf auf, ja? Wehe, du legst den Bären auch nur eine Sekunde aus der Hand!« Damit drehte er sich abrupt um und stakste zur anderen Seite des Wohnzimmers hinüber.

»Rein aus Neugierde«, flüsterte Philip währenddessen an Marie gewandt. »Was könnte denn schlimmstenfalls passieren, wenn alle Schutzzauber weg sind?«

»Hm, gute Frage. Ich weiß es nicht«, gab Marie ebenso leise zurück. »Luuk hat immer gesagt, das wären alles nur Vorsichtsmaßnahmen, damit die Malmag nichts von uns mitbekommen. Mittlerweile glaube ich allerdings, das war nur ein Teil der Wahrheit.«

»Scheint so«, sagte Philip. »Aber gehen wir mal davon aus, es passiert wirklich was. Können wir uns verteidigen? Ich meine, beherrschst du irgendeine Art von Abwehrzauber oder so?«

»Nein.«

»Kannst du Blitze schießen?«

»Äh, nein.«

»Leute hochheben oder ihnen die Luft abschnüren?«

»Wie Darth Vader in *Star Wars*?«, hakte Marie nach, und als Philip nickte, schnaubte sie amüsiert durch die Nase. »Nein. Ich bin eine Magierin, keine Jedi.«

»Ich war mir nicht sicher, ob es da einen Unterschied gibt.« Philip blickte sich um und griff schließlich nach einer mit Symbolen verzierten Scheibe aus Ton, die auf einer Art Staffelei neben der Wohnzimmertür stand. Schützend hielt er sie vor seinen Körper.

»Das ist ein tausend Jahre alter Maya-Kalender«, sagte Marie und runzelte die Stirn. »Was genau hast du damit vor?«

Philip öffnete den Mund, doch ehe er antworten konnte, setzte in der anderen Ecke des Wohnzimmers auf einmal leises Gemurmel ein. Alfred. Er hatte den Kopf gesenkt, die Arme zu den Seiten hin ausgebreitet und die Finger gespreizt.

»Marie, ich brauche jetzt deine Hilfe«, sagte er. »Stell dir ein geöffnetes Auge vor. Bernsteinfarbene Iris, schwarze, rechteckige Pupille mit winzigen hellen Punkten darin.«

»Rechteckige Pupille?«, fragte Marie. »Wie bei einer … Ziege?«

»Ja, genau. Stell es dir vor. Und dann nimmst du dir so viel Magie, wie du zu fassen bekommst, und schickst sie zu mir.« Er hob kurz den Kopf. »Aber nicht den Bären loslassen!«

Marie nickte gehorsam, und der Butler senkte erneut seinen Blick.

»Wenn du so weit bist, kannst du beginnen. Ich warte.«

Mit vor Aufregung zitternden Fingern streckte Marie die Finger ihrer rechten Hand aus – links hielt sie den Teddy – und tastete nach dem Magiestrom. Da war er, stark und mächtig. Bereit. Marie packte zu und griff noch einmal nach, um mehr Energie zu erwischen, viel mehr. Jetzt das Auge, bernsteinfarben und mit rechteckiger Pupille. In der Pupille ein Meer aus Sternen. Bernsteinfarben und mit rechteckiger Pupille. In der Pupille ein Meer aus Sternen. Bernsteinfarben und …

Los.

Marie gab der pulsierenden Magie einen Schubser in Alfreds Richtung, und im nächsten Moment verschwamm die Gestalt des Butlers, bis bloß noch ein undeutlicher Umriss von ihm zu sehen war.

»Mehr!«, rief er. »Mehr Magie!«

Also wiederholte Marie die Bewegung, schickte ihm Welle um Welle der zappelnden Energie, bis er endlich »Genug« murmelte.

Unzählige Punkte aus Licht erschienen und kreisten um Alfred herum, schneller, immer schneller. Schließlich rasten die Punkte mit solcher Geschwindigkeit voran, dass sie sich zu dünnen Linien verbanden und die Linien kurz darauf zu breiten Bändern.

Wind kam auf, trieb die Bänder auseinander.

»Vorsicht!«, rief Marie über das Rauschen hinweg und zog Philip ein paar Schritte zur Seite. Sie hatte keinen blassen Schimmer, ob die Lichtstreifen gefährlich waren. Und sie wollte auch nicht diejenige sein, die Luuk irgendwann erklären musste, warum sein Maya-Kalender zu Bruch gegangen war. Deshalb nahm sie Philip die Tonscheibe aus der Hand und legte sie auf dem Boden ab.

»Wie groß wird er eigentlich in seiner wahren Gestalt?«, fragte Philip, und Marie zuckte mit den Schultern. Verdammt, vielleicht hätten sie den Raum verlassen sollen. Dafür war es jetzt allerdings zu spät, denn der Weg zur Tür war durch die flirrenden Bänder aus Licht versperrt.

Während Marie noch darüber nachdachte, ob sie Philip

kurzerhand zu einem Sprung aus dem Fenster überreden sollte, ertönte plötzlich ein helles Sirren. Erst leise, dann lauter und schriller, und am Ende sogar so laut, dass Marie und Philip sich die Ohren zuhalten mussten. Der gesamte Raum schien unter dem Ton zu vibrieren, als hätte ihn irgendwer ins Innere einer Stimmgabel gepackt und diese Stimmgabel heftig angeschlagen.

»Was passiert hier?!«, brüllte Philip gegen das Sirren an – und im nächsten Augenblick war es vorbei. Der Wind erstarb, das Rauschen verschwand, die Lichtbänder zerfielen.

Vollkommene Stille kehrte ein.

Alfred sah genauso aus wie vorher. Seine Kleidung war ein wenig durcheinander wegen des Windes, der daran gezerrt hatte, und auf seiner Schulter lag das Blatt einer Topfpflanze, die das Spektakel nicht ohne Blessuren überstanden hatte. Aber abgesehen davon hatte sich nichts verändert.

»Hm«, brummte Marie, als sie Philips ratlosen Blick einfing. »Das war wohl nicht der beste … Ach, du meine Güte!«

Der Butler hatte den Kopf gehoben, kurz gezwinkert, und auf einmal war ein drittes Auge in seinem Gesicht erschienen. Mitten auf der Stirn. Es war größer als seine anderen beiden Augen, und es besaß eine bernsteinfarbene Iris und eine rechteckige schwarze, von hellen Punkten übersäte Pupille.

Noch während Marie dieses dritte Auge fasziniert betrachtete, verwandelte sich allmählich auch der Rest von Alfreds Körper. Seine Kleidung verschwand und machte ab der Hüfte abwärts dichtem Fell Platz, während sein Oberkörper nur von einem leichten, grau schimmernden Flaum bedeckt war. Die zuvor menschlichen Beine wurden länger und die Füße kürzer, bis sie sich schließlich zu breiten Hufen umgeformt hatten. Überall bildeten sich Muskeln und ließen den ehemals schmalen, fast schmächtigen Gestaltwandler kräftig und durchtrainiert aussehen. Und dann, als Marie schon glaubte, verrückter könnte es nicht mehr werden, wuchsen oberhalb der Schläfen zwei mächtige Hörner aus Alfreds Schädel.

»Aah, das war unangenehm«, raunte er mit einer Stimme so dumpf und dröhnend, dass Maries Magen hüpfte.

»Alfred?«, hauchte sie vollkommen überwältigt beim Anblick des Ziegenmenschen. »Du … du bist ein Faun!«

»Nein, ich bin ein Gestaltwandler. Der Faun ist nur die Form, in die ich hineingeboren wurde.« Alfred ließ seinen Blick zu Philip wandern und legte interessiert den Kopf schief. »Ist mit dem Malmag alles in Ordnung?«

Marie drehte sich nach ihm um – und sog erschrocken die Luft ein.

Philip war so weit zurückgewichen, dass er mit dem Rücken gegen die Wand gestoßen war, und an dieser Wand lehnte er nun, kreidebleich im Gesicht. Die Augen hatte er weit aufgerissen, und er starrte Alfred an wie ein – na ja, wie ein unbekanntes und ein wenig unheimliches Wesen.

Beruhigend tätschelte Marie ihm die Schulter. Sie wusste, wie er sich fühlte. Ihr war es nicht anders gegangen, als sie das erste Mal ein magisches Wesen in seiner ursprünglichen

Form gesehen hatte. »Einatmen, ausatmen«, sagte sie. »Das ist nur der erste Schockmoment, geht gleich vorbei.«

Philip nickte zwar, trotzdem presste er sich noch ein bisschen flacher an die Wand, als Alfred mit stampfenden Schritten näher kam, um Marie den Teddy wieder abzunehmen. Ohne mit der Wimper zu zucken, ließ der Faun das Plüschtier im Fell seiner kräftigen Läufe verschwinden.

»Wir sollten uns beeilen, ich muss die Schutzzauber so schnell wie möglich wieder aufbauen«, schnarrte der Gestaltwandler mit einem ungehaltenen Blick in Philips Richtung.

»Mit was denn beeilen?«, fragte Marie. »Was machen wir jetzt?«

»Es gibt einige Dinge, die dir Master Luuk noch nicht über die bunte Magie erzählt hat. Unter anderem welch wichtige Rolle er innehat, um sie zu bewahren. Das hole ich jetzt nach.«

»Und das geht nur in deiner wahren Gestalt, weil …«, sagte Marie und musterte den Faun ein weiteres Mal von oben bis unten, »… weil das cooler aussieht?«

»Nein.« Alfred schnaubte belustigt. »Weil ich nur in dieser Gestalt auf all meine Erinnerungen zugreifen kann. Manche davon hat Master Luuk nämlich an einen der Schutzzauber gebunden, um sie vor dir – und auch vor mir – verborgen zu halten.«

»Er wollte, dass du mir etwas verschweigst?« Marie schluckte schwer. »Wieso?«

»Um dich zu schützen. Du bist seine erste Schülerin –

und er hat sehr lange nach jemandem wie dir gesucht.« Der Faun wischte mit der Hand durch die Luft, und auf einmal schwebten bewegte Bilder mitten im Raum, als hätte jemand einen Beamer angeworfen. Marie erkannte Luuk, wie er auf einer Türschwelle saß und mit Kindern sprach. Wie er ihnen übers Haar strich und anschließend traurig den Kopf schüttelte. Immer und immer wieder.

»Seit er dich gefunden hat, setzt er Himmel und Hölle in Bewegung, um zu verhindern, dass dir etwas zustößt«, fuhr Alfred fort. »Und das nicht nur, damit die bunte Magie weiterexistiert.«

Marie blinzelte verwirrt. »Ich versteh das nicht. Was habe ausgerechnet *ich* damit zu tun, dass die bunte Magie weiterexistiert?«

»Du bist nicht nur Master Luuks erste Schülerin«, sagte der Faun mit sanfter Stimme, »du bist die einzige Schülerin der bunten Magie überhaupt im Moment.«

»Überhaupt?«, wiederholte Marie. »So wie *im Ganzen*? W*eltweit*?«

Alfred nickte.

»Und wie viele bunte Magierinnen und Magier gibt es insgesamt?«

»Stand heute, dich mit eingerechnet? Nicht mehr als zwölf«, sagte der Faun, und Marie stieß einen entsetzten Laut aus. Sie hatte zwar gewusst, dass es nur noch wenige von ihnen gab. Aber dass es *so wenige* waren …

»Vor wem oder was will Luuk sie denn beschützen?«, fragte Philip nun mit brüchiger Stimme dazwischen. Seine

Gesichtsfarbe hatte sich inzwischen wieder etwas erholt, die Wand als Stütze schien er allerdings immer noch zu brauchen. Besonders als Alfred sich zu ihm umwandte und ihn mit allen drei Augen durchdringend fixierte.

»Wie uns dieser Malmag helfen könnte, ist mir nach wie vor ein Rätsel«, sagte der Faun und verdrehte die Augen. »Vor Angriffen durch weiße Magier will er sie beschützen, Junge. Wer sonst könnte …?«

»Halt mal, stopp«, fiel ihm Marie ins Wort. »Vor *Angriffen*? Durch weiße Magier? Meinst du den Zauberrat, oder wen genau? Seine Aufgabe besteht doch darin, die magische Welt zu bewahren!«

Alfred grunzte abfällig. »Ich sagte dir doch schon, dass der Rat mittlerweile nur noch aus gierigen alten Männern besteht, die sich um nichts außer sich selbst kümmern. Die sind zwar lästig, aber zumindest bisher nicht gefährlich – wenn man davon absieht, dass sie ahnungslose Malmag in ihren Bann ziehen und deren Kraft nutzen, um Magie zu wirken.« Er schüttelte den Kopf. »Nein, von denen spreche ich nicht.«

Nun streckte der Faun einen Arm zur Seite hin aus, schien kurz die Luft mit seinen langen Fingern abzutasten, und im nächsten Moment hielt er plötzlich den zweiten Band von *Die Geschichte der Magie* in der Hand.

Marie schlüpfte ein begeistertes »Hui!« über die Lippen. Die Kräfte des Gestaltwandlers waren ja vorher schon nicht von schlechten Eltern gewesen, doch jetzt kam Marie aus dem Staunen gar nicht mehr heraus.

»In den letzten Jahrzehnten hat sich eine Gruppe von weißen Magiern – hm, nennen wir es einmal *weiterentwickelt*«, fuhr Alfred fort und schlug gezielt eine Seite im Buch auf, die er Marie und Philip kurz darauf entgegenhielt. »Hier seht ihr, wie weiße Magie grundsätzlich funktioniert.«

Die Illustration im Buch zeigte einen Magier, der in seiner Handfläche eine Kugel zum Schweben brachte. Links von ihm stand ein Mensch, und um die beiden herum floss der Magiestrom. Anhand der Pfeile im Strom, die dessen Fließrichtung angaben, konnte Marie erkennen, dass es sich dabei tatsächlich um weiße Magie handelte.

Genau wie die Frau auf der Zeichnung, die Philip vorhin im ersten Band gefunden hatte, schöpfte der weiße Magier für seinen Schwebezauber einen Teil des Stroms ab. Allerdings konnte er nicht direkt darauf zugreifen, stattdessen wurde der Energiefaden zuerst durch den daneben stehenden Menschen geleitet.

»Weiße Magier benötigen so etwas wie ein Medium, um Magie wirken zu können. Ein Hilfsmittel sozusagen. Etwas, das lebt und dessen Kraft sie nutzen können, um den Strom zu lenken«, erklärte Alfred.

»Das weiß ich doch alles längst«, erwiderte Marie ungeduldig. »Erzähl mir was Neues!«

»Nun, neu ist, dass ein paar weiße Magier herausgefunden haben, wie sie die angeborenen Schutzvorrichtungen der Malmag umgehen und ihnen weitaus mehr und schneller Energie entziehen können als bisher«, knurrte Alfred. »Und sie haben gelernt, wie man bunte Magierinnen und Magier als Medium nutzt. Dadurch nehmen sie ihnen nicht nur die Kräfte, sondern auch …«

Der Faun stockte, und Marie blieb vor Schreck der Mund offen stehen. Gleich darauf machte ihr Herz ein paar schmerzhaft schnelle Hüpfer. Das … das konnte doch unmöglich wahr sein! Oder etwa doch? Nein. Bestimmt nicht. So etwas hätte Luuk ihr nie und nimmer verheimlicht!

»Sondern?«, fragte Philip in die sich immer weiter ausdehnende Stille hinein. »Werden sie dabei … verletzt?«

»Ich fürchte, es bedeutet in den meisten Fällen Schlimmeres.«

Mit großen Augen starrte Marie den Faun an. Was sollte es denn noch Schlimmeres geben, als von jemandem verletzt zu werden? Eigentlich ja nur eine Sache, eine endgültigere, dunklere … Waren diese *weiterentwickelten* weißen Magier am Ende etwa der Grund dafür, dass die Zahl der bunten Magier immer mehr schrumpfte? Auf einmal wurde Marie heiß und kalt zugleich.

»Warum?«, wisperte sie. »Warum tun die das?«

»Die meisten von ihnen glauben, dass sich die Fließrichtung der bunten Magie umkehrt, sobald niemand sie mehr abschöpft«, sagte Alfred. »Wie bei einem übervollen Fluss, der sich neue Wege sucht. Das wiederum würde bedeuten, dass den weißen Magiern noch viel mehr Energie zur Verfügung stünde als bisher. Mehr Kraft bedeutet mehr Macht.« Er schlug das Buch zu, hielt es zur Seite und ließ es genauso mühelos wieder verschwinden, wie er es zuvor heraufbeschworen hatte.

»Aber Luuk hat immer behauptet, dass weiße Magier uns nichts anhaben können«, sagte Marie noch immer kaum hörbar. »Dass die Magiearten wie gleichgepolte Magnete sind, zwei Seiten einer Medaille. Die kriegt man ja auch nicht zusammen.«

Der Faun seufzte. »Das stimmt, sie stoßen sich ab. Daher dachten wir auch, dass bunte und weiße Magier ein natürliches Gleichgewicht bilden. Dass die einen den anderen nichts anhaben können.« Er verzog das Gesicht. »Doch seit ein paar Jahrzehnten wird immer wieder über Zwischenfälle berichtet, bei denen bunte Magier zu Schaden kommen – und dass dabei weiße Magie im Spiel ist.«

»Jahrzehnte? Mein Gespräch mit Luuk darüber war letzte Woche!«, rief Marie. »*Letzte Woche*, Alfred! Das heißt, er hat mich angelogen, und du genauso!« Wütend warf sie ihre Arme in die Luft und erwischte dabei um ein Haar Philip, der gerade noch den Kopf einziehen konnte. »Das alles hättest du mir schon viel früher sagen können – sagen *müssen*! Dann hätten wir …«

»Marie«, unterbrach sie der Faun. »Das war Master Luuks Entscheidung. Wie ich schon sagte, ich wusste bis vor wenigen Minuten genauso wenig von alldem. Er wollte nicht, dass du davon erfährst, bis du bereit dafür bist. Älter.«

»Ach. Und warum der plötzliche Meinungsumschwung? Ich bin ja jetzt nicht sooo viel gealtert in den letzten Tagen.«

»Weil er verschwunden ist«, antwortete Philip an Alfreds Stelle. »Das hier ist so etwas wie … sein verstecktes Tagebuch. Du hast es gefunden und geknackt, und jetzt deckst du all seine Geheimnisse auf.«

Alfred schien einen Moment lang über diese Worte nachzudenken und nickte schließlich zustimmend. »Ganz recht. Master Luuk hat – für den unwahrscheinlichen Fall, dass ihm etwas zustoßen sollte – eine Handvoll Nachrichten im Haus verteilt, alle mit der Anweisung, meine wahre Gestalt zu entfesseln. Diese Nachrichten zeigen sich nur dir, Marie. Und Master Luuk wusste, dass ich auch nur für dich die Schutzzauber fallen lassen würde.«

So schnell, wie sie zuvor in ihr hochgebrodelt war, verpuffte Maries Wut nun wieder. »Die Frage ist, was wir nun machen«, sagte sie gedehnt. »Du hast in dieser Gestalt nicht zufällig irgendeine Verbindung mit dem Haus, die dir verrät, was mit Luuk passiert ist?«

»Nein. Aber jetzt, da du danach fragst …« Der Faun kratzte sich erst die Schläfe und strich anschließend mit den Fingern an einem seiner Hörner entlang. »Wir könnten zumindest nachsehen, ob weiße Magie im Spiel war.«

Marie stutzte. »Das geht?«, fragte sie. »Wie?«

»Indem wir nach ihren Spuren suchen.«

Wenige Minuten später standen Marie, Alfred und Philip im Flur vor der Haustür und betrachteten ihre Füße. Genauer gesagt betrachteten sie den Boden *unter* ihren Füßen – und Luuks einsamen Pantoffel, den Alfred wieder an seinen angestammten Platz gestellt hatte. Dort wartete er seitdem geduldig auf die Rückkehr seines Gegenstücks.

Marie wandte eilig ihren Blick ab, weil der einzelne Schuh Luuks Fehlen geradezu schmerzhaft real machte. Stattdessen sah sie zu, wie Alfred in die Hocke ging und mit den Handflächen über den Parkettboden vor der Garderobe fuhr.

»Was machst du da?«, fragte sie. »Wir haben doch schon alles kontrolliert. Hier liegt nichts herum.«

»Nichts, was man mit den Augen wahrnehmen kann«, korrigierte der Faun. »Aber jede Art von Magie hinterlässt winzige Spuren. Das ist, als würde man mit einem Eimer Wasser aus einem Fluss schöpfen. Die Tropfen, die dabei auf den Boden fallen, verraten, dass hier geschöpft wurde.« Langsam bewegte er die Finger von rechts nach links, vor und zurück, auf und ab.

»Und diese Tropfen kannst du sichtbar machen?«

»Mit viel Übung kann man jede Art von Magie sichtbar machen, Marie, auch die Ströme selbst«, sagte der Faun, und nun umspielte ein kleines Lächeln seine Lippen. »Master Luuk hat es dir bloß nicht gezeigt, damit du dich aufs Fühlen konzentrierst. Das ist viel wichtiger.« Er schüttelte den Kopf und ließ seine Hände weiterwandern. »Hoffentlich ist es nicht schon zu lange her. Die Spuren verschwinden nach wenigen Tagen.«

»Diese Magieströme«, begann Philip, nachdem sie Alfred eine Weile schweigend zugeschaut hatten. »Sind die eigentlich überall zu finden? Ich meine, ist es überhaupt möglich, dass hier jemand weiße Magie benutzt hat?«

»Der Junge scheint gar nicht so nutzlos zu sein, wie ich

anfangs dachte«, murmelte Alfred und rutschte ein Stück weiter, um das nächste Stück Fußboden zu untersuchen. »Zumindest stellt er ab und zu auch halbwegs intelligente Fragen.«

»Ich nehme das mal als Kompliment«, knurrte Philip zurück. »Vielleicht beantworten Sie dann jetzt auch meine halbwegs intelligente Frage, Al?«

»*Al?*« Der Faun stockte mitten in der Bewegung. »Hast du mich gerade allen Ernstes …?«

»Ach, schaut mal, Zimtbonbons!«, rief Marie dazwischen und fuchtelte mit der Packung herum, die sie eben von der Kommode gemopst hatte. »Will jemand? Ich nehme eins. Und dir« – sie stopfte Philip eins der Bonbons in den Mund – »gebe ich auch eins, damit Alfred in Ruhe weitersuchen kann. Wag es nicht, das auszuspucken!«

Philip verzog das Gesicht, schob die Süßigkeit aber gehorsam in seine Backe und murrte: »Eine Antwort kann er mir trotzdem geben.«

Eine Weile blieb es still, doch schließlich fuhr Alfred mit seiner Erklärung fort: »Die Ströme verlaufen in festen Bahnen, den Malmag sind sie als Kraft- oder Ley-Linien bekannt. Manche von euch sind nämlich feinfühlig genug, um deren Energie zu erspüren. Anfangen können sie damit freilich nichts.«

»Kraftlinien gibt es wirklich?« Philip ließ das Bonbon von seiner rechten in die linke Backe wandern und schüttelte sich kurz. »Ich dachte immer, meine Oma denkt sich die Dinger bloß aus.«

»Nein. Und in dieser Straße hier sind die Linien besonders ausgeprägt.« Alfred rutschte noch ein Stück weiter, bis er direkt hinter der Haustür kauerte. »An solchen Orten fällt es den meisten Magierinnen und Magiern leichter, Magie zu wirken. Aus diesem Grund hat Master Luuk das Haus damals auch gekauft.«

»Verstehe. Das ist so, als würde man direkt neben einen Supermarkt ziehen«, sagte Philip, und Alfred grunzte.

»Ein schwacher Vergleich, aber ja, so in etwa. Im Haus selbst kann natürlich niemand weiße Magie gewirkt haben, das wäre mir aufgefallen«, sagte er. »Allerdings verteilen sich die Spuren bisweilen über ein paar Me… Oh. OH! Oh, das ist nicht gut.«

»Was? Was denn nur?« Marie schob sich näher an den Faun heran, um sehen zu können, was er gefunden hatte. »Da ist doch nichts.«

Alfred erhob sich aus der Hocke, trat einen Schritt zurück und machte mit beiden Händen eine Bewegung, als würde er im brackigen Wasser nach etwas tasten. Als er es schließlich gefunden hatte, zog er daran. All seine Muskeln spannten sich unter der Belastung, ein Ächzen drang aus seiner Kehle – und auf einmal stolperte er rückwärts. Gerade noch rechtzeitig gelang es ihm, sich an der Kommode festzuhalten, sonst wäre er umgefallen. Sobald Alfred wieder sicher stand, wischte er ein letztes Mal durch die Luft, und ein weißes Leuchten erschien. Direkt vor Maries Füßen.

»Spuren weißer Magie«, sagte Alfred, während das Leuchten immer stärker und greller wurde, bis es sich schließlich über den gesamten Eingangsbereich ausbreitete. »Eine ganze Menge davon. Ich sollte die Schutzzauber jetzt wirklich wieder aufbauen, das alles hier gefällt mir überhaupt nicht.«

Marie blieb beinahe die Luft weg. Also hatte tatsächlich ein weißer Magier seine Finger im Spiel! Vielleicht sogar mehrere, wenn es so viele Spuren gab.

Ein paar Augenblicke lang versuchte Marie, all das zu verarbeiten, was sie in der letzten Stunde herausgefunden hatten: dass Alfreds wahre Gestalt ein Faun war; dass es bloß noch sehr wenige bunte Magierinnen und Magier gab; dass die Existenz der bunten Magie als Ganzes bedroht war und dass es weiße Magier gab, die bunten Magiern die Kraft entziehen konnten, bis hin zum … ja, bis zum bitteren Ende.

Ob Flemming tatsächlich einer von diesen neuen weißen Magiern war?

Als sie an ihre Begegnung in Amélies Café dachte, fiel Marie plötzlich wieder die kleine Holzscheibe mit dem herausgefrästen Vorhängeschloss ein, die sie aus der Schatulle geholt hatte. Schnell zog sie das Plättchen aus der Hosentasche und zeigte es Alfred.

»Hier, das haben wir in Luuks Büro gefunden. Gibt es darauf auch Spuren weißer Magie?«

Der Faun drehte das hölzerne Symbol neugierig hin und her. »Wo genau im Büro?«

»Es lag in einem Holzkästchen, auf dem der Buchstabe F eingraviert ist«, erwiderte Marie. »Und es war in einem Zeitungsartikel über Felix Flemming eingepackt. Ich dachte, dass es möglicherweise …«

»… ein Magieanker ist. Von Flemming.« Alfred spuckte den Namen förmlich aus. »Wusste ich es doch.« Er machte die gleichen Bewegungen wie vorhin, das Tasten und Ziehen, und nur wenige Sekunden später begann die Holzscheibe strahlend weiß zu leuchten. Weiße Magie.

»Da hast du ihn, deinen Beweis«, brummte Marie an Philip gewandt. »Flemming ist ein weißer Magier, und er hat Luuk dieses Ding geschenkt, damit er irgendeinen miesen Zauber an ihn heften kann.«

Philip zog nachdenklich die Stirn kraus. Ganz kurz schien er etwas sagen zu wollen, entschied sich allerdings dagegen, als Alfred beide Hände über den Hörnern zusammenschlug.

»Herrje, der Mann wohnt kaum einen Steinwurf entfernt«, jammerte der Faun. »Ich werde auf der Stelle die Schutzzauber wieder aktivieren, und dann …«

»Dann schnappen wir uns diesen Mistkerl!«, beendete Marie seinen Satz voller Tatendrang. Endlich hatte sie das Gefühl, Luuk ein Stück näher gekommen zu sein. Jetzt musste sie diesem Flemming nur noch das Handwerk legen.

»Eigentlich hatte ich im Sinn, dass wir danach dringend weiter nach den anderen bunten Magierinnen und Magiern suchen sollten«, gab Alfred mit Leidensmiene zurück. »Falls Flemming wirklich ein weißer Magier ist, darfst du ihm auf keinen Fall allein gegenübertreten. Immerhin hat er Master Luuk …«

»Tut mir leid, wenn ich euch kurz unterbreche«, meldete Philip sich nun doch zu Wort und verpasste Maries Vorfreude damit einen ordentlichen Dämpfer. »Aber wer sagt denn eigentlich, dass das F auf dem Kästchen für Flemming steht?« Fragend blickte er zwischen Marie und Alfred hin und her. »Ich meine, Luuk kennt doch bestimmt noch mehr Menschen, die einen Namen mit dem Anfangsbuchstaben F besitzen. Fiete vom Fischmarkt zum Beispiel, den kennt jeder.«

»Oder Fjodor aus dem Zauberrat«, fügte Alfred, plötzlich unsicher geworden, hinzu. »Der ist ja ein weißer Magier. Womöglich auch Frank Fischer, der Direktor der Kunstakademie. Oder Farid, der kümmert sich um die …«

»JA, DAS REICHT!«, ging Marie frustriert dazwischen. Dass sich die Liste der Verdächtigen durch dieses blöde Kästchen dermaßen verlängern würde, gefiel ihr gar nicht. Grummelnd schob sie sich ein weiteres Bonbon in den Mund, um besser nachdenken zu können, doch so sehr sie sich auch anstrengte, sie landete stets beim selben Ergebnis: Sie mussten mit jemandem sprechen, der das Ganze beobachtet hatte. Und da gab es nur einen: Keks.

»Es hilft nichts, wir brauchen Gabriellas Kater«, sagte sie schließlich. »Er ist der Einzige, der tatsächlich gesehen hat, was passiert ist.«

»Keks von gegenüber?«, entgegnete Philip. »Den du schon mal zum Sprechen bringen wolltest?«

Alfred öffnete den Mund, sicherlich, um ein weiteres Mal zu protestieren. Aber diesmal kam ihm Marie zuvor. »Die Schutzzauber, Alfred. Du solltest sie wirklich wieder aktivieren. Man weiß ja nie, wer hier alles herumstreicht und bloß darauf wartet, dass das Haus für einen Moment ungeschützt ist. Und du« – nun drehte sie sich zu Philip um – »hörst besser auf, in der Wunde zu bohren, und bereitest dich auf Gabriellas Fragen-Tornado vor. Wir haben eine Aufgabe zu erfüllen.«

Bevor noch irgendjemand etwas darauf erwidern konnte, griff Marie nach Philips Ellbogen, schob den Jungen zur Haustür hinaus und in Richtung Gartentörchen.

»Was hast du vor?«, zischte Alfred, der sich fix hinter der Tür versteckt hatte. »Denk daran, dass du nicht außerhalb des Hauses zaubern sollst!«

»Das tue ich doch schon die ganze Zeit, Alfred.«

»Um Himmels willen, Marie!« Der Faun lugte um die Tür herum. »Wenn dich jemand dabei beobachtet und es an die Öffentlichkeit bringt, schaltet sich der Zauberrat ein. Und der wird nicht nur den Jungen einem Vergessenszauber unterziehen, sondern auch dich!«

Marie schnitt eine Grimasse. Ja, das war ihr durchaus bewusst, immerhin versuchte sie seit Stunden, diese Tatsache zu verdrängen. Genau wie ihre Sorge, dass sie dann zurück ins Heim musste. Aber alles, was im Moment zählte, war Luuk. Sie *musste* ihn einfach wiederfinden!

»Vergessenszauber?«, fragte Philip, sobald sie am Gartentor angekommen waren. »Klingt nicht danach, als würde mir das gefallen.«

»Mach dir keine Sorgen«, erwiderte Marie und winkte ab. »Luuk wird sich um alles kümmern, sobald er zurück ist.«

Was genau das bedeutete, behielt Marie allerdings für sich.

7. Keks

Gabriella war hocherfreut, als Philip vor ihrer Tür erschien und sich für sein »unerhörtes Verhalten« vorhin entschuldigte. Obwohl sich Marie hinter einem Gebüsch versteckt hielt und nur durch die Zweige zuschaute, wurde sie fast vom Glitzern in den Augen der Nachbarin geblendet. Und als Philip dann auch noch fragte, ob Gabriella als Stammkundin in den *Gaumenfreuden* ihm nicht ein paar Tipps für seine beiden Praktikumstage geben könnte, wuchs das Glitzern zu einem Strahlen an.

»Aber selbstverständlich, mein Junge!«, trällerte sie. »Komm rein, komm rein, ich mache uns schnell eine Tasse Tee und …«

»Ehrlich gesagt wäre es mir lieb, wenn wir uns auf die Bank hier draußen setzen könnten«, unterbrach Philip sie mit einem flehenden Ausdruck im Gesicht. »Wissen Sie, ich reagiere allergisch auf

Katzen. Allein schon wenn ich in ihre Nähe komme, kann das schlimme Asthmaanfälle auslösen.«

Gabriella schlug sich erschrocken eine Hand vor den Mund. »Du armer Junge, das ist ja *tragisch*! Katzen sind solch außergewöhnliche, zauberhafte Geschöpfe!«

Bei dem Wort *zauberhaft* wurde Philip von einem plötzlichen Hustenanfall durchgeschüttelt, und Marie fürchtete schon, dass er damit alles verdorben haben könnte. Doch Gabriella nahm es stattdessen als Beweis für die schwere Asthmaerkrankung und zog die Tür zu, um sich mit Philip draußen zu unterhalten.

Das war der Moment, auf den Marie gewartet hatte. Genau wie gestern lief sie geduckt an der Hecke zwischen Gabriellas Haus und ein paar Garagen entlang nach hinten, wo das Gebüsch in einen niedrigen Holzzaun überging. Nachdem Marie sich versichert hatte, dass niemand ihr zusah, schwang sie sich mit einem Satz in Gabriellas Garten und schlich zur Terrassentür hinüber. Anders als gestern war die zwar heute gekippt, aber Gabriella hatte inzwischen ein Katzenschutzgitter angebracht, damit Keks nicht ein weiteres Mal verschwinden konnte.

»So ein Mist!«, zischte Marie. Das hieß wohl, sie musste *noch* einen Zauber wirken, um zu dem Kater zu gelangen.

Glücklicherweise war das Gitter nur aufgesteckt und ließ sich mit einem einfachen Schwebezauber herunterheben. Kaum hatte Marie es besonders sanft auf dem Boden abgelegt, um ja keinen Laut zu verursachen, erschien Keks auf einmal an der Terrassentür.

»Keks!«, flüsterte Marie mit heller, quietschiger Stimme. Vielleicht fühlte sich das Tier dann ein wenig an Gabriella erinnert und suchte nicht gleich wieder das Weite. »Sooo ein Hübscher bist du. Ja, bleib schön hier.«

»Miiiieee!«, kam es zurück, und zu Maries Erstaunen setzte sich Keks sogar hin. Mit großen orangefarbenen Augen beobachtete er, wie sie die Terrassentür zum zweiten Mal innerhalb von vierundzwanzig Stunden mit Magie knackte. Auch das ging ihr mittlerweile relativ zügig von der Hand, und nur wenige Sekunden später schob sie die Tür vorsichtig auf. Doch knifflig wurde es beim dritten Zauber, dem, mit dem sie den Kater zum Sprechen bringen wollte.

»Okay, mein Dicker«, murmelte Marie und ging vor dem Tier in die Hocke. »Ich hab's ziemlich eilig, du kennst das ja. Am besten, du hältst einfach ruhig. Okay?«

Keks gähnte, streckte sich und kratzte wie gestern auch kurz an seinem edelsteinbesetzten Halsband herum, ehe er sich auf die Seite rollte. Es schien fast, als wollte er sagen: Na, dann mach mal. Und ebenfalls wie gestern regte er sich keinen Millimeter, als Marie nach dem Magiestrom suchte, sich auf die Stimme konzentrierte, mit der Keks sprechen sollte, den Zauber losschickte …

»Hello, Darling!«

Es fehlte nicht viel und Marie hätte laut aufgeschrien.

»Entspann dich, Mary.« Der Kater sprach Maries Namen englisch aus: Märrie. »Oder willst du, dass Gabriella« – auch ihren Namen sprach er englisch aus: Gäbriella – »uns hier zusammen findet? Nooo, das willst du nicht.«

Marie wusste nicht, ob sie weinen oder lachen sollte. Keks klang überhaupt nicht so, wie sie ihn sich vorgestellt hatte! Er rollte das L wie eine Welle, das R klang dagegen mehr wie ein W. Er hatte einen Akzent, einen wirklich heftigen englischen Akzent. Dabei hatte Marie nicht eine Sekunde lang an England, die Queen oder sonst was gedacht, das dafür verantwortlich sein könnte.

»Was ist los? Du siehst aus, als hättest du eine fliegende Pastete gesehen.« Der Kater kniff die Augen zusammen. »Hast du? Wenn ja, gibst du mir was davon ab?«

»Wieso klingst du wie Prince William, wenn er versucht, unsere Sprache zu sprechen?«, jammerte Marie. »O Gott, ich hab bestimmt wieder was vermasselt. Das muss an den Sparkles liegen …«

»Oder daran, dass ich Brite bin.« Keks gähnte ein weiteres Mal herzhaft. »Britisch Kurzhaar, um genau zu sein. Wenn du willst, kannst du Gabriella nach meinem Stammbaum fragen. Aber ich rate dir davon ab. Diese Frau ist sooo aaanstrengend.« Er seufzte.

Bis zu diesem Moment hatte Marie nicht einmal geahnt, dass Katzen seufzen können. Doch ihr blieb keine Zeit, sich darüber zu wundern, denn Keks sprach bereits weiter.

»Wusstest du, dass sie sich manchmal extra Gerüchte ausdenkt, um mit anderen Leuten ins Gespräch zu kommen?«, fragte er. »Nicht zu fassen. Und dann ihr ständiges Gefasel über Schwingungen und Geister und was weiß ich noch alles. Geister! Kannst du dir das vorstellen?«

Marie schüttelte den Kopf und ließ ihren Blick dabei aufmerksam durch das Wohnzimmer schweifen. Was auch immer das Problem bei diesem Zauber gewesen war, es hatte sich offenbar auf den Akzent beschränkt. Und mehr konnte sich Marie im Moment auch nicht wünschen.

»Okay, bringen wir es einfach hinter uns«, sagte sie und kauerte sich auf den Boden, damit sie mit Keks auf Augenhöhe war. »Hast du am Dienstagmittag wie immer auf der Fensterbank gesessen und unser Haus beobachtet?«

Der Kater ließ ein leises Fauchen hören. »Wer sagt denn so was? Als ob ich mich mit solchen sinnlosen Spielereien beschäftigen würde!«

»Na ja, jedes Mal, wenn ich an Gabriellas Haus vorbeilaufe und hergucke …«

»Dann tust du das in Zukunft besser nicht mehr, sonst zeige ich dir beim nächsten Mal mein Hinterteil. Ich schätze, du weißt, was das bedeutet, oder?«

Marie biss sich auf die Zunge. Sie war kurz davor, mit dem Kater Streit anzufangen, aber ihr fehlte nicht nur die Zeit dafür, es würde auch zu absolut nichts führen. Sie hatte schon mehrfach gehört, wie dickköpfig Katzen sein konnten. Also versuchte sie es auf andere Weise.

»Hör mal, weltbester Keks«, schmeichelte sie ihm mit butterweicher Stimme. »Ich brauche deine Hilfe. Weißt du, Luuk ist vor ein paar Tagen verschwunden, und ich hatte so sehr gehofft, dass du mir sagen kannst, was passiert ist. Damit ich ihn zurückholen kann.«

Plötzlich aufmerksam geworden, legte der Kater seinen Kopf schief. »Meinst du den Tag, als du wie eine aufgescheuchte Henne ums Haus gerannt bist, als hättest du was verloren?«, erwiderte er.

»Ja! Ja, genau.« Marie schob ihre Unterlippe vor und tat so, als müsste sie ihre Tränen unterdrücken. »Seitdem fehlt von Luuk jede Spur. Das heißt, ich bin jetzt ganz allein.«

»Ach, was ist denn mit dem Faun? Ist der etwa abgehauen?«

»Äh …« Marie stockte – und dann fiel ihr wieder ein, dass Alfred ja gestern dabei gewesen war, als sie zum ersten Mal versucht hatte, den Kater zum Sprechen zu bringen. Da hatte der Butler allerdings noch nicht seine wahre Gestalt angenommen …

»Ach, Mary. Wir Katzen haben nicht nur neun Leben, wir können auch hinter die Dinge schauen.« Der Kater streckte eine Pfote aus und berührte sie sanft an der Nase. »Ich weiß schon lange, dass Luuk und du zaubern könnt. Und dass ihr nicht nur zu zweit in eurem Haus wohnt.«

»Verstehe.« Marie grinste verlegen. Einen Moment grübelte sie darüber nach, wie sie Keks endlich entlocken könnte, ob er Luuks Entführung nun beobachtet hatte oder nicht. Dabei musterte sie den Kater genau, sah zu, wie er sein Fell erst an der Brust und danach an den Vorderläufen putzte, obwohl nirgends ein Krümelchen Dreck zu sehen war … und auf einmal kam Marie eine Idee. Katzen waren eitel, furchtbar eitel sogar. Und das konnte sich Marie zunutze machen!

»Aber offenbar weißt du ja trotzdem nicht alles«, sagte sie und setzte eine selbstgefällige Miene auf. »Wer Luuk entführt hat, zum Beispiel, das weißt du nicht.«

Abrupt hielt der Kater in seinem Putzmarathon inne. Seine orangen Augen loderten gefährlich auf, so dass Marie instinktiv ein Stück zurückwich. Na also, jetzt wurde die Sache allmählich interessant.

»Wie denn auch?«, zischte Keks. »Glaubst du etwa, ich kann durch einen Lastwagen hindurchgucken? Ich sagte, dass ich die *wahre Natur* der Dinge erkennen kann, und nicht, dass ich *Röntgenaugen* habe.«

»Was für ein Lastwagen?«, hakte Marie nach.

»Keine Ahnung. Das Ding war groß und grau und hat genau vor eurem Gartentor geparkt. Als es wieder weggefahren ist, stand plötzlich die Haustür offen. Eure Haustür steht sonst nie offen.«

»Und ... und das war's?«, quiekte Marie. »Mehr hast du nicht mitbekommen?«

Der Kater richtete sich auf, doch ehe er noch etwas erwidern konnte, schallte auf einmal Philips Stimme durchs Haus.

»Ja, vielen Dank, Gabriella! Ihre Tipps sind wirklich Gold wert«, rief er lauter als nötig.

Im nächsten Moment war Marie bereits auf den Beinen. Sie zog die Terrassentür hinter sich zu und stellte den Hebel mit Hilfe der Magie so, dass sie die Tür wieder kippen konnte. Jetzt fehlte bloß noch das Katzenschutzgitter ...

»Du könntest wenigstens Danke sagen. Oder mich mitnehmen«, murrte Keks – und Marie erstarrte. Der Kater konnte immer noch sprechen. Sie hatte allen Ernstes vergessen, ihn zurückzuverwandeln! Dummerweise hockte er inzwischen nicht einmal mehr annähernd in Reichweite, damit Marie das nachholen konnte. Irgendwann in den letzten Sekunden musste er ein paar Schritte zur Seite getrottet sein.

»Komm her, Keks!«, flüsterte sie durch den Türspalt hindurch. »Wir müssen den Zauber rückgängig machen.«

Der Kater rührte sich nicht vom Fleck.

»Bitte!«, flehte Marie.

Keine Chance. Keks legte sich sogar wieder hin, dieser kleine Satansbraten! Aber ihm seine Stimme zu lassen, kam überhaupt nicht in Frage. Schlimmstenfalls würde Marie den Zauber so lenken müssen, dass er eine Schleife drehte, um sein Ziel zu erreichen. Blöd war nur, dass sie das bisher bloß aus der Theorie kannte. Genau wie das Zurückverwandeln selbst. Hoffentlich klappte es diesmal!

»Los, Keks!«, versuchte sie ein letztes Mal ihr Glück, allerdings wieder ohne Erfolg. Irgendwo drinnen erklang Gabriellas Stimme.

Okay, jetzt oder nie!

Marie griff nach dem Magiestrom, bekam ihn zu fassen und stellte sich vor, dass der Kater wieder maunzte anstatt mit englischem Akzent zu sprechen. Maunzen, miauen, fauchen, schnurren – alles, nur nicht sprechen! Und sie dachte daran, wie der Zauber durch den Türspalt schlüpfen, einen Looping in der Luft drehen und anschließend auf direktem Weg zu dem Kater hinüberschießen würde.

Maunzen, Türspalt, Looping. Falls irgendetwas schieflaufen sollte, sah Marie wirklich schwarz. Maunzen, Türspalt, Looping …

Mit einem erstickten Seufzer auf den Lippen ließ Marie den Zauber los.

Das Kreischen ertönte nur wenige Sekunden, nachdem Marie zurück über den Zaun aufs Nachbargrundstück gesprungen war, und es klang so schrill, dass sie sich die Ohren zuhalten musste. Mit angehaltenem Atem kauerte sie sich auf den Boden.

»O GOTT, O GOTT, O GOTT! Was in der Geister Namen ist hier passiert?«, brüllte Gabriella. Ihre Stimme überschlug sich währenddessen mehrmals, weil sie immer noch kreischte. *Schreikreischen*, dachte Marie. *So hört sich also Schreikreischen an.*

Mucksmäuschenstill blieb sie hocken und lauschte dem Gepolter und Geschimpfe, das kurz darauf in Gabriellas Haus einsetzte. Sie hielt auch dann noch still, als ihre Nachbarin anfing, panisch nach Keks zu rufen. Doch als auf einmal die Worte *Unverschämtheit* und *Entführung* an ihre Ohren drangen, wurde es Marie zu heiß. Geduckt huschte sie zwischen zwei Garagen hindurch zur anderen Seite hinüber, klopfte sich dort den Staub von der Hose und schlenderte dann betont gelassen zur Straße nach vorne. Philip wartete nur wenige Häuser weiter auf sie.

»Was hast du denn angestellt, dass die so ausflippt?«, fragte er. »Bis gerade eben war sie doch noch ganz normal.«

»Frag mich nicht«, erwiderte Marie. »Ich hab nur den Kater zurückverwandelt und …«

Mehr konnte sie nicht sagen, denn im selben Augenblick

stürzte Gabriella Eco wie eine Sirene jaulend auf die Straße und zog alle Aufmerksamkeit auf sich. Ihre sonst streng nach hinten gekämmten Haare standen in alle Himmelsrichtungen ab, als wäre sie in einen Kampf verwickelt gewesen, und sie fuchtelte wild mit den Händen durch die Luft.

»KEKS!«, schrie sie. »Keks, mein Liebling, wo steckst du? So hilf mir doch jemand!«

Auf beiden Straßenseiten blieben Fußgänger stehen und musterten Gabriella irritiert. Ein älterer Herr mit Hut fasste sich schließlich ein Herz und ging auf sie zu, um ihr seine Unterstützung anzubieten, doch Gabriella stieß ihn empört von sich.

»Halten Sie sich von mir fern!«, fuhr sie den sichtlich verdatterten Mann an. »Oder haben *Sie* meinen Kater entführt? Haben Sie? Raus damit!«

»Entführt?«, wiederholte Philip und starrte Marie mit offenem Mund an. »Hast du Keks etwa *geklaut*?«

»Sag mal, spinnst du?!« Marie tippte sich an die Stirn. »Ich bin doch nicht lebensmüde! Und die Terrassentür habe ich auch zugemacht, falls du es genau wissen willst.«

Mit großen Schritten stapfte sie zu Gabriella hinüber, die inzwischen an einer Straßenlaterne lehnte und aufgeregt ihre Hände knetete. Der hilfsbereite Hutmann stand mit etwas Abstand daneben und redete beruhigend auf sie ein.

»… jemanden anrufen? Das Tierheim vielleicht oder die Tierärzte in der Nähe? Das ist kein Problem für mich, wirklich«, sagte er in dem Moment, als Marie bei ihrer Nachbarin ankam. Dann nahm er seinen Hut ab und fächelte Gabriella etwas Luft zu.

Marie schluckte. Wenn Gabriella dermaßen aufgewühlt war, musste der Zauber ja mächtig schiefgelaufen sein …

»Was ist denn passiert?«, fragte sie, und Gabriella seufzte herzzerreißend.

»Ich hätte wissen müssen, dass das gestern nur der Anfang war«, jammerte sie. »Jemand hat es auf Keks abgesehen, und jetzt haben sie ihn. Sie haben ihn geholt, während ich mit dem Decker-Jungen gesprochen habe – ach, da ist er ja.«

Philip war inzwischen ebenfalls näher gekommen und hob die Hand zum Gruß. Auf seinem Gesicht lag ein mitleidiger Ausdruck, als er seine Hilfe – bei was auch immer – anbot.

»Nein, ich fürchte, niemand kann mir helfen. Man hat mir Keks weggenommen!« Gabriellas Stimme war mit jedem Wort wieder lauter geworden, weinerlicher, und beinahe hätte Marie deshalb das Maunzen überhört, das durch die offen stehende Tür aus Gabriellas Haus drang. Einmal, und gleich darauf noch ein zweites Mal.

»Aber da miaut doch eine Katze!«, rief der ältere Herr neben ihnen, der es offenbar ebenfalls mitbekommen hatte, und dann deutete er mit einem Lachen auf die Haustür. »Sehen Sie nur! Da ist er ja, Ihr Keks!«

»Sind Sie nicht ganz bei Trost?«, spuckte Gabriella ihm entgegen. »Als ob ich jemals freiwillig eine schwarze Katze in mein Haus lassen würde! Dieser Teufel gehört nicht mir!«

Marie erstarrte. Eine schwarze Katze? Als sie Keks zuletzt gesehen hatte, war er noch allein im Wohnzimmer gewesen, und er hatte rotes Fell gehabt. Doch als Marie nun den Kopf hob und zum Hauseingang hinübersah, stolzierte tatsächlich eine tiefschwarze Katze auf den Treppenstufen umher. Von rechts nach links und wieder zurück. Nur die etwas rundliche Figur und die orangen Augen waren noch exakt dieselben wie zuvor. Und natürlich das edelsteinbesetzte Halsband.

»Ups«, entfuhr es Marie.

»Was heißt da *Ups*?« Gabriella gestikulierte wild in Richtung des schwarzen Katers. »Man hat mir meinen Keks gestohlen und *das da* zurückgelassen! Mein Leben ist zerstört. Verwirkt. Sinnlos geworden.«

Nachdem sie noch eine Weile länger vor sich hin gejammert hatte, zückte der hilfsbereite ältere Herr schließlich sein Handy und bot an, den Diebstahl bei der Polizei zu melden. Er tippte sogar schon geschäftig auf dem Display herum – doch urplötzlich schien es sich Gabriella anders zu überlegen.

»Nein«, knurrte sie, und ein beinahe Furcht einflößender Ausdruck schlich sich auf ihr Gesicht. »Ich denke, ich weiß, wer das war.«

Marie zuckte zusammen. Hastig warf sie Philip einen Blick von der Seite zu, den er ebenso hastig erwiderte. Jetzt half wohl nur noch beten …

»Meine Cousine Clementina! Dieses Biest ist zerfressen von Neid.«

Für einen Moment kehrte Ruhe ein. Dann räusperte sich der Hutmann geräuschvoll. »En-entschuldigen Sie bitte?«

»Ja, sie muss dahinterstecken!«, keifte Gabriella. »Sie hat das Katzengitter entfernt, meinen Keks mit seiner Lieblingspastete durch die gekippte Tür nach draußen gelockt und ihn gegen diesen schwarzen Teufel da ausgetauscht. Und um mich völlig zur Weißglut zu treiben, hat sie diesem *Ding* sogar das Halsband meines Katers umgelegt. Ich bin mir sicher!«

Wieder folgten ein paar Sekunden vollkommener Stille, in denen Marie kaum zu atmen wagte. Dann steckte der ältere Herr sein Handy weg und strich sorgsam seine Kleidung glatt.

»Tut mir leid, gnädige Frau, aber ich denke, ich gehe jetzt besser.« Ganz kurz nickte er Marie und Philip zu, ehe er sich umwandte und eilig in Richtung Innenstadt davonstakste.

Marie schaute ihm nach, bis er zwischen all den übrigen Passanten verschwunden war. Am liebsten wäre sie auch einfach weggelaufen und hätte dieser seltsamen Geschichte den Rücken zugekehrt.

Keks mit schwarzem Fell … Wie hatte das bloß passieren können? Wieso passierte im Moment *überhaupt* so viel verrücktes Zeug?

»Sie weiß ganz genau, dass ich schwarze Katzen nicht ausstehen kann. Die bringen Unglück!«, fügte Gabriella hinzu, und es dauerte einen Augenblick, bis Marie verstand, dass sie noch immer über ihre Cousine sprach. »Dafür weiß *ich* ganz genau, dass sie schon vor langer Zeit ihre Krallen nach

Keks ausgestreckt hat. Kein Wunder bei so einem stattlichen Kerl mit Eins-a-Stammbaum.«

Im Hintergrund miaute der schwarze Kater nun besonders laut und rieb sich ausgiebig am Türrahmen.

Gabriella musterte ihn kurz, dann verzog sie voller Abscheu das Gesicht. »So eine Frechheit, dieses *Etwas* in mein Haus zu schleusen«, murrte sie. »Ich muss dringend meine Wahrsagerin kontaktieren, damit sie jeden einzelnen Raum kräftig ausräuchert. Aber zuerst knöpfe ich mir Clementina vor.«

Entschlossen ballte sie die Hände zu Fäusten und stürmte zur Haustür. Doch anstatt den schwarzen Kater wieder mit nach drinnen zu nehmen, hob sie ihn hoch, hielt ihn so weit von sich weg wie irgend möglich und trug ihn zu Marie herüber.

»Hier«, sagte sie und drückte Marie die Katze in die Arme. »Sei so gut und kümmere dich darum. Ich habe Wichtigeres zu tun.« Ohne Keks auch nur eines Blickes zu würdigen, zog sie ihm das edelsteinbesetzte Halsband über den runden Kopf, ehe sie endgültig im Haus verschwand.

»Was ist hier gerade abgelaufen?«

Marie wusste nicht, wie lange sie einfach nur dagestanden und völlig fassungslos auf Gabriellas geschlossene Tür geguckt hatte, als Philips Frage sie auf einmal aus ihren Gedanken riss.

»Ich meine – ganz im Ernst –, ich versteh es nicht«, fügte er hinzu und verschränkte abwartend die Arme vor der

Brust. »War da nicht irgendwas von wegen: Keine Magie vor Malmag?«

»Ich hab ja nicht vor Malmag gezaubert«, erwiderte Marie schwach. Mit verkniffener Miene blickte sie auf den Kater hinab, der wegen ihr jetzt eine andere Fellfarbe und kein Zuhause mehr besaß. Den Kater, den Gabriella nun zum Anlass nahm, um einen Familienstreit ungeahnten Ausmaßes vom Zaun zu brechen. Und den Kater, der Philip erst ausgiebig musterte, ehe er sein Köpfchen in Maries Richtung drehte – und »Seit wann hast du denn einen Spielkameraden?« fragte.

Mit einem spitzen Schrei ließ Marie die Katze fallen.

»Au! Musste das sein? Auch wenn ich neun Leben habe, musst du nicht unbedingt eins davon verschwenden«, plapperte Keks weiter, und Marie hob ihn eilig wieder hoch. Vorsichtshalber hielt sie ihm auch gleich die Schnauze zu, damit er nicht auf die Idee kam, die vorbeigehenden Passanten vollzuquatschen.

Das war doch nicht zu glauben, der Zauber hatte ja null Komma gar nicht funktioniert! Anstatt Keks die Sprache zu nehmen, hatte Marie sein Fell schwarz gefärbt. Und weil Gabriella ihren geliebten Kater deshalb nun nicht wiedererkannte, hatte sie ihn mal eben hochkant rausgeworfen. Das hieß, Marie klebte jetzt noch ein Problem mehr an der Backe. Als ob sie davon nicht schon genug hätte!

»Komm mit«, sagte sie zu Philip, doch der stand bloß reglos da und glotzte mit schreckgeweiteten Augen auf die Katze hinab. Also scheuchte ihn Marie einfach vor sich her, quer über die Straße zu ihrem Haus. »Wie kann es eigentlich sein, dass du jedes Mal fast in Ohnmacht fällst, wenn irgendwas Magisches um dich herum passiert?«

»Och, ich weiß nicht«, ätzte er. »Vielleicht weil ich bis gestern noch dachte, dass es Magie nur in Büchern gibt. Aber dann hat irgendjemand die Goldfigur meiner Mutter lebendig werden lassen.«

»Das war ein Versehen!« Marie warf ihm einen bösen Blick von der Seite zu, während sie den Haustürschlüssel hervorkramte und ins Schloss fummelte. Das Aufschließen ging zwar schwerfällig, aber schon deutlich schneller als heute Morgen. Wahrscheinlich hatte es Alfred noch nicht geschafft, alle Schutzzauber wieder zu aktivieren, oder er hatte welche verändert. Umso besser, sonst wäre Marie jetzt sicherlich der Kragen geplatzt.

Sobald die Tür offen war, schob sie den protestierenden Philip ins Haus, folgte ihm und warf die Tür hinter sich zu. Den Kater hielt sie lieber noch fest, damit er nicht das Weite suchen konnte.

»Das mit der Katzenallergie war übrigens nicht gelogen!«, patzte Philip und brachte so viel Abstand wie möglich zwischen sich und die Katze. »Ich bekomme tatsächlich Atembeschwerden, wenn ich …«

»Ja, ja, dauert nicht lange«, unterbrach ihn Marie ungehalten. »Alfred soll den Zauber einfach aufheben, und danach bringe ich Keks zu Gabriella zurück. Problem gelöst!«

»Welches Problem denn?«, fragte Alfred, der soeben im Durchgang zur Küche erschienen war – nun wieder in Gestalt des Butlers. Als er die Katze sah, zog er missbilligend die Stirn kraus. »Dieses Problem?«

»So hat mich ja noch nie jemand genannt«, murrte Keks und sprang mit einem empörten Miauen von Maries Arm. »Ihr solltet dringend an eurer Gastfreundschaft arbeiten, wenn ihr nicht bald als *die* Miesepeter der Straße abgestempelt werden wollt. Also, wo geht's zum Kühlschrank?« Ohne sich noch einmal umzudrehen, verschwand der dicke Kater in der Küche und ließ Marie und die anderen im Flur zurück.

»Bitte sag mir, dass das nicht der Nachbarskater war«, sagte Alfred, und als Marie ertappt das Gesicht verzog, schloss er die Augen und begann, seine Schläfen zu massieren, als hätte er urplötzlich starke Kopfschmerzen bekommen. »Ausgezeichnet. Eine sprechende Katze hat uns in unserem Club ja gerade noch gefehlt. Was kommt als Nächstes, ein sprechender Baum?«

»Sehr witzig, Alfred, wirklich. Hilf mir lieber, es rückgängig zu machen!«, nörgelte Marie. »Ich habe keinen Plan, warum der Zauber nicht funktioniert hat. Aber ich muss es geradebiegen, sonst dreht Gabriella durch.«

»Ich kann dir leider nicht helfen, Marie, sonst hätte ich das bei dem Goldmännchen doch auch gemacht. Eure Magie ist vollkommen anders als meine.« Der Butler hob die Arme und blickte an sich herunter. »Abgesehen davon habe ich das meiste von meiner Kraft schon wieder an die Schutzzauber gebunden. Viel mehr als Gestaltwandlung ist nicht möglich.«

Mit einem Seufzen lehnte sich Marie gegen die Haustür. Allmählich wuchs ihr die Sache über den Kopf, und wenn sie nicht bald eine Lösung fand, würde sie Luuk vielleicht nicht mehr rechtzeitig helfen können, bevor … Nein, daran durfte sie nicht einmal denken! Und so weit würde sie es auch nicht kommen lassen. Ihr *musste* einfach was einfallen!

»Hat der Kater denn wenigstens irgendwas Nützliches gesagt?«, fragte Philip in diesem Moment. Er hatte sich inzwischen den Stoff seines Shirts über Mund und Nase gezogen und schob sich eng an die Wand gepresst zu Marie herüber. »Weiß er, wer Luuk entführt hat?«

»Nein, angeblich stand ein Lastwagen vor dem Gartentor, als es passiert ist«, murmelte Marie. »Das Ding hat ihm die Sicht versperrt.«

»Ein Lastwagen?«, wiederholte Philip. »Wie sah der aus?«

»Keine Ahnung. Groß und grau, sagt Keks.«

»Hm.« Philip rieb sich die Stirn. »Felix Flemming besitzt einen grauen Lieferwagen, damit fährt er überallhin. Ich habe ihn heute früh erst damit auf der Straße gesehen, als ich auf dem Weg …«

»Als du auf dem Weg zu Amélie warst?«, half ihm Marie auf die Sprünge. »Dort hat er ja versucht, mich auszufragen! Er wollte unbedingt wissen, ob Luuk ein Treffen mit jemandem geplant hat.«

»Wahrscheinlich will er herausfinden, wer die anderen bunten Magier sind.« Alfred legte seine Hände aneinander und führte sie mit nachdenklicher Miene zum Mund. »Dann lag ich womöglich doch richtig. Die ständigen Anrufe, die Holzscheibe mit dem Schloss, die du gefunden hast, der Transporter – es passt alles zusammen. Flemming ist unser Mann!«

Marie war kurz davor, ihm unter die Nase zu reiben, dass er vorhin auch noch Fiete vom Fischmarkt und Frank Fischer für die möglichen Täter gehalten hatte, schluckte die Worte jedoch ungesagt hinunter. Stattdessen feilte sie in Gedanken bereits an einem Plan, wie sie Flemmings finsterem Treiben ein Ende bereiten konnte.

Allerdings gab es da ein klitzekleines Problem: Wenn dieser Typ tatsächlich einer der weißen Magier war, die bunten Magiern ihre Kraft nehmen konnten, war auch Marie nicht vor ihm sicher. Vor allem dann nicht, wenn sie vielleicht selbst schon so etwas wie die Holzscheibe besaß. Etwas, womit ein weißer Magier einen Zauber an sie heften konnte – oder es sogar schon längst getan hatte.

»Reicht deine Kraft noch aus, um nach mehr Spuren weißer Magie hier im Haus zu suchen?«, fragte sie schließlich an den Butler gewandt. »Im Trainingsraum und in meinem Zimmer wäre gut.«

»Nein, tut mir leid. Und bevor du auf die Idee kommst: Ich werde die Schutzzauber ganz sicher kein zweites Mal aufheben.« Alfred schüttelte den Kopf – und riss gleich darauf alarmiert die Augen auf. »Wieso fragst du überhaupt? Fühlst du dich nicht wohl? Hast du irgendwelche Beschwerden?«

»Bisher nicht. Aber Luuk hatte ja auch keine, oder? Und

dann wurde er entführt, weil dieser blöde Magieanker wer weiß was mit ihm angestellt hat. Was, wenn dadurch seine Magie geschwächt wurde? Oder wenn noch mehr von diesen Ankern hier im Haus versteckt sind?« Nachdenklich betrachtete Marie ihre Hände, dann streckte sie probehalber die Finger nach dem Magiestrom aus, suchte nach ihm. Puh, da war er, genauso stark wie zuvor. Marie bekam ihn auch noch immer problemlos zu fassen.

»Wie machen die weißen Magier das eigentlich, dieses Kräfterauben?«, fragte sie. »Das geht ja scheinbar nicht mal eben so im Vorbeigehen, oder? Sonst hätte Flemming Luuk ja nicht extra entführen müssen.«

»Wäre gut, das zu wissen, stimmt. Womöglich hilft es uns irgendwie weiter.« Philip hatte inzwischen die Haustür einen Spaltbreit geöffnet und fächelte sich mit beiden Händen frische Luft zu. Auf Maries und Alfreds ungläubigen Blick hin murrte er: »Was denn? Wollt ihr lieber zusehen, wie mein Kopf anschwillt, bis ich nicht mehr atmen kann?«

»Also ich ganz sicher nicht«, sagte Marie.

»Ich kann mir auch Schöneres vorstellen«, stimmte Alfred zu. »Aber« – er schloss die Tür, schob Philip ein paar Meter weiter zum nächsten Fenster und öffnete stattdessen das – »du atmest trotzdem besser hier drüben weiter. Sonst werden meine Schutzzauber zu stark geschwächt.«

Philip zuckte mit den Schultern und drückte sein Gesicht an den Fensterspalt. »Okay. Und vielleicht beeilen Sie sich einfach damit, uns zu erzählen, was Sie übers Kräfterauben wissen.«

»Eigentlich gar nichts«, gab der Butler mit zerknirschter Miene zu. »Master Luuk hat mir bloß mitgeteilt, dass gewisse Voraussetzungen dafür erfüllt sein müssen.«

»Welche sind das?«, hakte Philip wie aus der Pistole geschossen nach, und als Alfred ihn daraufhin erneut misstrauisch musterte, fügte er hinzu: »Tut mir leid, das ist wie ein Reflex. Den habe ich wohl meiner Mum zu verdanken, sie arbeitet für die Presse.«

Mit einem entsetzten Keuchen drehte sich Alfred zu Marie um. »Hast du das gehört? Wir weihen gerade einen Malmag, dessen Mutter bei der Presse ist, in die größten Geheimnisse der magischen Welt ein!«

»Ja, ich weiß«, erwiderte Marie. »Könntest du bitte trotzdem einfach seine Fragen beantworten? Sonst kommen wir nie voran.«

Der Butler vergrub für einen Moment stöhnend das Gesicht in den Händen. Dann trat er ein paar Schritte zurück und wischte wie vorhin im Wohnzimmer durch die Luft, bis ein Bild erschien.

Erbost stemmte Marie ihre Fäuste in die Seiten. »He! Du hast behauptet, mehr als Gestaltwandlung ist nicht möglich!«

»Nein, ich sagte, *viel mehr* als Gestaltwandlung ist nicht möglich. Das hier« – Alfred zeigte auf die schwache Projektion in der Luft – »ist die andere Sache, die ich im Moment noch kann. Zumindest so lange, bis ich die letzten Schutzzauber errichtet habe.«

»Ein Illusionszauber kostet weniger Kraft als das Sichtbarmachen der Magie?«, fragte Marie ungläubig, und der Butler nickte.

»So ist es«, sagte er. »Das wirst du spätestens im dritten Ausbildungsjahr selbst feststellen.«

»Katzenallergie, Katzenallergie!«, rief Philip dazwischen, als Marie bereits zu einem weiteren Kommentar ansetzen wollte. »Könntet ihr das vielleicht auf später verschieben und die wirklich wichtigen Dinge klären, solange sich der Kater durch eure Vorräte frisst?«

Marie zuckte mit den Schultern, und der Butler wischte brummend weiter. Gleich darauf wurde das Bild klarer: Ein Vollmond war zu sehen, und schräg darunter ein weiterer Vollmond, allerdings viel schwächer und mit rötlicher Färbung. Auf diesen deutete Alfred nun.

»Das hier ist ein Geistermond«, sagte er. »Die Erscheinung tritt nur auf, wenn eine niedrige Sonnenaktivität und eine erhöhte Aktivität der beiden Magieströme zusammenfallen. Dann wird das Licht vom Mond durch die Magie zurück in die Atmosphäre reflektiert und …«

»Komm bitte zum Punkt, Alfred«, ächzte Marie. Für Naturwissenschaft hatte sie nie besonders viel übrig gehabt. Ihr lagen mehr die Schulfächer, bei denen man nicht die ganze Zeit bloß denken, denken und noch mehr denken musste, sondern einfach auch mal machen konnte.

»Gut, wie du meinst.« Alfred verschränkte die Arme vor der Brust. »Anscheinend gibt es bei den beiden Magieströmen so etwas wie Ebbe und Flut. Und wenn eine Flut der Magieströme auf niedrige Sonnenaktivität trifft, bedeutet das mehr Kraft für die weißen Magier und weniger für die bunten. Nur in dem Fall ist es möglich, dass ein weißer Magier einem bunten seine Magie nehmen kann.«

»Ich versteh das nicht«, gab Marie stirnrunzelnd zu. »Wachsen die Ströme denn nicht gleich stark?«

»Doch, tun sie. Aber das Wirken der Magie bei Flut braucht viel mehr Kraft und viel mehr Durchhaltevermögen, um den Strom zu bändigen. Ihr bunten Magierinnen und Magier habt nur diesen einen Körper – euren Körper. Weiße Magierinnen und Magier können ihr Medium ganz einfach wechseln, wenn es erschöpft ist.«

»Ah, klingt logisch.« Gedankenversunken knetete Marie ihre Hände. Das waren ja alles wenig berauschende Aussichten, musste sie zugeben. »Und dieser Geistermond, der taucht wann genau das nächste Mal auf? Kann man das googeln?« Wenn sie doch heute früh bloß ihr Handy nicht auf dem Nachttisch liegen gelassen hätte!

Marie wollte gerade losstürmen, um es zu holen, als Alfred tadelnd das Gesicht verzog. »Nein, das ist ein magisches Phänomen, nicht etwas, das im Internet landet – es sei denn, man verrät es jemandem von der Presse.« Er warf Philip einen drohenden Blick zu. »Außerdem sind die Gezeitenphasen der Magieströme im Gegensatz zu den Aktivitätsphasen der Sonne sehr unregelmäßig. Soweit ich weiß, gibt es bisher nur Aufzeichnungen, die in die Vergangenheit reichen. Möglicherweise könnte ich anhand derer herausfinden …«

»Ja, mach das bitte«, unterbrach ihn Marie ein weiteres

Mal. »Philip und ich checken währenddessen die Sonnenaktivität.«

»Nein, *ich* checke die Sonnenaktivität. Und zwar zu Hause«, erwiderte Philip, ehe er das Fenster schloss und zurück zur Tür huschte. Innerhalb eines Wimpernschlages war er draußen und holte dort ein paarmal tief Luft. Erst danach wandte er sich erneut an Marie. »Du kümmerst dich in der Zwischenzeit um den Kater. Vielleicht schaffst du es ja irgendwie, ihn doch noch zurückzuverwandeln.«

»Ich fürchte, dass es bei ihm genauso wenig klappen wird wie bei Willi«, gab Marie zerknirscht zu. »Zumindest das mit der Farbe nicht. Keine Ahnung, wie dieser Zauber zustande gekommen ist.«

»Okay, hm. Dann …« Philip dachte kurz nach. »Dann kannst du dir ja in der Zwischenzeit von Al zeigen lassen, wie man Spuren weißer Magie sichtbar macht. Das können wir morgen früh sicher gut gebrauchen.«

»Morgen früh?«, echote Marie und überging dabei Alfreds Gezeter im Hintergrund, weil Philip ihn schon wieder Al genannt hatte.

»Ja, wir werden Felix Flemming einen Besuch abstatten. Oder besser gesagt, seinem Haus. Flemming geht samstags nämlich immer zum Handwerker-Stammtisch in die *Gaumenfreuden*.«

Marie stutzte. »Ach? Und woher weißt du das?«

»Deine Nachbarin hat mir vorhin eine halbe Stunde lang Tipps gegeben, damit mein Praktikum bei Amélie gut läuft, schon vergessen?« Philip grinste schräg. »Ich weiß auch, wer beim Mütter-Stammtisch montags und bei der stillen Schreibgruppe am Donnerstag dabei ist.«

»Oh, wow! Gabriella ist noch viel, viel schlimmer als die Presse«, murrte Marie. »Und jetzt hab ich tatsächlich ihre Katze am Hals.«

»Versuch doch zur Abwechslung einfach mal, ein paar Stunden lang nichts zum Sprechen zu bringen oder zum Leben zu erwecken, okay?« Philip hob die Hand zum Abschied. »Morgen früh um acht bei mir. Sei pünktlich.« Damit sprintete er zum Gartentor, und im nächsten Moment war er verschwunden.

8. Sozialkundeprojekt 2

Von der Hausnummer 123 – Maries Zuhause – bis zur Hausnummer neun zu laufen, dauerte gut eine halbe Stunde. Marie wunderte sich jedes Mal aufs Neue darüber, wie lang diese Straße doch war und wie viele Gebäude sich dort aneinanderreihten. Neben einer ganzen Schar alter Villen gab es auch einige turmhohe Bürogebäude, ein großflächiges Einkaufszentrum, zwei Cafés, drei Restaurants und ein Museum. In den Lücken dazwischen drängten sich zahllose kleine Verkaufsläden, ein Kindergarten, schmucke Einfamilienhäuser und etwa eine Handvoll mehrstöckiger Mietshäuser.

In einem davon wohnte Philip mit seiner Familie.

Obwohl Marie extra früh losgelaufen und einen Teil der Strecke sogar gejoggt war, kam sie erst fünf Minuten nach acht dort an. Sie rechnete schon damit, dass Philip ihr die Verspätung unter die Nase reiben würde, aber er sagte bloß in die Sprechanlage: »Zweiter Stock, erste Wohnung rechts« und drückte auf den Türsummer.

Marie hechtete die Treppen nach oben und wollte gerade anklopfen, als die knallrot gestrichene Tür mit Schwung aufgerissen wurde und Philips Schwester Merle ihr förmlich in die Arme sprang.

»Endlich, endlich!«, rief das kleine Mädchen aufgeregt und klammerte sich an Marie fest. »Hast du Willi mitgebracht? Kannst du noch was anderes verzaubern? Darf ich nachher mit euch mitkommen? Philip verrät mir nicht, was … uah!«

Das Gequassel brach ab, als Philip seine Schwester von Marie wegzog, sie zurück in die Wohnung schubste und ihr befahl, leiser zu sein. Danach winkte er Marie ebenfalls herein.

»Du hast Blumen in den Haaren. Und Bonbons«, sagte er, sobald sie nebeneinander im Flur standen. Automatisch schossen Maries Hände zu den beiden Micky-Maus-Haarknoten hinauf, wo die Süßigkeiten an den Zopfgummis befestigt waren.

»Zimtbonbons, um genau zu sein«, erwiderte sie. »Aus irgendeinem Grund stehen alle bunten Magierinnen und Magier auf die Dinger. Wahrscheinlich, weil sie beim Denken helfen.« Mit spitzen Fingern zupfte sie ein Bonbon heraus und öffnete das rote Papier. »Hunger, Philip Decker aus Hausnummer neun?«

»Hör auf, mich so zu nennen«, brummte er. »Und nein

danke, ich werde ganz sicher nie wieder eins von deinen Zimtbonbons essen. Die sind ekelhaft.«

Marie zuckte mit den Schultern und grinste belustigt. »Gut, wie du willst.« Dann steckte sie sich die Süßigkeit in den Mund und schmatzte übertrieben laut, während Merle wie ein Flummi um sie herumhüpfte.

»Soll ich dir mein Zimmer zeigen? Das ist da hinten. Die blaue Tür, siehst du die? Die gehört mir.«

»Ja, ich sehe sie. Lass uns das irgendwann anders machen, okay, Merle?«

»Gut, ich kann dir auch hier …«

»Merle!«, blaffte Philip. »Ab ins Wohnzimmer!«

Die Kleine stapfte nörgelnd davon, und Marie nutzte die Gelegenheit, um sich in dem schmalen Flur umzuschauen, der alle Zimmer miteinander zu verbinden schien.

Eine längliche Kommode nahm mehr als die Hälfte des Platzes ein, und die Schubladen waren offenbar so vollgestopft, dass man manche von ihnen schon gar nicht mehr richtig schließen konnte. Selbst obendrauf stapelten sich unzählige Dinge: Ordner, Blöcke, Stiftehalter und jede Menge anderes Zeugs.

An der Wand dahinter und gegenüber hingen unzählige Fotos von Philip, Merle und einer jungen Frau, die den beiden Kindern sehr ähnlich sah. Vor allem die Augen waren beinahe identisch.

»Ist das eure Mutter?«, fragte Marie, und Philip nickte.

»Falls es dir noch nicht aufgefallen sein sollte, sie mag Fotos.«

Das nicht zu bemerken, war wirklich schwer, denn auch im Wohnzimmer, das sie kurz darauf betraten, war jedes noch so kleine Stückchen Wand mit Fotografien zugepflastert worden. Dazwischen entdeckte Marie einige selbstgemalte Bilder von Philip und Merle, mehrere Bastelarbeiten und zwei Abschlussurkunden über Fremdsprachenkurse. Es war ein heilloses Durcheinander, und im Rest des Raumes sah es sogar noch schlimmer aus. Fast so, als wäre ein Riese mit dem Rasenmäher durchgepflügt.

»Hui.« Marie konnte sich ein Lachen nicht verkneifen. »Wenn Luuk oder Alfred das nächste Mal behaupten, ich müsste dringend mal wieder mein Zimmer aufräumen, schicke ich sie zu euch.«

»Na ja, in eurem riesigen Haus verteilt sich das Zeug einfach besser«, entgegnete Philip. Dann schob er den Berg Kuscheltiere auf dem Sofa zur Seite und sagte: »Hier, falls du dich hinsetzen willst.«

»Ähm …« Marie deutete zurück in Richtung Wohnungstür. »Sollten wir uns nicht auf den Weg machen?«

»Gleich«, erwiderte Philip. »Wir müssen nur noch warten, bis meine Mum von der Arbeit zurück ist. Dauert nicht mehr lange, und der Stammtisch fängt sowieso erst um neun an, steht auf der Internetseite.«

»Eure Mutter arbeitet auch samstags?«, fragte Marie, und weil sie den Sitzplatz trotzdem dankend ablehnte, warf sich stattdessen nun Merle mit einem Jubelschrei auf die Polster. Im nächsten Moment flogen die Kuscheltiere schon wieder wild durcheinander.

»Samstags, sonntags – wenn man zur Oelding Press gehört, arbeitet man quasi immer«, brummte Philip missmutig. »Heute früh um halb fünf haben sie angerufen, seitdem ist Mum unterwegs.«

»Und du passt währenddessen auf Merle auf.«

»Ich räume währenddessen hinter Merle her.« Mit einem bösen Blick zu seiner Schwester schnappte sich Philip zwei leere Müslischalen, eine Packung Milch und ungefähr zehn Löffel vom Wohnzimmertisch, um sie in die Küche zu tragen. Marie folgte ihm nach kurzem Zögern.

»Was ist denn mit eurem Vater, kann der das nicht übernehmen?«, hakte sie nach. Bisher hatte sie auf keinem der Bilder einen Mann entdecken können, und allmählich fragte sie sich, ob die drei allein hier lebten.

»Du darfst ihn gerne darauf ansprechen, wenn du ihn siehst«, gab Philip zurück. »Aber ich fürchte, er hat keine große Lust auf Familie.« Mit geübten Handgriffen stellte er das dreckige Geschirr in die Spülmaschine, warf einen Reinigungs-Tab hinterher und schaltete das Gerät an. »Und weil Mum auf keinen Fall mit uns zu ihren Eltern ziehen will, darf sie den Job bei der Oelding Press nicht verlieren. Also muss sie jeden noch so beknackten Auftrag erledigen, den sie ihr dort aufs Auge drücken. Sogar nachts um halb fünf.«

Mitleidig verzog Marie das Gesicht. Sie verstand Philip nur zu gut, immerhin würde es ihr genauso wenig gefallen, wenn jemand Luuk so behandeln würde. Oder wenn die ganze Arbeit zu Hause auf einmal an ihr hängen bleiben würde.

Während sie sich in der kleinen Küche umblickte, kam

ihr plötzlich eine Idee. Als Schülerin im ersten Lehrjahr sollte sie Magie eigentlich nur zu Hause anwenden, wo die Schutzzauber die Sparkles abfangen konnten. Aber darüber hatte sie sich ja in den letzten paar Tagen schon mehrfach hinweggesetzt. Außerdem konnte es ja wohl kaum verboten sein, hier und da etwas Gutes zu tun. Oder?

Während Philip weiter über die Oelding Press schimpfte, streckte Marie ihre Finger nach dem Magiestrom um sich herum aus. Inzwischen hatte sie überhaupt keine Schwierigkeiten mehr damit, ihn zu finden – es fühlte sich fast so an, als wäre er in den letzten Tagen sogar noch stärker geworden. Und auch der Schwebezauber gelang ihr jetzt mühelos. Also hob sie alle auf dem Boden liegenden Krümel an und ließ sie im Mülleimer verschwinden. Dann schob sie die auf der Küchenzeile verstreuten Cornflakes zurück in die Tüte und die Tüte in die Packung. Doch als sie sich um den Saftfleck vor dem Kühlschrank kümmern wollte, räusperte sich Philip lautstark.

»Was soll das werden?«, fragte er.

»Ich helfe dir beim Aufräumen«, erwiderte Marie. »Sieht man das nicht?« Mit einem zufriedenen Lächeln formte sie aus dem ausgelaufenen Saft einen großen Tropfen, ließ ihn zum Waschbecken schweben und dort in den Abfluss fallen.

»O doch, das sehe ich.« Philip hob vielsagend beide Augenbrauen, ehe er zur Küchentür deutete.

Ein paar dunkle Locken spitzten dort um die Ecke, und gleich darauf erschien der Rest von Merles Köpfchen.

»Aber falls du wirklich willst, dass deine Zauberei geheim

bleibt, solltest du lieber damit aufhören«, flüsterte Philip noch, dann wandte er sich seiner Schwester zu. »Hast du jetzt endlich mal Zähne geputzt?«

»Mach ich gleich«, versprach die Kleine und zog einen Schmollmund. »Ich muss erst Mama Hallo sagen, sonst ist sie bestimmt traurig.«

Im nächsten Moment erklang das Geräusch eines Schlüssels, der im Schloss gedreht wurde, und Merle wirbelte mit einem begeisterten Quietschen herum.

»Mama! Mama! Mama!«, johlte sie, während sie flink wie ein Wiesel durch den Flur davonhuschte.

Marie wollte ihr neugierig folgen, doch Philip hielt sie zurück.

»Ähm, hör mal. Merle hat erzählt, du wärst so was wie unsere … magische Freundin«, flüsterte er, und als Marie entsetzt nach Luft schnappte, fügte er sofort hinzu: »Keine Angst, Mum glaubt ihr natürlich kein Wort. Merle hatte schon immer eine blühende Phantasie. Ich wollte dich nur vorwarnen, damit du dich nicht wunderst, falls Mum so tut, als würde sie dich kennen.«

»O-kay«, sagte Marie stockend. Ihr schwante nach Luuks Entführung, dem Goldzwerg Willi, Philip, Merle und Keks schon das nächste Problem. Doch Philip winkte ab.

»Das kriegen wir schon hin«, sagte er. »Mach dich nicht verrückt.« Mit diesen Worten schob er sie aus der Küche.

Heidi Decker war tatsächlich so jung, wie sie auf all den Fotos in der Wohnung aussah. Allerhöchstens dreißig Jahre alt, schätzte Marie. Außerdem war Heidi witzig, offenherzig, liebevoll zu ihren Kindern – und sehr, sehr müde. Ständig musste sie gähnen, während sie sich mit Marie, Philip und Merle unterhielt. Kein Wunder, immerhin hatte sie trotz der frühen Uhrzeit bereits mehr als drei Stunden Arbeit hinter und noch mal mindestens genauso viele vor sich, so wie es hier in der Wohnung aussah. Trotzdem hörte sie geduldig zu, als Merle zum zweiten Mal kurz nacheinander von dem Tag erzählte, an dem eine ihrer Spielfiguren das Sprechen gelernt hatte.

Marie lächelte bloß angestrengt, und auch Philip sagte lieber nichts dazu. Erst als seine Schwester fröhlich ausplauderte, dass die Figur zufällig genau denselben Namen hatte wie der goldene Zwerg von Opa, grätschte Philip dazwischen.

»Um was ging es denn eigentlich bei deinem Auftrag vorhin?«, fragte er an seine Mutter gewandt, bevor Merle noch mehr verraten konnte.

»Ach, ein paar Schülerinnen und Schüler haben sich mit Plakaten, Rasseln, Trommeln und was weiß ich alles vor der Kunstakademie versammelt, um den aktuellen Lehrkräftemangel zu beklagen«, erwiderte Heidi seufzend. »Allein letzte Woche sind wohl vier Kurse« – sie gähnte herzhaft, während sie eine ganze Reihe Kinderbücher zurück ins Regal stellte – »ausgefallen, und es gibt niemanden, der die Stunden abfangen kann. Oder abfangen möchte. Das muss ich noch herausfinden.«

»Die haben sich da um halb fünf morgens getroffen?«, hakte Philip nach.

»Ja. Um die Zeit kriegen sie definitiv mehr Aufmerksamkeit, als wenn sie erst um neun anfangen, glaub mir.« Heidi zog eine Grimasse. »Die waren *unfassbar* laut.«

Marie gab sich Mühe, ihr angestrengtes Lächeln schnellstmöglich in eine betroffene Miene zu verwandeln – und schluckte, als sie plötzlich Heidis Blick auf sich ruhen spürte. Automatisch verkrampften sich ihre Finger um das Wasserglas, das Philip ihr wenige Minuten zuvor in die Hand gedrückt hatte.

»Sag mal, Philip hat erwähnt, dass du die Tochter von Luuk Vorlost bist. Stimmt das?«, fragte Heidi schließlich, und als Marie zögernd nickte, fügte sie hinzu: »Kann es sein, dass er auch Lehrer an der Akademie ist? Ich glaube, einer der Schüler hat vorhin seinen Namen genannt.«

»Jaaa«, sagte Marie gedehnt. »Aber im Moment … geht es ihm nicht gut.«

»Oh, das tut mir leid. Hoffentlich erholt er sich schnell wieder.« Heidi ließ sich neben Marie auf das Sofa fallen und tätschelte ihr sanft das Knie. »Falls du Hilfe beim Einkaufen oder so brauchst, melde dich.«

Marie nickte tapfer.

»Und wenn dein Vater wieder gesund ist, kannst du ihm gern die hier geben.« Heidi kramte eine Visitenkarte hervor und drückte sie Marie in die Hand. »Vielleicht hat er ja mal Lust und Zeit, mit mir über die Akademie zu sprechen. Es ist sicherlich nicht verkehrt, auch die Sicht von ein paar Lehrerinnen und Lehrern aufzuzeigen.«

»Das … das fände er bestimmt gut«, krächzte Marie. Sie

räusperte sich, um den Frosch im Hals loszuwerden, und nahm hastig einen Schluck Wasser. »Ich gebe sie ihm gleich, wenn ich ihn sehe.«

»Nein, nein! Erst, wenn es ihm besser geht.« Ein weiteres Gähnen mogelte sich über Heidis Lippen. »Und erst, wenn ich irgendwann mal mindestens acht Stunden am Stück geschlafen habe. Ich glaube, ich war noch nie in meinem Leben so müde.«

»Nö, nicht schlafen!«, nörgelte Merle und kuschelte sich eng an ihre Mutter. Mit großen, runden Augen schielte sie Heidi von unten herauf an. »Du hast versprochen, dass wir heute auf den Spielplatz gehen. Und Eis essen!«

»Ja, Mäuschen, ich weiß. Das machen wir auch alles. Ich muss mir vorher nur noch einen Liter Kaffee kochen, ja?«

»Was du viel dringender machen müsstest, ist, einen neuen Job finden«, murrte Philip, als seine Mutter sich wieder vom Sofa hochrappelte und ächzend ihren Rücken durchstreckte. »Wie lange soll das denn noch weitergehen? Du bist doch jetzt schon total fertig.«

»Warte erst mal ab, wie *du* aussiehst, Mister Neunmalklug, wenn ich dich dreimal über das Klettergerüst gescheucht habe!« Heidi lachte schallend, und Marie konnte gar nicht anders, als in dieses Lachen mit einzufallen. So viel Lebensfreude steckte darin und so viel echte Fröhlichkeit. Sogar Philip verzog den Mund zu einem Grinsen.

»Mach dir keine Gedanken, Phil, das ist alles nur vorübergehend«, sagte Heidi dann und wuschelte ihrem Sohn durch die dunklen Haare. »Ich finde schon irgendwann was Besseres. Aber bis dahin muss ich noch durchhalten. Außerdem kann ich meinen Arbeitsvertrag mit der Oelding Press nicht einfach rückgängig machen.«

»Menno, was heißt denn das nur? Rückgängig«, quäkte Merle ein weiteres Mal dazwischen. »Philip und Marie wollen auch so was machen. Mit …«

»Zähneputzen, Merle!« Wie von der Tarantel gestochen schnellte Philip aus seinem Sessel nach oben, packte Merle und trug sie aus dem Wohnzimmer. »Los, los, los, sonst wird das heute nichts mehr mit Spielplatz!«, rief er ihr hinterher, als er sie mit einem leichten, aber bestimmten Schubser ins Badezimmer beförderte.

Heidi hatte gerade die Hände nach einem Stapel Wäsche ausgestreckt, der auf dem Esstisch lag, doch nun hielt sie inne und schaute ihren beiden Kindern interessiert zu. Ihre Müdigkeit schien mit einem Mal wie weggeblasen, stattdessen blitzte Neugier in ihren Augen auf.

»Ihr wollt etwas rückgängig machen?«, bohrte sie nach, sobald Philip wieder im Wohnzimmer war. »Um was geht's denn, braucht ihr Hilfe?«

»Nein. Wir wollten nur …«, stammelte Philip. »Also eigentlich …«

»Ich hab ihn gefragt, ob er mir bei meinem Sozialkundeprojekt behilflich sein kann«, sagte Marie. »Weil ich das letzte in den Sand gesetzt habe, hat mir Luuk noch eins aufs Auge gedrückt. Sozialkundeprojekt 2 sozusagen.«

»Ah, wie nett. Also nicht das Projekt, sondern dass du ihr

hilfst.« Heidi schenkte ihrem Sohn ein anerkennendes Lächeln. »Und das an einem Samstag!«

»Ja, ich bin auch ganz überrascht. Allerdings hat Marie vergessen, die Bücher, die wir dafür brauchen, aus der Bibliothek zu holen.« Mit schnellen Schritten kam Philip herüber, nahm Marie das Wasserglas aus der Hand und deutete dann mit dem Kopf in Richtung Flur. »Vielleicht machst du das einfach jetzt und wir verschieben solange die Arbeit am Projekt?«

»Oh, äh, klar. Verschieben. Bücher abholen.« Marie nickte verdattert. »Gute Idee.« Sie winkte Heidi zum Abschied und folgte Philip anschließend aus dem Zimmer hinaus. Doch kaum waren sie an der Wohnungstür angekommen, schob sie sich an ihm vorbei.

»Ich fürchte, das musst du mir jetzt noch genauer erklären«, sagte sie und stieß Philip den Zeigefinger in die Brust.

»Es ging nicht anders. Wenn ich Merle mit Mum alleine lasse, erzählt sie ihr hundertprozentig, dass unser Gold-Opa inzwischen bei dir ist und reden kann«, gab Philip flüsternd zurück. »Sie wird so lange rumnerven, bis Mum den blöden Zwerg sucht, um ihr zu beweisen, dass er in irgendeiner Schublade liegt. Dann hast du ein Problem mehr, Marie … Wie ist eigentlich dein voller Name?«

»Marie Sophie Justine de la Borne.«

»Woah, okay. Dann hast du noch ein Problem mehr, Marie Sophie Justine de la Borne aus Hausnummer 123.«

Stöhnend warf Marie ihre Arme in die Luft. »Aber das kann doch heute Abend oder morgen genauso passieren!«, erwiderte sie. »Oder meinst du, Merle vergisst Willi bis dahin einfach?«

»Wenn ich ihr dafür ein paar von diesen komischen sprechenden Hundefiguren schenke, die sie sich so sehr wünscht, ja. Ganz sicher.« Philip zuckte mit den Schultern. »Ich muss die Dinger nur noch kaufen.«

»Nennt man das nicht Bestechung?«

»Ich nenne es: tun, was nötig ist und wann es nötig ist.«

Ganz langsam verengte Marie ihre Augen zu schmalen Schlitzen. »Allmählich verstehe ich, warum deine Mutter dich Mister Neunmalklug genannt hat«, murrte sie. »Ich will aber nicht noch mehr Zeit vertrödeln. Dann stelle ich Flemmings Haus eben allein auf den Kopf.« Sie schlüpfte zur Tür hinaus und war bereits an der Treppe, als es Philip gelang, sie einzuholen.

»Warte mal, ich habe eine bessere Idee«, sagte er. »Du musst das nicht alleine machen.« Als Marie dennoch weiterlief, hetzte er an ihr vorbei, um ihr den Weg abzuschneiden. »Bitte, hör mir doch wenigstens kurz zu.«

»Okay, kurz.« Mit einem trotzigen Brummen verschränkte Marie die Arme vor der Brust.

»Heute Abend ist irgend so eine Spendengala im Rathaus, bei der alle möglichen Kunstwerke von Leuten aus der Stadt für einen guten Zweck versteigert werden«, sagte Philip. »Meine Mum sollte eigentlich erst von dort berichten, aber sie haben jetzt jemand anderen genommen.«

»Ja, und?«, hakte Marie nach, als er kurz stockte. »Was hat das mit mir und Luuk zu tun?«

»Wenn Mum kurzfristig arbeiten muss, ist sie manchmal den halben Tag unterwegs. Ich wusste anfangs nicht, ob sie zurückkommt, bevor der Handwerker-Stammtisch vorbei ist. Also habe ich vorsichtshalber im Internet nachgelesen, welche Werke genau versteigert werden.« Ein breites Grinsen erschien auf Philips Gesicht. »Flemming hat eine Holztruhe für die Gala gebaut.«

Oh, das war interessant! In Maries Kopf begann es augenblicklich zu rattern, und ein Puzzleteil nach dem nächsten fiel an seinen Platz. »Dann wird Flemming heute Abend wahrscheinlich bei der Versteigerung sein, oder?«

Philip nickte.

»Und wenn er dort ist«, fuhr Marie fort, »kann er ja nicht gleichzeitig zu Hause sein.«

»Ganz genau.« Mit zufriedener Miene lehnte sich Philip gegen das Treppengeländer. »Die Veranstaltung beginnt um acht, und normalerweise dauert so was mindestens bis Mitternacht. Uns würde also jede Menge Zeit bleiben, um uns bei Flemming umzuschauen, wenn ich mich heimlich hier rausschleiche.«

Je länger Marie darüber nachdachte, desto mehr musste sie sich eingestehen, dass es tatsächlich besser wäre, die Sache auf abends zu verschieben. Wenn sie jetzt bei Flemming herumschnüffelten, waren sie viel leichter zu entdecken als in der Dämmerung …

»Also, was meinst du, kannst du so lange warten?«, fragte Philip nun. »Bis dahin könntest du Al doch bei seiner Magiestrom-Aktivitäts-Recherche helfen.«

»Oder ich übe weiter, wie man Spuren weißer Magie sichtbar macht«, entgegnete Marie gedankenverloren. Bisher war sie damit nämlich nicht gerade erfolgreich gewesen – um nicht zu sagen, überhaupt nicht erfolgreich. Die weiße Magie zu erspüren, war viel schwerer, als es sich Marie vorgestellt hatte.

Nach einem letzten Moment des Zögerns fasste Marie einen Entschluss und nickte. »Ja, wir warten.«

»Sehr gut, dann treffen wir uns um neun vor Flemmings Haus. Zieh dir am besten irgendwas Dunkles an, Grün oder so. Und vielleicht hast du eine Taschenlampe, die nicht gleich die ganze Nachbarschaft ausleuchtet, wenn man sie anknipst.«

»Wow, du denkst ja echt an alles, Sherlock.« Lachend zupfte Marie ein weiteres Zimtbonbon aus ihrem Haarknoten und fuchtelte damit vor Philips Gesicht herum. »Aber die Zimtbonbons hättest du mit Sicherheit vergessen.«

»Die sind das Allerletzte, woran ich denken würde«, entgegnete Philip, doch Marie hörte ihn kaum noch. Sie saß schon längst auf dem Treppengeländer und rutschte im Affentempo hinunter.

9. Schnüffelvieh

Als Marie am vereinbarten Treffpunkt auftauchte, war die Sonne gerade am Untergehen. Ein paar einzelne Fußgänger schlenderten noch die Straße entlang, irgendwo in der Ferne heulten zwei Sirenen um die Wette und aus dem *Schwarzen Schwan* drang gedämpftes Stimmengewirr nach draußen. In einem von Flemmings Nachbarhäusern übte jemand Klavier – zumindest hoffte Marie, dass es ein Nachbar war und nicht Flemming selbst.

Unauffällig schob sie sich an der Hecke entlang, die das Grundstück des Schreiners umgab, bis sie schließlich bei der Einfahrt angekommen war. Von hier aus konnte sie das Haus endlich genauer in Augenschein nehmen.

Von außen sah man dem Gebäude überhaupt nicht an, dass es angeblich seit zwei Jahren renoviert wurde. Putz bröckelte an mehreren Stellen von

der Fassade, die meisten Fensterläden hingen schräg in den Angeln und ein Teil des Treppengeländers fehlte. Auf der gesamten rechten Seite wuchs wilder Wein bis zum Dach hinauf und verlieh dem Haus fast so etwas wie ein zweigeteiltes Gesicht. Marie schüttelte sich beim Gedanken daran, was das wohl über den Besitzer aussagen mochte.

Glücklicherweise schien Flemming aber tatsächlich nicht zu Hause zu sein, zumindest brannte hinter keinem der Sprossenfenster Licht, und auch sonst regte sich nirgends etwas. Nur die beiden schmiedeeisernen Lampen neben der hölzernen Eingangstür sandten ein schummriges Leuchten aus.

Vielleicht sollte Marie noch fix einen Blick in die Garage werfen, um …

»Na, ist der Adler ausgeflogen?«, fragte Philip plötzlich neben ihr, und Marie blieb beinahe das Herz stehen.

»Bist du nicht ganz dicht?!«, patzte sie ihn an. »Erschreck mich noch mal so, dann kannst du deinen Gold-Opa vergessen. Ich kann das Ding nämlich schlecht zurückverwandeln, wenn ich vor Schreck *gestorben* bin!«

»Ich dachte, Luuk soll ihn zurückverwandeln? Deswegen sind wir doch hier, oder nicht?«, fragte Philip mit einem frechen Grinsen auf den Lippen. Er streckte sich, um über Maries Kopf hinweg die Einfahrt inspizieren zu können, und als er damit fertig war, schaute er kurz nach rechts und links, die Straße entlang. Niemand achtete auf sie.

»Komisch, dass der Typ kein Tor hat«, murmelte Marie. »Wenn ich jemanden entführt hätte, wäre das mit Sicherheit das Erste, was ich mir zulegen würde: einen dicken, fetten Eisenzaun und ein Tor, das sich nur mit einem Zahlencode oder einem Fingerabdruck öffnen lässt. Nicht bloß ein bisschen Mauer und eine Hecke.«

»Tja, vielleicht hat er ja niemanden entführt«, erwiderte Philip.

»Könnte natürlich auch Taktik sein. Du weißt schon, die Nachbarschaft in Sicherheit wiegen und so.« Marie pulte ein Zimtbonbon aus ihrem Haarknoten, wickelte es aus und steckte es in den Mund. »Oder der Typ ist einfach strohdumm«, fügte sie noch hinzu, bevor sie eine Lampe aus ihrer kleinen Umhängetasche zog. Nur einen Moment später rannte sie bereits geduckt die Einfahrt hinauf und ging hinter einer wild wuchernden Hecke in der Nähe der Garage wieder in Deckung.

»Was soll denn das?«, fauchte Philip, als er sich kurz darauf neben ihr ins Gras warf. »Du kannst doch nicht einfach so hier rumrennen! Was ist, wenn Flemming eine Alarmanlage hat?«

»An dieser heruntergekommenen Ruine? Mann, der hat nicht mal ein *Tor*!«, tat Marie seine Bedenken mit einem verächtlichen Schnauben ab. »Außerdem müssen wir ja irgendwie rausfinden, ob jemand zu Hause ist, bevor wir uns umschauen. Und klingeln werde ich ganz bestimmt nicht.«

Entschlossen huschte sie weiter, und diesmal folgte ihr Philip sofort. Entweder hatte er eingesehen, dass Marie ohnehin nicht auf ihn hören, sondern stur ihr eigenes Ding durchziehen würde. Oder er hatte einfach keinen besseren Plan, wie sie vorgehen sollten.

Bei der Garage angekommen, drückten sie sich nebeneinander gegen die Wand, schoben sich Schritt für Schritt nach hinten zur Rückseite des Gebäudes – und dort fand Marie, wonach sie gesucht hatte: Fenster. Die lagen allerdings gut und gerne zwei Meter über dem Erdboden.

»Räuberleiter«, flüsterte Philip. Er verschränkte seine Hände ineinander, damit Marie ihren Fuß hineinstellen konnte, und ging leicht in die Hocke. Dann hob er sie mit einem leisen Ächzen hoch. »Und?«, fragte er.

Bis auf ein Motorrad, ein Fahrrad und ein paar Kartons war die Garage leer. Sicherheitshalber leuchtete Marie noch einmal mit der Taschenlampe in den Raum hinein, doch das Ergebnis blieb dasselbe: Der graue Lieferwagen, mit dem Flemming Luuk entführt haben musste, war nirgends zu sehen.

»Alles in Ordnung, der Transporter ist weg. Wahrscheinlich hat er die Holztruhe damit zur Gala gebracht.« Erleichterung machte sich in Marie breit. Jetzt konnten sie auch den Rest des Grundstücks untersuchen, ohne Angst haben zu müssen, erwischt zu werden. Und mit etwas Glück …

Ein Rascheln drang an ihre Ohren. Danach noch ein anderes Geräusch – ein Schnüffeln vielleicht? Von rechts irgendwo.

Ehe Marie auch nur ihren Kopf in die Richtung drehen konnte, ließ Philip sie bereits zu Boden plumpsen, und mit einem überraschten Quietschen landete sie auf dem Po.

»Du gibst dir ja wirklich Mühe, mich loszuwerden«, fuhr sie ihn an, doch Philip achtete gar nicht darauf. Stattdessen starrte er an der Garage vorbei zu der Hecke hinüber, wo sie bis vor wenigen Minuten noch gestanden hatten.

»Da!«, flüsterte er aufgeregt und wich ein paar Schritte zurück. »Da ist doch jemand. O Mann, meine Mum dreht durch, wenn wir erwischt werden.«

Mit einem Satz sprang Marie auf die Füße. Wegen ein bisschen Geraschel und Geschnüffel würde sie nicht gleich wieder das Weite suchen, so viel stand fest. Immerhin ging es hier um Luuk! Wahrscheinlich wühlte da bloß irgendein Tier in der Hecke herum, ein Igel vielleicht. Oder ein Marder. Für einen Menschen waren die Geräusche nämlich viel zu … seltsam.

»Entspann dich«, murmelte sie und hielt Philip am Handgelenk fest, damit er nicht endgültig die Biege machen konnte. »Was immer das ist, wird uns bestimmt nicht verra… Oooh, *KACKE*!«

Verraten hatte sie eigentlich sagen wollen. Aber dann war das Ding, das die Laute verursacht hatte, hinter der Hecke hervorgetreten, und nun fühlte Marie, wie ihre Knie weich wurden. Ohne noch ein Wort zu verlieren, packte sie Philips Arm und zerrte ihn nach hinten, nach hinten – Hauptsache weg!

Die Dunkelheit hinter Flemmings Haus war viel dichter als auf dem Rest des Grundstücks, denn der hier liegende Garten wurde von riesigen Nadelbäumen eingefasst, die das restliche bisschen Licht verschluckten. Eine hohe Hecke, die sich wild wuchernd quer durch den Garten zog, tat ihr Übriges. Im ersten Moment konnte Marie kaum mehr die Hand vor Augen erkennen, und ihre Taschenlampe – tja, die lag irgendwo bei der Garage. Sie war Marie aus der Hand gekullert, als Philip sie einfach so fallen gelassen hatte.

Wenn dieses Tier – oder was immer es auch gewesen war, das ihnen aufgelauert hatte – doch wenigstens hier hinten herumgeschlichen wäre! Dann wäre der Weg zur Einfahrt frei gewesen. Marie und Philip hätten einfach nach Hause rennen und sich den Rest der Nacht unter ihren Betten verkriechen können, anstatt irgendwo im Dunkeln zwischen Hecken herumirren zu müssen.

Verflucht, wie groß konnte so ein Garten mitten in der Stadt eigentlich sein?! Und stand da hinten tatsächlich eine Halle?

»Was zum Teufel war das da gerade eben?«, keuchte Philip. Im nächsten Moment stolperte er über irgendetwas Blechernes, fiel hin und rappelte sich mit Maries Hilfe hastig wieder auf.

»Keine Ahnung«, gab sie zu und zerrte Philip weiter. Allein der Gedanke an dieses Ding jagte ihr einen Schauer über den Rücken. »Ich schätze mal, Flemmings Wachhund.«

»So sieht doch kein normaler Hund aus!«

»Flemming ist offenbar auch kein normaler Mann, sondern ein weißer Magier!« Wer sonst würde sich ein Tier halten, das an eine Mischung aus Krokodil und Löwe erinnerte? Ganz genau hatte Marie das Wesen zwar nicht erkennen können, weil es zum Großteil noch von der Hecke verdeckt gewesen war. Aber die längliche Schnauze mit den oben liegenden Nasenlöchern und der stachelbesetzte Nacken hatten ihr gereicht. Mehr musste sie gar nicht sehen, um zu wissen, dass sie dem Vieh lieber aus dem Weg gehen sollten. Und zwar schnell.

Als sie endlich die andere Ecke von Flemmings Haus erreicht hatten, lugte Marie vorsichtig nach vorne zur Einfahrt. Philip passte währenddessen auf, dass das seltsame Fabelwesen sich nicht von hinten an sie heranschleichen konnte. Gehört hatten sie das Tier seit ihrer Begegnung an der Garage zwar nicht mehr, doch das musste ja nichts bedeuten.

»Ich glaube, die Luft ist rein«, flüsterte Marie, dann zog sie Philip zu sich heran. »Bei dem Baum da können wir uns verstecken, und von dort aus …«

Ein tiefes, gurgelndes Grummeln ertönte, diesmal ganz in der Nähe.

Ruckartig drehte Marie sich um, gerade noch rechtzeitig, um zwei Augen und eine Reihe aus Stacheln in der Finsternis aufleuchten zu sehen.

»LAUF!«, rief Marie, und im nächsten Moment stürzten sie und Philip kopflos vorwärts. Sie rannten am Baum vorbei zur vorderen Ecke des Hauses – und blieben wie angewurzelt stehen, als auf einmal zwei Scheinwerfer die Einfahrt erhellten. Ein Auto, da fuhr ein Auto zur Garage hinauf! Ein grauer Transporter, um genau zu sein.

Flemming.

»Ich fass es nicht, was macht der denn schon hier?«, wimmerte Marie und versuchte, Philip wieder in den Schatten neben dem Haus zu schieben. »Hast du nicht gesagt, die Gala dauert bis Mitternacht?«

»Was kann ich dafür, wenn er früher geht?«, erwiderte Philip. »Und hör auf, mich zu schubsen! Irgendwo da hinten ist dieses Ding!«

»Aber wenn Flemming uns erwischt …«

»Dann *unternimm* doch irgendwas! Immerhin bist *du* hier die Hexe!«

Marie erstarrte. Sie sollte zaubern? Jetzt gleich? Mal ganz abgesehen davon, dass sie sich bestimmt nicht genug konzentrieren konnte, um die Sparkles unter Kontrolle zu halten, hatte sie auch keinen blassen Schimmer, welchen Zauber sie überhaupt anwenden könnte! So etwas wie eine Tarnkappe vielleicht? Oder einen Illusionszauber? Blöderweise kamen die beide erst im letzten Lehrjahr dran.

»Mach schon, lenk es ab!«, zischte Philip erneut, und urplötzlich formte sich eine Idee in Maries Kopf.

Jemanden abzulenken, war leicht, und am besten klappte es mit Geräuschen. Das hatte Marie ja vorhin am eigenen Leib erfahren dürfen, als Philip sie wegen des Geschnüffels einfach so fallen gelassen hatte. Marie musste also bloß ein paar Geräusche erzeugen, die Flemming – und am besten auch sein fies aussehendes Schnüffelvieh – lange genug beschäftigen würden. Dann konnten sie endlich von hier verschwinden.

Dass sie das Zaubern von Tönen auch noch nicht gelernt hatte, war zwar ärgerlich, aber Gott sei Dank nicht weiter schlimm. Echte Geräusche würden genauso gut funktionieren. Das Klirren von zerspringenden Blumentöpfen zum Beispiel. Davon standen ein paar Meter entfernt nämlich einige herum.

Obwohl ihre Nerven zum Zerreißen gespannt waren, schaffte es Marie schon nach wenigen Versuchen, den Magiestrom zu fassen zu bekommen und einen der kleineren Kübel anzuheben. Anschließend lugte sie ein weiteres Mal um die Ecke zur Garage hinüber.

»Beeil dich!«, drängte Philip, aber Marie musste den richtigen Moment abpassen. Wenn sie den Blumentopf irgendwo dagegenstoßen ließ, solange Flemming den Motor noch nicht abgestellt hatte …

Ein ersticktes Ächzen hinter ihr ließ sie herumfahren. Philip hatte die Hand gegen seine Schläfe gepresst und versuchte, dem Kübel auszuweichen, der auf Höhe seines Kopfes wie verrückt hin- und herpendelte. Kleine Funken tanzten durch die Luft und zerplatzten mit leisen Seufzern, sobald sie irgendwo auftrafen. Das durfte doch nicht wahr sein, diese blöden Sparkles!

Mit aller Macht bändigte Marie den Zauber, bis keine Sparkles mehr daraus hervorplatzten und der Blumentopf wieder dort schwebte, wo sie ihn haben wollte. Dann wartete sie, bis das Geräusch der zuschlagenden Lieferwagentür zu ihnen herüberwehte, zählte bis drei – und feuerte den Blumenkübel in hohem Bogen hinters Haus.

Ein dumpfes Poltern ertönte, fast zeitgleich ein überraschtes Jaulen. Aber kein Klirren.

»Verdammt, warum ist das Ding denn nicht zerbrochen?«, wimmerte Marie.

»Weil der Kübel aus Kunststoff ist«, flüsterte Philip zurück. Er hatte sich inzwischen ebenfalls zur Hausecke nach vorne gewagt und schielte zur Garage hinüber. »Macht nichts, wenigstens hast du dieses Vieh damit erschreckt. Und Flemming hat es auch gehört. Er guckt ganz komisch.«

Gemeinsam beobachteten sie, wie Flemming noch einmal in der Garage verschwand und kurz darauf mit einem Spaten bewaffnet wieder herauskam. Er schüttelte seine Arme aus, hüpfte zweimal auf der Stelle – Marie hatte noch nie jemanden im schicken Anzug und mit Spaten in der Hand hüpfen sehen – und stapfte schließlich mit großen Schritten an der Garage vorbei hinters Haus.

Sobald er außer Sichtweite war, wagten sich Marie und Philip aus ihrem Versteck und rannten los. Die Einfahrt hinunter auf die Straße und weiter, immer weiter.

»Das hat sich ja mal überhaupt nicht gelohnt«, brummte Marie, als sie und Philip endlich vom Trab in einen schnellen Schritt wechselten, um wieder zu Atem zu kommen. Alle paar Sekunden warfen sie einen Blick zurück, um nachzusehen, ob Flemming oder sein komisches Schnüffelvieh ihnen folgten. Aber bisher war alles ruhig.

»Mhm«, machte Philip. »Aber damit rechnet ja keiner, dass da so ein … so ein *Ding* bei ihm im Garten rumrennt.« Angewidert verzog er das Gesicht. »Mich kriegen keine zehn Pferde mehr in die Nähe von diesem Haus, bis ich weiß, wem dieses vierbeinige Horror-Vieh gehört.«

»Wem es gehört, ist das dein Ernst?«, schnappte Marie. »Flemming natürlich. Es war in *seinem* Garten und hat *uns* verfolgt. Was gibt es denn da noch dran zu rütteln?«

»Also, wenn wir ganz logisch an die Sache herange...« Hastig hob Philip beide Hände, als Marie stehen blieb und ihn fassungslos anstarrte. »Okay, okay! Bleiben wir erst mal bei der Vermutung, dass es Flemmings – wie hast du es genannt? – Wachhund ist. Das würde zumindest das fehlende Tor erklären. Da steigt jeder Dieb nur ein einziges Mal ein.«

»Und es ist ein Beweis dafür, dass der Typ was mit Magie zu tun hat. Oder siehst du in anderen Gärten solche Viecher herumlaufen?«, fügte Marie etwas unwirsch hinzu. »Aber lass mich raten: Philip Decker aus Hausnummer neun braucht noch mehr Beweise.«

»Na ja, wäre schon gut gewesen, wenn du Zeit gehabt hättest, nach Magiespuren zu suchen«, murmelte er. Dann schien ihm plötzlich etwas einzufallen. »Hat Alfred nicht gesagt, die verteilen sich über ein paar Meter? Weißt du, wie weit genau?«

»Nein, keine Ahnung.« Seufzend zuckte Marie mit den Schultern. »Aber wahrscheinlich würde ich sowieso nichts finden. Alfred hat mir zwar genau erklärt, wie es funktioniert, hinbekommen habe ich es bei uns zu Hause trotzdem kein einziges Mal.«

»Vielleicht, weil die Spuren dort schon zu schwach sind?«

»Kann sein.« Marie bemühte sich, das schmerzhafte Ziehen in ihrer Brust zu ignorieren. Mehr als vier Tage … Luuk war nun bereits so lange verschwunden, und sie waren ihm seitdem noch nicht einen Deut näher gekommen. »Selbst bei ganz frischen Spuren braucht es wohl viel Übung, bis man sie findet, meint Alfred. Damit ich das überhaupt schaffe, müsste ich auch erst mal wissen, wie sich weiße Magie anfühlt.«

»Wie fühlt sich denn die bunte Magie an?«, fragte Philip, und allein der Gedanke an das wohlige Kribbeln, das die Magie jedes Mal hinterließ, hellte Maries Laune wieder ein bisschen auf.

»Für mich wie Vanilleeis mit heißen Himbeeren«, sagte sie lächelnd. »Dazu frische Waldmeister-Limonade und gebackene Bananen. Und das alles bei warmem Sommerregen abends am Meer.«

»Wow!«

Marie nickte.

Ein letztes Mal überprüften sie, ob ihnen auch wirklich niemand folgte, dann liefen sie gemächlich weiter. Die nächsten Minuten hingen sie ihren jeweils eigenen Gedanken nach, bis Philip schließlich fragte: »Und was machen wir jetzt?«

Ein bitteres Lachen schlüpfte über Maries Lippen. Die Frage stellte sie sich andauernd, seit sie Flemmings Grundstück verlassen hatten. Aber ihr fiel nur eine einzige Sache ein, die sie noch nicht ausprobiert hatte.

»Vielleicht sollte ich Alfred einfach helfen, nach den anderen bunten Magierinnen und Magiern zu suchen. Er nervt mich ja schon die ganze Zeit damit. Wenn wir Glück haben, weiß einer von ihnen Rat.«

»Okay.« Philip vergrub die Hände in den Hosentaschen. »Was denkst du, wie lange es dauert, bis ihr sie gefunden habt? So ungefähr. Weil ich ja den Zwerg brauche. Und, ähm, wegen dieser Sache …« Er stockte kurz, räusperte sich. »Die Sache mit dem Vergessenszauber … Können bunte Magier den auch durchführen?«

Oh, das …

Marie hatte total vergessen, dass Philip diesen blöden Kommentar von Alfred mitbekommen hatte. Davon abgesehen hatte sie auch nicht damit gerechnet, dass er so lange darüber nachdenken würde.

»Hör auf, dir deswegen den Kopf zu zerbrechen«, sagte sie und stieß Philip aufmunternd mit der Schulter an. »Wir kriegen das schon hin, okay? Eins nach dem anderen.«

»Hm«, brummte Philip wenig überzeugt.

Also legte Marie noch eine Schippe drauf, um ihn zu beruhigen. »Weißt du was?«, sagte sie. »Gib mir mal dein Handy. Ich speichere meine Nummer und unsere Adresse ein, das wirkt wie eine Art … Erinnerungsanker. So wie beim Magieanker, verstehst du?«

Die Lüge auszusprechen, kostete Marie so viel Kraft, dass ihr ganz schwindelig wurde. Aber Malmag durften auf gar keinen Fall über irgendeine Art von Magie Bescheid wissen, so viel stand nun mal fest. Und das bedeutete leider, dass Philip wieder vergessen musste, was er in den letzten Tagen darüber gehört, gesehen oder sonst wie mitbekommen hatte. Daran würden auch Maries Nummer oder ihre Adresse nichts ändern.

Falls Philip eines Tages seine Kontaktliste durchging und Maries Namen dort fand, würde er sich eine Weile darüber wundern, möglicherweise sogar anrufen oder vorbeikommen – doch selbst Maries Stimme oder ihr Anblick würden die Erinnerung nicht zurückbringen. Es wäre, als hätten sie nie zuvor etwas miteinander zu tun gehabt. Als wäre Marie eine vollkommen Fremde. Und diese Vorstellung stach tief in ihr ohnehin schon schwermütiges Herz.

Klar, mit etwas Glück würden sie sich vielleicht erneut anfreunden, ohne dass die Magie eine Rolle zwischen ihnen spielte. Aber dann wäre Philip immer nur Teil eines winzigen Bruchstücks von Maries Leben, und das wäre nicht einmal annähernd dasselbe. Nach allem, was sie bereits zusammen erlebt hatten, würde es sich einfach nur falsch anfühlen.

Mit einem großen Kloß aus Wehmut im Hals tippte Marie erst ihren Namen in Philips Kontaktliste und dahinter ein Emoji in Form eines Zwerges. Jetzt fehlten nur noch ihre Adresse und die Telefonnummer.

»…-2–3–8. Fertig«, murmelte Marie und gab das Handy zurück.

Doch kaum hatte Philip es wieder in seiner Hosentasche verschwinden lassen, begann es leise zu klingeln.

»Willst du nicht rangehen?«, fragte Marie, als er auch beim dritten Läuten noch keine Anstalten machte, das Gespräch anzunehmen. »Vielleicht ist es ja wichtig.«

»Wo rangehen?«, entgegnete Philip.

»Na, an dein Handy. Es klingelt.«

Stirnrunzelnd zog Philip das Smartphone ein zweites Mal hervor und warf einen Blick auf das Display. »Nein, tut es nicht«, sagte er und wedelte damit vor Maries Gesicht herum. »Hier, bitte.«

»Aber da klingelt doch was, hörst du das denn nicht?«

Ganz langsam schüttelte Philip den Kopf. »Ähm. Ich denke, du solltest mal deine Ohren …«

»Pssst!« Erst in diesem Moment fiel Marie auf, dass ihr der Ton seltsam vertraut vorkam. Als hätte sie ihn woanders schon einmal vernommen … Aber wo?

Während sie in ihren Erinnerungen danach grub, brach das Klingeln plötzlich ab – und begann gleich darauf erneut, ein klein wenig schriller diesmal. Wie das helle, zittrige Gebimmel einer winzigen Glocke, die versuchte …

Marie stockte. Natürlich, das war eine Glocke! Und zwar nicht bloß irgendeine, sondern die, die sie gemeinsam mit Philip in Luuks Büro gefunden hatte. Die, die Alfred als *Alarmglocke* bezeichnet hatte …

Alfred! Er war der Einzige, der im Moment Zutritt zu Luuks Büro hatte!

»Scheibenkleister!«, fluchte Marie, und dann raste sie die verbliebenen Meter nach Hause, so schnell, dass ihre weißblonden Haare nur so flogen.

Knapp vier Minuten lang versuchte Marie alles, um die Haustür irgendwie zu öffnen. Vier Minuten, in denen ihr der Angstschweiß auf die Stirn trat, in denen ihre Finger wie wild zitterten und ihr Herz noch schneller raste als zuvor beim Rennen. Vier Minuten, die ihr wie eine Ewigkeit vorkamen.

Verfluchter Kackmist, wieso musste das Schloss ausgerechnet jetzt wieder dermaßen haken?!

»Komm, lass mich mal versuchen«, sagte Philip schließlich, und Marie wirbelte erschrocken zu ihm herum.

Obwohl der Gedanke sie verunsicherte, dass der Decker-Junge sich wahrscheinlich schon bald überhaupt nicht mehr an sie würde erinnern können, kam es ihr doch häufig wie ein Versehen vor, wenn sie ihn neben sich stehen sah. Auch jetzt brauchte sie einen Moment, bis sie seine Anwesenheit verarbeitet hatte. Doch dann ließ sie den Schlüssel los und bedeutete Philip mit einer Geste, dass er sein Glück versuchen sollte.

Zwanzig Sekunden später war die Tür offen.

»Danke.« Im Eiltempo flitzte Marie an Philip vorbei ins Haus, die Treppe nach oben und weiter zu Luuks Büro, wo sie die Glocke zuletzt gesehen hatte. Dabei malte sie sich alle möglichen und unmöglichen Situationen aus, was mit Alfred passiert sein könnte: dass man ihn mit Klebeband und Seilen an den Bürostuhl gefesselt hatte, dass er ohnmächtig auf dem Boden lag oder schlimmstenfalls wie Luuk überwältigt und verschleppt worden war … Jeder weitere Schritt brachte neue Bilder mit sich.

Aber kaum hatte Marie das Büro betreten, ploppte der Butler vor ihr auf wie eine dieser Spielfiguren mit Sprungfeder am Hintern, die man in Boxen versteckte, um Kinder zu erschrecken. Mit einem überraschten Aufschrei stolperte Marie rückwärts.

»Das hat viel zu lange gedauert!«, polterte Alfred. »In der Zwischenzeit hätte ja sogar ein Schlaftroll das ganze Haus bis in den letzten Winkel hinein durchsuchen können!«

Ein Schlaftroll? Das Haus durchsuchen? Marie blinzelte verständnislos.

Es dauerte einen Moment, bis sie sich einigermaßen sortiert hatte, dann musterte sie den Butler von oben bis unten und fragte: »Geht es dir gut?«

»Natürlich geht es mir gut«, erwiderte Alfred. »Wieso lungert dieser Junge schon wieder hier herum? Es ist mitten in der Nacht!«

Philip war gerade hinter Marie in der Tür aufgetaucht, den Kragen seines Shirts ein weiteres Mal wie eine Maske über Mund und Nase gezogen. Er sagte nichts, sondern guckte nur skeptisch. Wahrscheinlich wunderte er sich, warum Marie darauf bestanden hatte, schnellstmöglich herzurennen und nach Alfred zu schauen, obwohl dem Butler doch ganz offensichtlich rein gar nichts fehlte. Ehrlich gesagt fragte sich Marie gerade dasselbe.

»Ähm, ich dachte, ich hätte die kleine Glocke gehört«, murmelte sie und rieb sich verwundert die Stirn. »Das winzige goldene Ding aus Luuks Schreibtischschublade.«

»Die Alarmglocke, ganz recht. Das war ich.« Alfred nickte. »Ich habe kurz vor Gabriellas Spionageversuch den letzten Schutzzauber wieder aktiviert, es gab also auf die Schnelle keinen anderen Weg, um dich zu kontaktieren.«

»Du meinst, keinen anderen Weg, als eine Glocke zu läuten, von der ich bis gestern noch nicht einmal wusste, dass sie überhaupt existiert«, fasste Marie zusammen. »Und zu hoffen, dass ich darauf reagiere?!«

»Richtig. Man kann festlegen, wer das Klingeln hören soll, und ich war mir sicher, dass du den Wink verstehen würdest.« Zufrieden tätschelte Alfred ihre Schulter. »Abgesehen von deiner Verspätung hat es ja auch ganz wunderbar funktioniert.«

»Ach, Alfred.« Marie stöhnte. »Wozu denn dieser ganze Aufstand?«

»Das sagte ich doch bereits, du solltest wirklich besser zuhören!«, erwiderte der Butler spitz. »Gabriella Eco ist hier herumgeschlichen und hat versucht, ins Haus zu kommen.« Mit stolz geschwellter Brust verschränkte er die Hände hinter dem Rücken. »Natürlich habe ich es mit aller Macht verteidigt, während du offenbar mit dem Malmag irgendwo unterwegs warst.«

»Ähm, ja, wir haben … Warte mal, Schreckschrauben-Gabriella von nebenan?«, hakte Marie ungläubig nach. »Bist du sicher?«

»Selbstverständlich bin ich sicher!«, ereiferte sich Alfred. »Sie hat bestimmt zehn Minuten lang an Fenstern und Türen gerüttelt, bis sie sich endlich wieder davongemacht hat. Das waren die längsten zehn Minuten meines Lebens!«

»Aber warum sollte die hier einbrechen wollen?« Eilig löschte Marie alle Lampen bis auf die letzte ganz weit hinten im Flur und ging anschließend zum Fenster nach vorne, um einen Blick auf Gabriellas Haus zu werfen. Dort war alles dunkel, nichts regte sich.

»Vielleicht wollte sie den Kater zurückholen«, schlug Philip vor, doch Marie schüttelte den Kopf.

»Nein, du hast sie doch gehört. Sie hasst schwarze Katzen.«

»Wahrscheinlich ist sie sogar froh, diesen Teufelsbraten endlich los zu sein«, stimmte Alfred zu. »Wenn ich sehe, wie viel Futter der Tag um Tag …« Urplötzlich hielt er inne und dachte kurz nach, dann riss er die Augen auf. »Ach herrje! Oder das war alles von Anfang an geplant. Ich wette, Gabriella hat den Kater mit Absicht in unser Haus geschleust!«

»Entschuldigung, was?« Ein erstauntes Lachen platzte über Philips Lippen, und ganz kurz vergaß er, dass er eigentlich sein Shirt als Maske benutzen wollte. »Keks ist ei… eiii… HATSCHZZZ!« Er nieste mehrmals nacheinander, dann zog er seinen Kragen wieder hoch und begann noch einmal von vorn. »Keks ist ein Spion?«

»JA!«, zischte Alfred. »Am Ende waren vielleicht gar nicht die Sparkles daran schuld, dass sein Fell inzwischen schwarz ist, sondern Gabriella selbst!«

»Aha.« Philip zog die Augenbrauen zusammen. Was er mit dem Rest von seinem Gesicht anstellte, konnte Marie wegen des Shirtkragens nicht erkennen. »Kommen Sie, Al, das ist doch Unsinn. Aus welchem Grund sollte sie das gemacht haben?«

»Weil sie mit Flemming zusammenarbeitet, natürlich! Bestimmt ist sie auch eine weiße Magierin. Also hat sie ihren

Kater verzaubert, damit er jetzt hier seelenruhig nach Hinweisen suchen kann, wo sich die anderen bunten Magierinnen und Magier aufhalten.«

»Nun übertreibst du aber, mein aufgeregtes, dreiäugiges Ziegenböckchen«, schallte plötzlich eine Stimme mit britischem Akzent aus den Schatten zu ihnen herüber, und gleich darauf glühten zwei orangefarbene Augen auf. »Ich kann euch zwar nicht sagen, ob Gabriella mit Flemming zusammenarbeitet. Aber ich bin ganz sicher kein Spion, und diese Frau ist ganz sicher keine Magierin. Das wüsste ich.«

Mit gemächlichen Schritten trat Keks in den Lichtkegel, wo er sich wie ein Stein zu Boden plumpsen ließ. Marie musterte ihn gedankenverloren – und schnappte nach Luft, als sie dabei einen kleinen goldenen Klumpen auf dem Rücken der Katze entdeckte. Einen Klumpen, der sich in diesem Moment aufrichtete und beide Arme nach oben reckte.

Der Gold-Opa! Mist, den hatte Marie in all der Aufregung glatt zum zweiten Mal vergessen! Nicht auszudenken, wenn er verlorengegangen wäre … oder wenn er irgendwann noch verloren*ging*!

»Mann, Keks!«, motzte Marie, während sie zu dem Kater hinüberstapfte. »Du kannst doch nicht einfach so den Zwerg aus seinem Käfig holen!«

»Kann ich wohl. Ich kann ihn sogar zwischen meinen Tatzen auf dem Boden herumrollen, willst du mal sehen?« Keks gähnte herzhaft. »Ist ganz lustig, der kleine Kerl klingt wie eins von diesen Quietsche-Dingern, die mir Gabriella immer kauft. Die kann man allerdings essen, den Winzling hier nicht. Ich hab's probiert.«

»Hat er wirklich. War 'ne ziemlich unangenehme Geschichte«, stimmte Willi mit ernster Miene zu. Doch bevor er irgendwelche Einzelheiten ausplaudern konnte, zupfte Marie ihn aus Keks' Nackenfell und trug ihn zurück in den Trainingsraum. Gabriellas Kater und Alfred trotteten ihr in einigem Abstand hinterher, nur Philip blieb etwas außerhalb des Zimmers im Flur stehen.

»Du musst hier warten, verstehst du?«, flehte Marie das schimpfende Goldmännchen an, während sie es wieder in seinen eisernen Käfig setzte und die Tür besonders sorgfältig verschloss.

»Aber mir ist stinkelangweilig!«, nörgelte Willi. »Das ist bestimmt verboten, was du da machst!« Voller Inbrunst rüttelte der kleine Kerl an den Eisenstäben, um sich zu befreien, doch Marie blieb hart. Sie hatte wirklich schon mehr als genug Probleme, einen verschwundenen Goldzwerg konnte sie nicht auch noch gebrauchen. Um des lieben Friedens willen stellte sie den Käfig allerdings auf dem Fensterbrett ab und setzte Keks direkt daneben.

»Behaltet einfach die Straße im Auge, ihr zwei, dann seid ihr wenigstens beschäftigt«, sagte sie etwas versöhnlicher. »Und wenn ihr was Verdächtiges beobachtet, gebt ihr Alfred oder mir Bescheid.«

»Kannste knicken, Prinzessin.« Willi tippte sich mit beiden Zeigefingern an die Stirn und drehte Marie den Rücken zu. »Irgendwie komm ich hier wieder raus, und dann hau ich ab, wirste schon sehen.«

Seufzend ließ sich Marie auf das Sofa fallen. Allmählich verlor sie den Überblick darüber, welche der vielen Baustellen sie zuerst angehen sollte und welche warten konnten – oder warten *mussten,* weil sie keine Lösung dafür hatte. Willi und Keks standen definitiv ganz weit hinten auf der Warteliste, deren Verwandlung konnte Marie ja nicht allein rückgängig machen. Blieben also noch Luuk, Gabriella, Flemming und Philip.

Gabriella … Heute Nachmittag hatte Marie noch Mitleid mit der neugierigen Nachbarin gehabt, weil die jetzt erst einmal eine Weile ohne ihren geliebten Kater auskommen musste. Doch nun … nun hatte sie versucht, unbemerkt ins Haus einzudringen. Vielleicht hatte sie wirklich etwas mit Luuks Entführung zu tun. Die Sache wurde ja immer verzwickter!

»Erzählst du mir jetzt endlich, wo du den ganzen Abend über warst?«, fragte Alfred in diesem Moment und riss Marie damit unsanft aus ihrem Gedankenstrudel. »Und warum der Junge schon wieder hier ist?«

»Das ist mein Stichwort – ich geh dann mal.« Philip winkte kurz vom Flur aus. »Wenn Mum rausfindet, dass ich nicht brav im Bett liege, bekommt sie einen Herzinfarkt.«

»In ihrem Alter?«, erwiderte Marie mit einem frechen Grinsen. »Ganz sicher nicht. Ich glaube eher, sie würde dich suchen und wie diese Superheldin mit den Gummiarmen wieder einfangen.«

»Elastigirl? Das ist einer von Mums absoluten Lieblingsfilmen.« Philip lachte leise. »Wir sprechen morgen, okay? Uns fällt schon was ein.« Er drehte sich um, warf aber noch einen letzten Blick über die Schulter zurück, ehe er in Richtung Erdgeschoss verschwand.

»Uns muss nichts mehr einfallen«, murrte Alfred, sobald das Geräusch einer zuschlagenden Tür zu ihnen nach oben drang. »Wir werden die anderen bunten Magierinnen und Magier ausfindig machen. Punkt.« Er hob einen Zeigefinger und fügte hinzu: »Vorher erzählst du mir allerdings, wo du warst.«

10. Großeltern-Alarm

»Ein Massikor?! Bei Flemming?!«

Fünfzehn Minuten lang schimpfte Alfred wie ein Rohrspatz, als Marie ihm von der Begegnung mit dem seltsamen Schnüffelvieh in Flemmings Garten erzählt hatte. Und als sie ihm anschließend kleinlaut berichtete, dass sie das Tier mit einem Zauber abgelenkt hatte, hängte er noch mal zehn Minuten Schimpferei dran. Er nörgelte, fluchte und brachte die Wände zum Beben, so aufgebracht war er.

Doch irgendwann ließ er sich schließlich mit theatralischer Geste neben Marie auf das Sofa sinken.

»Ein Massikor«, wiederholte er zum gefühlt einhundertsten Mal. »Master Luuk wird gar nicht begeistert sein, wenn er erfährt, dass du einem Massikor über den Weg gelaufen bist.«

»Was ist das denn für ein Vieh?«, hakte Marie

neugierig nach. »Nicht, dass ich ihm irgendwann noch mal begegnen möchte, aber interessieren würde es mich trotzdem.«

»Das kann ich gut verstehen«, gab Alfred fast ein wenig widerwillig zu. »Massikore sind sehr beeindruckende Wesen mit außergewöhnlichen Fähigkeiten. Vor allem ihr Spürsinn ist sensationell gut ausgebildet.«

Marie nickte. Ja, das war ihr schon aufgefallen. Nicht umsonst hieß das Tier in ihren Gedanken bloß noch *Schnüffelvieh*.

»Außerdem sehen sie alle anders aus, meist eine Mischung aus zwei oder drei Tieren«, fuhr Alfred fort. »Im Gegensatz zu ihren Verwandten, den Mantikoren, besitzen sie auch nie einen Menschenkopf, sondern immer den eines Tieres. Inzwischen sind sie unglaublich selten geworden. Angeblich gibt es kaum mehr als zweihundert von ihnen.«

»Oh, wie … schade?«, sagte Marie und lächelte angestrengt. Sie wusste nicht, ob sie sich über diese Information freuen oder die Tatsache lieber bedauern sollte. Immerhin war ihnen das Ding gefolgt wie ein Bluthund einer Fährte …

»Schade, in der Tat. Das ändert allerdings nichts daran, dass diese Wesen in den falschen Händen furchtbar gefährlich werden können«, sagte Alfred nun, als hätte er Maries Gedankenwirrwarr mitbekommen. Dann seufzte er tief. »Ich wüsste wirklich zu gern, wie es Flemming gelungen ist, sich einen zu eigen zu machen.«

»Vielleicht hat er ihn im Internet gekauft«, schlug Marie vor, und Alfred verdrehte die Augen.

»Ihr jungen Leute und euer Internet. Als ob dieses künstliche Gehirn für alles eine Lösung hätte.« Er stockte kurz und lachte im nächsten Augenblick fast schon vergnügt auf. »Vielleicht solltest du dort mal nach den anderen Magierinnen und Magiern suchen.«

»Ha, ha, sehr witzig.« Mit einem Stöhnen erhob sich Marie vom Sofa und drehte sich zu Alfred um. »Ich suche heute niemanden mehr. Das war einer der längsten Tage der Erdgeschichte, und ich bin hundemüde.« Wie zum Beweis gähnte sie so ausgiebig, dass sie sich beinahe den Kiefer ausrenkte. »Tu, was du nicht lassen kannst, Alfred, ich geh jetzt ins Bett.«

»Wenigstens haste eins«, kam es vom Fensterbrett, wo Willi nach wie vor in seinem Käfig schmollte. »Ich hab nur 'ne Holzschaukel.«

»Stimmt, das ist mies«, erwiderte Marie. »Alfred kümmert sich darum, dass du ebenfalls ein Bett bekommst.«

Der Butler wollte protestieren, doch Marie achtete nicht weiter auf ihn. Stattdessen schleppte sie sich ins Badezimmer, wusch sich, putzte sich die Zähne und ging auf die Toilette. Keine zehn Minuten später lag sie im Bett, die leichte Sommerdecke bis zum Kinn hochgezogen und …

Zzzz-zzzz.

Maries Lider flatterten. Mist, sie hatte vergessen, den Vibrationsalarm ihres Handys auszustellen. Aber wer schrieb denn auch um diese Zeit noch eine Nachricht?

Egal, das musste bis morgen warten.

Zzzz-zzzz.

Zzzz-zzzz.

Nun öffnete Marie ihre Augen doch. Da war jemand ziemlich hartnäckig! Vielleicht sollte sie mal einen kurzen Blick aufs Display riskieren. Nicht dass es etwas Wichtiges war …

Nachdem sie ein paar Sekunden lang darüber nachgegrübelt hatte, schlug sie ächzend die Decke zurück und tappte zum Schreibtisch hinüber, um das Handy zu holen.

Marie, bist du wach?

Ich hab eine Idee, wie wir Flemming doch noch auf die Schliche kommen können. Und zwar ganz ohne irgendwo einbrechen zu müssen.

Hier ist übrigens Philip.

Marie blinzelte träge. Dieser Spaßvogel, es war mitten in der Nacht! Mit schweren Schritten schleppte sie sich zurück zum Bett und tippte dabei eine Antwort.

Freut mich. Aber kannst du mir das nicht auch morgen früh erzählen?

Nein, weil ich morgen früh schon deine Hilfe brauche, damit mein Plan funktioniert.

Ich würde trotzdem lieber schlafen. 😴

Ja, gleich. Sag einfach, dass du mitmachst.
Nur ein bisschen Zauberei, das war's schon.

Das sagst du so leicht. Alfred ist vorhin beinahe ausgeflippt, als ich ihm erzählt habe, dass ich schon wieder draußen gezaubert habe. Er hat es nur durchgehen lassen, weil uns das Schnüffelvieh sonst gefunden hätte.

Dann wird er es auch noch mal durchgehen lassen, wenn wir damit Flemming überführen und vielleicht sogar Luuk retten können. Oder?

Marie verzog das Gesicht.

Also guuut. 😑 Aber denk dran, ich kann noch gar nicht sooo viel. Erstes Ausbildungsjahr, verstehst du?

Kannst du irgendwo rote Punkte erscheinen lassen?

Äh. Weiß ich nicht, muss ich ausprobieren.

Okay, mach das. Ich hör jetzt auf, meine Mum geht gleich ins Bett, und vorher schaut sie meistens noch mal bei mir rein. Um zehn bin ich morgen bei dir.

Wir gehen aber vorher noch bei Amélie vorbei, oder? Sonntags gibt es Franzbrötchen!

Von mir aus. Dann komme ich um halb zehn. Gute Nacht.

Warte, warte! Was sollen das denn für rote Punkte sein? Wo überhaupt und wie groß? Wie viele?

Hallo?

Philip Decker aus Hausnummer neun!

😤

Mit einem Schnauben warf Marie ihr Handy auf den Sitzsack vor ihrem Bett und zog sich die Decke über den Kopf. Von wegen ausprobieren! Heute Nacht würde sie garantiert keinen einzigen Finger mehr rühren.

Obwohl sie sich vor Müdigkeit kaum mehr bewegen konnte, dauerte es dennoch eine ganze Weile, bis Marie eingeschlafen war. Und als sie es endlich geschafft hatte, träumte sie von Luuk, der lachend einen Massikor streichelte.

Am nächsten Morgen fühlte sich Marie wie neugeboren. Sie hatte hervorragend geschlafen, das Hervorzaubern roter Punkte beim Zähneputzen war ihr erstaunlich schnell gelungen, und der Massikor aus ihrem Traum hatte tatsächlich niemandem den Kopf abgebissen. Ganz im Gegenteil, er war sogar recht anhänglich und verschmust gewesen. Wahrscheinlich hatte Alfreds Faszination für dieses Wesen dafür gesorgt, dass sich Maries Unterbewusstsein eine eigene, viel freundlichere Version davon gebastelt hatte. Eine Version, die nicht nachts in Gärten patrouillierte und ungebetene Besucher aufspürte, sondern sich hinter den schuppigen Ohren kraulen ließ.

Während Marie ihren Kleiderschrank nach einem Shirt durchsuchte, das zu ihrer heutigen Stimmung passte, drang auf einmal aufgeregtes Gezeter aus dem Trainingsraum zu ihr herüber. Keks und Willi. Mit wilden Flüchen beschwerte sich der Goldzwerg darüber, dass Keks ihn ständig wegen seiner Quietsche-Stimme aufzog. Das wiederum nahm der Kater zum Anlass, um sogar ein Lied über die Quietsche-Stimme zu dichten.

Seufzend schnappte sich Marie ein goldgelbes Shirt – vielleicht, weil der Massikor aus ihrem Traum schillernd gelb gewesen war – und flitzte hinüber, um den Streit zu beenden.

»Aber er hat angefangen!«, keifte Willi und versuchte,

Keks durch die Gitterstäbe des Käfigs hindurch zu fassen zu bekommen. Dummerweise hockte der Kater wenige Millimeter außerhalb seiner Reichweite und schnurrte zufrieden, was den Zwerg nur noch wütender machte.

»Ihr hört trotzdem beide auf«, erwiderte Marie streng. »Eigentlich solltet ihr nämlich gar nicht hier sein – und ihr solltet auch nicht sprechen können!«

»Hm. Der dreiäugige Ziegenbock hat mir verraten, dass der Zauber, der ihn« – Keks warf dem Goldzwerg einen abschätzigen Blick zu – »getroffen hat, eigentlich für mich gedacht war. Ich sollte also sehr wohl sprechen können.«

»Ja, für ein paar Minuten. Und danach solltest du sofort zurück zu Gabriella, um dir dort weiter den Bauch vollzuschlagen.«

»Zurück zu Gabriella?« Entsetzt riss Keks die Augen auf. »Das kannst du vergessen, ich gehe da nie wieder hin! Immer nur im Haus herumsitzen, aus dem Fenster gucken und ihren langweiligen Geschichten lauschen – no, no, no. Hier ist es viel lustiger.«

»Lustig nennste das? Mich willse in 'nen leblosen Klumpen zurückverwandeln«, schaltete der Goldzwerg sich ein, und Keks ließ ein mitleidiges »Oh, nicht doch!« hören.

Marie wollte gerade etwas erwidern, als die Türglocke sie erschrocken herumfahren ließ. Himmel, dieser Gong würde sie wohl für den Rest ihres Lebens kalt erwischen! Nach einem »Wir sprechen uns noch. Und lass den Zwerg im Käfig!« in Richtung des Katers düste sie die Treppe hinunter ins Erdgeschoss und riss die Tür auf.

»Philip Decker aus Hausnummer neun«, sagte sie. »Willkommen zurück.«

Philip stöhnte. »Hör doch bitte auf, mich so zu nennen.«

»Hör du doch bitte auf, so eine Spaßbremse zu sein«, entgegnete Marie grinsend und deutete über ihre Schulter zurück ins Haus. »Ich muss nur schnell eine Packung Zimtbonbons holen. Kommst du kurz rein? Es ist ja erst fünf vor halb, wir haben noch Zeit.«

»Was wir ganz sicher nicht haben, ist Zeit!« Wie aus dem Nichts war Alfred hinter ihr aufgetaucht, und dieses Mal gelang es Marie nicht, ein Kieksen zu unterdrücken. Im nächsten Augenblick wirbelte sie herum, um sich über den Butler zu beschweren. Doch der zog sie einfach wortlos ins Haus – und den wild herumfuchtelnden Philip gleich mit.

»Meine Katzenallergie!«, rief Philip, während er sich eilig wieder sein Shirt übers Gesicht zog. Aber Alfred ließ sich auch davon nicht beeindrucken.

»Der Geistermond«, sagte er, nachdem er die Tür zugeworfen hatte. »Womöglich haben wir nur noch drei Tage, bis es so weit ist.«

Einen Moment lang blieben Marie sämtliche Worte im Hals stecken. Drei Tage? Das war … heftig. Richtig heftig. Ihnen blieb also kaum mehr Zeit, um Flemming zu überführen und ihm das Handwerk zu legen. Abgesehen davon mussten sie auch noch Luuk befreien, damit kein anderer weißer Magier die Gelegenheit bekam, ihm seine Kraft zu nehmen.

Uff.

»Sind Sie sicher?«, fragte Philip an Alfred gewandt. »Bis gestern wussten Sie doch noch nicht mal …«

»Ich *bin* sicher«, fiel der Gestaltwandler ihm ins Wort. »Eigentlich wollte ich heute Nacht weiter nach Hinweisen zu den übrigen bunten Magierinnen und Magiern suchen. Aber dann bin ich auf einen Stapel Aufzeichnungen gestoßen, in denen Master Luuk seine Erfahrungen mit den Aktivitätsphasen der Magieströme festgehalten hat. Die Sparkles sind der Schlüssel.«

Auf die fragenden Blicke von Marie und Philip hin winkte Alfred die beiden in die Bibliothek, wo er auf dem Boden ein heilloses Durcheinander von Zetteln hinterlassen hatte.

»Hier steht es«, sagte er und hob ein Blatt auf, das er etwas abseits neben die anderen gelegt hatte. »*In all den Jahren ist mir vor allem aufgefallen, dass die Magie sich in Zeiten erhöhter Aktivität schwerer kontrollieren lässt*«, las Alfred vor. »*Ein Zauber, den ich normalerweise mit geschlossenen Augen wirke, verlangt nun meine uneingeschränkte Aufmerksamkeit. Widme ich ihm diese Aufmerksamkeit nicht, sucht sich die Magie Wege, um mir zu entschlüpfen: Sparkles. Momentan scheint es einen wahren Sparkles-Regen zu geben. Daraus schließe ich, dass die Aktivität der Magieströme auf ihren nächsten Höhepunkt zusteuert* … und so weiter.«

»Das hat Luuk geschrieben?«, wollte Marie wissen. »Wann?«

»Diese Aufzeichnung ist auf das Jahr 1919 datiert«, gab Alfred zurück. »Dann gibt es noch welche aus dem Jahr 1834, 1853, 1954, 1979, 2011 und« – er griff nach einem

Zettel, der auf einem Stapel ganz oben lag – »aus diesem Jahr.«

»Wartet mal, wartet!« Philip hob lachend eine Hand. »1919? Und – was war das? – 1852?«

»1853«, korrigierte der Gestaltwandler mit einem schmalen Lächeln.

»Alles klar. Das würde ja bedeuten, Luuk ist mindestens 170 Jahre alt.« Ein weiteres Lachen platzte über Philips Lippen. »Leute, das kann nicht euer Ernst sein. Wer hat das wirklich geschrieben?«

Alfred schien nicht so recht zu wissen, was er darauf erwidern sollte, also holte Marie tief Luft, drückte ihren Rücken durch und blickte dem Decker-Jungen direkt in die dunklen Augen.

»Doch, Philip Decker aus Hausnummer neun, das *ist* unser Ernst«, sagte sie. »Luuk ist 297 Jahre alt, und es gibt Magier, die sind noch deutlich älter als er. Ich glaube, der Älteste feiert bald seinen fünfhundertsten Geburtstag. Alfred da drüben, der wird in drei Jahren 650.« Sie lächelte aufmunternd. »Aber bitte flipp jetzt nicht aus, in Ordnung?«

Es dauerte eine Weile, bis Philip darauf reagierte. Und als er es endlich tat, zuckte er bloß mit den Schultern und krächzte: »Okay. Das ist … okay. Ich komm damit klar.« Dann hustete er ein paarmal, ehe er sich an Alfred wandte. »Wo waren wir?«

»Bei den Aufzeichnungen aus diesem Jahr, denke ich«, erklärte der Butler nach kurzem Zögern. »Sie besagen, dass die Häufigkeit der Sparkles seit Monaten wieder zunimmt.

Selbst Master Luuk hatte zuletzt hin und wieder Probleme beim Zaubern. Aus diesem Grund bin ich mir mittlerweile sicher, dass Maries Unfälle mit dem Zwerg und der schwarzen Katze eine Folge des wachsenden Magiestroms sind.« Alfred – nun wieder ganz bei der Sache – drehte eins der Blätter um und zeigte auf eine Tabelle mit unzähligen Spalten und Zahlen. »Nachdem ich Master Luuks Messdaten aus all diesen Jahren überprüft und miteinander verglichen habe, denke ich, dass der nächste Aktivitätshöhepunkt in ziemlich genau drei Tagen stattfindet.«

»Und mit einer besonders niedrigen Sonnenaktivität zusammenfallen wird«, fügte Philip hinzu. »Falls ich euch das noch nicht erzählt hatte.«

»Hattest du nicht«, sagte Marie und rieb sich seufzend die Augen. »Oje, das sind wirklich, *wirklich* schlechte Neuigkeiten. Drei Tage. Selbst wenn ich nicht ständig mit Sparkles zu kämpfen hätte, wäre das viel zu wenig Zeit …«

»Aus diesem Grund brauchen wir eindeutig magische Unterstützung!«, entschied Alfred, während er hektisch alle Blätter zusammenraffte, sie in einen kartonierten Umschlag stopfte und anschließend ins Regal zur *Geschichte der Magie* legte. »Die Bibliothek, das Büro und das Wohnzimmer habe ich bereits auf den Kopf gestellt, als Nächstes …«

Ein Zupfen an Maries Ärmel erregte ihre Aufmerksamkeit, und mit gerunzelter Stirn drehte sie sich zu Philip um. Sie rechnete schon damit, dass er sie noch einmal auf Luuks Alter ansprechen würde, aber weit gefehlt.

»Was meinst du, wollen wir vorher noch diese eine Sache

versuchen, die ich mir überlegt habe?«, flüsterte er, während Alfred weiter lautstark Pläne schmiedete. »Spätestens morgen wissen wir, ob es funktioniert hat. Wahrscheinlich sogar schon heute Abend.«

»Was ist das denn für eine Sache?«, wollte Marie wissen, doch Philip schüttelte nur den Kopf.

»Pass auf, ich stecke das mit Luuks Alter weg, ohne durchzudrehen, dafür vertraust du mir jetzt. Okay? Wenn du nämlich noch zu Amélie willst, müssen wir uns beeilen. Sonst schaffen wir es nicht mehr rechtzeitig.« Er beugte sich ein Stück näher an Marie heran und fügte hinzu: »Aber ich bin sicher, dass es klappen wird.«

Marie dachte kurz darüber nach, ob sie es in Kauf nehmen konnten, noch mehr Zeit zu vergeuden, und wenn ja, wie sie Alfred beibringen sollte, dass er weiterhin allein nach den anderen bunten Magierinnen und Magiern suchen musste. Doch im Grunde war ihre Entscheidung längst gefallen.

»Du hast bis morgen früh Zeit!«, wisperte sie Philip zu. »Allerspätestens!« Dann bedeutete sie ihm mit einer Geste, dass er lieber draußen auf sie warten sollte. Besser, er war nicht im Haus, wenn Alfred die freudige Botschaft erhielt.

»Wie hat er reagiert?«, fragte Philip, als sie zehn Minuten später endlich in Richtung *Amélies Gaumenfreuden* unterwegs waren, um zumindest noch ein paar Franzbrötchen zu ergattern.

»Hm«, machte Marie, während sie an das Gesicht des Butlers vorhin zurückdachte, an die Fassungslosigkeit in seinen

Augen, an seine Stimme, die sich mit jedem Wort mehr überschlagen hatte. »Kennst du diese kleine Trickfilmfigur, der immer Feuer aus dem Kopf schießt, wenn sie sich aufregt?«

»Ja.« Philip zog eine Grimasse.

»So in etwa hat er reagiert, nur mit viel höheren Flammen. Aber« – Marie hob einen Zeigefinger, ehe Philip darauf antworten konnte – »er wird erst mal allein weiter nach Hinweisen suchen. Und ich musste ihm versprechen, dass ich ab heute Abend helfe.«

»Das geht doch«, sagte Philip. »Bis dahin sind wir längst wieder zurück und …«

»Och nööö!« Marie hatte die kleine Traube von Menschen vor Amélies Café entdeckt und ahnte Schlimmes. Bestimmt waren die alle wegen der sensationell guten Franzbrötchen hier, und bestimmt würde nach diesem Ansturm keins mehr für Marie übrig sein. So eine Ungerechtigkeit! Dabei hatte das Café doch gerade mal eine Stunde offen.

Marie wollte einen Zahn zulegen, damit ihr nicht noch mehr hungrige Mäuler zuvorkommen konnten, doch Philip hielt sie zurück.

»He!«, motzte sie. »Wenn ich irgendwelche Punkte für dich herzaubern soll, brauche ich Energie! Das heißt, ich muss auf der Stelle was essen.« Wie zum Beweis knurrte ihr Magen laut.

Philip nickte mit schockgeweiteten Augen, aber anstatt Marie loszulassen, krallte er seine Finger sogar noch stärker um ihren Ellbogen und zog sie ein paar Schritte die Straße zurück.

»Okay, Philip Decker aus Hausnummer neun. Du lässt mich jetzt lieber los, sonst …«

»Das sind meine Großeltern da vorne«, hauchte Philip tonlos.

»Was? Wo?«

»Vor dem Café.«

»Ehrlich?« Marie stellte sich auf die Zehenspitzen, um besser sehen zu können. Dort drüben standen wirklich eine Menge Menschen, zehn oder zwölf schätzungsweise. Allerdings kamen nur eine Handvoll von ihnen als Philips Großeltern in Frage. »Wer genau, der Mann mit dem Schnauzbart und die Frau mit Hut in der Mitte der Schlange? Die sehen nett aus.«

»Ja, tun sie. Die sind es aber nicht«, entgegnete Philip mit einem verkniffenen Lächeln. »Die zwei braungebrannten Leute mit Sonnenbrille direkt davor, die sind es. Du müsstest meinen Großvater doch eigentlich erkennen. Er sieht aus wie …«

»Willi!« Prustend hielt sich Marie eine Hand vor den Mund.

Philips Großvater hatte tatsächlich dieselben Gesichtszüge wie der goldene Zwerg, der nun bei Marie zu Hause im Vogelkäfig hockte, und auch die Kleidung passte perfekt: Eine Stoffhose, dazu ein schmal geschnittenes Hemd. Sehr elegant, das musste Marie zugeben. Fast schon *zu* elegant für einen stinknormalen Sonntagmorgen. Die Frau neben ihm – Oma Decker – sah ebenfalls aus, als wäre sie gerade einem Modekatalog entstiegen.

»Haben die etwa die gleichen Sonnenbrillen auf?«, japste

Marie irgendwann, und als Philip bloß zustimmend brummte, wanderte ihr Blick weiter zu den ordentlich frisierten Föhnwellen der Decker-Großeltern. Am liebsten wäre Marie auf der Stelle hinübergerannt und hätte ihre Finger in den Haartürmen vergraben …

»Was machen die hier?«, fragte sie stattdessen. »Ich dachte, die wohnen irgendwo anders.«

»Tun sie eigentlich auch.« Philip verzog das Gesicht, als hätte ihn jemand mit faulen Eiern beworfen. »Wahrscheinlich soll das ein Willkommensbesuch nach ihrem Urlaub sein. Bis gestern waren sie nämlich noch in Monaco.«

Marie musste all ihre Kraft aufbringen, um nicht laut loszulachen. Die beiden wirkten so anders als Philip, Merle und Heidi, dass es unmöglich war, sich die fünf nebeneinander vorzustellen.

»Lass uns rübergehen!«, rief sie und wollte sich schon auf den Weg machen, doch wieder wurde sie von Philip zurückgehalten.

»Sag mal, bist du wahnsinnig?«, fuhr er sie an. »Wenn sie uns entdecken, wird mein Opa ganz sicher nach der Goldfigur fragen!«

»Ach, so ein Unsinn!«, gab Marie zurück. »Niemand fragt einfach so nach einem winzigen Goldmännchen. Außerdem sterbe ich gleich vor Hunger. Los, komm!«

»Nein, warte! Wir haben auch ga…«

Mehr hörte Marie nicht, denn sie hatte sich bereits losgerissen und hüpfte nun freudig pfeifend auf Amélies Café zu. Wenige Meter vor dem Ziel bekam Philip sie zwar ein weiteres Mal zu fassen, aber im selben Moment drehte Opa Decker den Kopf in ihre Richtung – und hob eine Augenbraue. Aha! Diese Fähigkeit lag also in der Familie. Sobald sie wieder zu Hause war, würde Marie überprüfen, ob Willi das auch konnte.

»Lennard-Philip«, sagte Opa Decker mit tiefer, brummender Stimme, die so ganz anders klang als die Quietsche-Stimme von Willi. »Das ist ja eine Überraschung.« Dann tippte er Oma Decker auf die Schulter. »Sieh mal, Christin, unser Enkelsohn. Mit einer Freundin.«

»Hi!«, flötete Marie, doch Philip vergeudete keine Zeit mit einer Begrüßung.

»Heute ist Sonntag«, sagte er sichtlich aus der Fassung gebracht. »Ich dachte, ihr kommt erst am Freitag zu Besuch.«

»Ja, nun. Und wir dachten, dass wir doch genauso gut heute vorbeikommen könnten. Immerhin gibt es sonntags Franzbrötchen in den *Gaumenfreuden*.«

Marie grinste bis über beide Ohren. Am liebsten hätte sie sich Oma und Opa Decker sofort vorgestellt, aber alles, was ihr im Moment durch den Kopf ging, war …

»Lennard?«, fragte sie und musterte Philip von der Seite. »Hast du nicht gesagt, du heißt …?«

»Niemand nennt mich Lennard«, fauchte er zurück. »Also vergiss den Namen am besten gleich wieder.«

»Junger Mann, bitte nicht in diesem Ton«, mischte sich Oma Christin ein. »Und wieso sträubst du dich noch immer so gegen diesen Namen? Du wurdest nach deinem Großvater benannt.« Sie tätschelte Opa Decker – der offenbar ebenfalls Lennard hieß – den Arm und lächelte. »Es ist ein stolzer Name, wie geschaffen für einen Decker.«

Philip blickte seine Großeltern bloß ausdruckslos an.

»Wie schön, Sie hier zu treffen!«, brach Marie schließlich das angespannte Schweigen. »Philip sagte, sie waren bis gestern im Urlaub?«

»O ja, und es war bezaubernd. Wir hätten die Kinder ja mitgenommen, nicht wahr, Lennard?« Christin wischte sich ein paar unsichtbare Fusseln von der Schulter. »Leider hat unsere Tochter andere Ansichten als wir darüber, was ein Kind benötigt.«

»Stimmt, sie hält es für wichtiger, dass ich zur Schule gehe«, sagte Philip mit einem schneidenden Unterton in der Stimme, der die Frau mit dem Hut und den Mann mit dem Schnauzer in der Reihe hinter ihnen interessiert aufhorchen ließ. Marie schenkte den beiden ein strahlendes Lächeln, und sie drehten sich ertappt weg.

»Abgesehen davon verschmäht Heidi ohnehin Geschenke jeglicher Art«, brummte Lennard Senior nun. »Vor allem, wenn sie von ihren eigenen Eltern stammen. Hat sie die Goldfigur eigentlich immer noch in der letzten Schublade versteckt, wenn wir nicht da sind?«

Ganz langsam wandte sich Philip zu Marie um, und der Ausdruck auf seinem Gesicht hätte nicht deutlicher sein können. *Ich hatte dich gewarnt*, schien er zu sagen, *und jetzt haben wir den Salat*.

»Wieso schaust du so? Sie hat das Männchen doch nicht etwa verkauft?«, fragte Oma Christin entsetzt, als Philip nach mehreren Atemzügen immer noch schwieg. »Herrgott, Lennard-Philip, nun lass dir doch nicht alles aus der Nase ziehen! Was ist denn mit der Figur?«

Angestrengt grinsend blickte Marie zwischen Philip und seinen Großeltern hin und her. Nie im Leben hätte sie gedacht, dass die beiden älteren Herrschaften tatsächlich so versessen auf den Gold-Opa sein könnten. Eine Idee, sie brauchten eine Idee …

»Die Figur«, sagte Marie gedehnt. »Meinen Sie das kleine Kerlchen aus Gold? So hoch und so dick?« Mit Zeigefinger und Daumen zeigte Marie in etwa die Maße des Zwerges an, und als Opa Lennard leicht verunsichert bejahte, fügte sie hinzu: »Das ist bei mir.«

»Bei … dir?«, wiederholte Oma Christin nach einer Weile. »Mein Kind, dieses *Kerlchen* ist fünfundzwanzigtausend Euro wert.«

Marie hustete. Sie hustete so heftig, dass sie sich wegdrehen musste.

»Fünfundzwanzigtausend Euro?«, hauchte sie, sobald sie sich wieder einigermaßen unter Kontrolle hatte. »Fünf-und-zwanzig-tausend?«

»Und ein paar hundert, ja.« Oma Christin nickte. »Was mich zu der Frage zurückbringt, weshalb es bei dir ist.«

Ein ersticktes Keuchen arbeitete sich Maries Kehle hinauf, und Philip klopfte ihr fürsorglich einige Male auf den Rücken.

»Nicht bei ihr direkt natürlich, sondern bei ihrem Vater«, sagte er und klopfte dabei fleißig weiter auf Marie herum.

»Luuk unterrichtet Kunstgeschichte an der Kunstakademie. Als Mum ihm von der Figur erzählt hat, ist er fast durchgedreht vor Begeisterung. Er hat gefragt, ob er das Männchen nächste Woche in einigen Kursen vorzeigen darf.«

»Weil er vorher noch nie so was … ähm, so was *Ungewöhnliches* in der Hand gehalten hat«, fügte Marie stockend hinzu. So zu reden, als wäre Luuk nicht verschwunden, fiel ihr mit jedem Tag schwerer. Und dabei auch noch so zu tun, als hätte sie nicht vor kurzem erst einen fünfundzwanzigtausend Euro teuren Zwerg zum Leben erweckt und ihm eine Quietsche-Stimme verpasst, trieb ihr den Schweiß auf die Stirn. »Er war ganz aus dem Häuschen, hat sich tagelang nicht beruhigt.«

»Dein Vater kennt sich also mit Kunstwerken aus?«, hakte Opa Lennard nach.

»Ja, er ist … ein Experte für Besonderheiten. Er wollte sogar wissen, wer … wer der Goldschmied ist, der dieses Wunder vollbracht hat. Damit er ihn im Kurs erwähnen kann.«

»Oh, ich wusste es! Juan Carlos ist ein wahrer Zauberer!«, platzte Opa Lennard hervor, und sowohl Marie als auch Philip zuckten bei dem Wort Zauberer kurz zusammen. Selbst der Schnauzermann und die Hutfrau in der Reihe direkt hinter ihnen erschraken und glotzten anschließend wieder ganz ungeniert zu ihnen nach vorne.

»Meinen Glückwunsch, junge Dame! Du kannst stolz sein, einen Vater zu haben, der solch ein Gespür für Exklusivität besitzt.« Philips Opa bebte nun regelrecht vor

Aufregung. »Das Männchen wurde übrigens nach meinem Abbild gefertigt, falls es dir noch nicht aufgefallen ist. Juan Carlos hat Monate dafür gebraucht, Monate!«

Marie musste sich mächtig anstrengen, um nicht laut loszuprusten. So ähnlich sich Willi und Lennard Senior äußerlich auch waren, so unterschiedlich waren sie im Verhalten.

»Ein kleiner Tipp«, fuhr Opa Decker fort. »Dein Vater soll seine Kurse auf den Diamanten im Bauch des Zwerges hinweisen, der stammt aus einer Mine in …«

»Lennard«, ging Oma Christin aufgebracht dazwischen. »Deine Tochter hat das Gold deiner Ahnen einfach so irgendeinem Lehrer anvertraut!«

»Nicht einfach so!«, widersprach Philip. »Und Luuk Vorlost ist auch nicht irgendein Lehrer. Er hat …«

»Sind Sie eigentlich hier, um Gebäck zu kaufen, oder unterhalten Sie sich lieber mit den Kindern?«, fragte der Schnauzermann auf einmal dazwischen und deutete auf die Schlange vor dem Café. Die war mittlerweile ein ganzes Stück weitergewandert, nur noch zwei Leute waren jetzt vor ihnen an der Reihe.

»Ach, herrje.« Betont überrascht legte Oma Christin eine Hand auf ihre Brust, während sie Philip, Marie und Opa Lennard mit der anderen Hand vorwärts winkte. »Wie unaufmerksam von uns. Ja, wir wollten …«

»Franzbrötchen!«, platzte Marie hervor, und erneut richteten sich alle Augen auf sie. Schnell zog sie ihren Kopf zwischen die Schultern. »Philip und ich wollten Franzbrötchen holen«, sagte sie dann, etwas leiser diesmal.

»Da habt ihr aber Glück, gerade ist nämlich das letzte Blech für heute aus dem Ofen gekommen!«

Amélie.

Ein warmes Gefühl breitete sich in Maries Magengrube aus, als sie die Bäckerin zusammen mit einer ihrer Bedienungen hinter der Theke entdeckte. Mehl hing in Amélies dunklen Haaren, Zuckerstreusel klebten auf ihrer Schürze und Schokolade an ihrer Wange. Ein schöneres Bild konnte sich Marie in diesem Moment beim besten Willen nicht vorstellen. Mit breitem Grinsen flitzte sie zu Amélie hinüber und fiel ihr um den Hals.

»Na, Liebes! Geht es dir besser?«, fragte die Bäckerin leise. »Du siehst immer noch ziemlich geschafft aus.«

Marie seufzte bloß, zwang allerdings ein Lächeln auf ihre Lippen, als Amélie sie eine Armlänge von sich wegstreckte und kritisch musterte.

»Ich muss wohl mal ein ernstes Wörtchen mit deinem Vater sprechen«, sagte Amélie mit gespielter Strenge in der Stimme. »Zuerst lässt er sich tagelang nicht hier blicken, und dann sieht sein kleines Mädchen auch noch aus wie ein vernachlässigtes Trauerklößchen.«

»Nein, nein, Luuk hat gerade nur viel um die Ohren«, erwiderte Marie hastig. »Ich will echt nicht, dass er sich auch noch um mich Sorgen macht.«

»Also gut, ich verrate ihm nichts. Aber nur, weil du offenbar schon jemanden gefunden hast, der dich aufmuntert.« Mit einem Augenzwinkern deutete Amélie auf Philip, der noch immer bei seinen Großeltern stand und mit jeder Sekunde mehr einem Häufchen Elend ähnelte. Als hätte er Maries Blick bemerkt, hob er den Kopf und klopfte dann auffordernd auf seine Armbanduhr. Offenbar drängte die Zeit, die sie brauchten, um seinen Plan durchzuführen. Oder aber er wollte einfach hier weg.

»Stimmt, Philip ist sehr … hilfsbereit«, sagte Marie deshalb und löste sich von Amélie. »Eine noch größere Hilfe wären allerdings zwei von deinen sensationell guten Franzbrötchen.«

Mit einem hellen Lachen holte Amélie zwei der frisch gebackenen Köstlichkeiten vom Blech und packte sie in eine Tüte. »Hier, die gehen auf mich«, flüsterte sie. »Lasst sie euch schmecken. Und grüß deinen jungen Freund von mir. Ich kann es kaum erwarten, ihn nächste Woche endlich näher kennenzulernen.«

Marie bedankte sich mit einem Küsschen auf Amélies Wange, dann flitzte sie zu Philip und seinen Großeltern zurück. Zu ihrem Entsetzen sprach Opa Lennard noch immer über die »einzigartige Gold-Statuette« und wie glücklich sich Luuks Schülerinnen und Schüler schätzen konnten, so etwas Seltenes zu Gesicht zu bekommen.

»Sehe ich auch so«, brummte Philip und lächelte bemüht. »Also macht am besten kein allzu großes Ding daraus, wenn ihr bei Mum seid. Sie, ähm …«

»Sie wollte nur, dass auch andere was von dieser außergewöhnlichen Schönheit mitbekommen«, half Marie aus. »Und bei meinem Vater ist das Männchen wirklich in den allerbesten Händen. Nächstes Mal steht es wieder an seinem angestammten Platz und winkt Ihnen zu, versprochen.«

»Winken?«, fragte Oma Christin pikiert. »Wie sollte die Figur uns denn bitteschön winken?«

»War nur so eine Redewendung. Wir müssen dann mal los, unser Sozialkundeprojekt wartet!« Marie zog Philip mit sich. »Hat mich gefreut, Sie kennenzulernen!«, rief sie den verdattert dreinblickenden Großeltern noch über die Schulter zu, und im nächsten Moment bog sie mit Philip in eine Seitenstraße ein.

»Nun sei doch nicht so, ich wollte nur nett sein!«, sagte Marie, als sie endlich bei der richtigen Straßenbahnhaltestelle angekommen waren und Philip den Fahrplan studierte. Den gesamten Weg von Amélies Café bis hierher hatte er geschwiegen, und auch jetzt blieb er stumm. »Hey, Philip Decker aus Hausnummer neun, ich konnte ja nicht ahnen, dass deine Großeltern so … anders sind.«

»Stimmt. Ich hätte vorher einfach hundertmal erwähnen sollen, wie dringend ich die Figur zurückbrauche, weil das sonst Ärger gibt«, erwiderte Philip bissig. Dann zog er sein Smartphone hervor, tippte ein paarmal auf das Display und hob das Handy ans Ohr.

»Hey, Mum, ich bin es …«

Während er seine Mutter vorwarnte, dass ihre Eltern jede Minute auf einen unangekündigten Überraschungsbesuch vorbeikommen würden, holte Marie eins der Franzbrötchen aus der Tüte und biss davon ab. Unzählige kleine

Geschmacksexplosionen breiteten sich auf ihrer Zunge aus, und Marie musste sich beherrschen, um nicht laut aufzustöhnen. Mit jedem Bissen fühlte sie sich besser, leichter, und als Philip mit Telefonieren fertig war, hatte Marie ihr Brötchen bereits restlos verschlungen. Hunger hatte sie allerdings immer noch.

»Mum geht mit Merle auf einen Abenteuerspielplatz, sie wird den Überraschungsbesuch von Oma und Opa also *leider* verpassen«, sagte Philip und atmete erleichtert auf. »Das heißt, wir haben noch ein paar Tage Zeit, bis sie wieder vor der Tür stehen. Wenigstens was.«

Marie nickte und schielte auf das zweite Franzbrötchen in der Tüte. »Na, dann steht deinem geheimen Plan ja nichts mehr im Weg. Isst du das Brötchen eigentlich?«

Mit zusammengekniffenen Augen funkelte Philip sie an. »Wie kannst du jetzt ans Essen denken?«

»Ich weiß doch nicht, was du vorhast«, gab Marie zurück. »Und Magie kostet Kraft, also …«

»Ja, ja, schon gut. Ich will es nicht, bedien dich.« Unruhig kontrollierte Philip seine Uhr, und etwa zehn Sekunden später gleich noch mal.

Marie beobachtete ihn interessiert, während sie auch das zweite Brötchen in Windeseile verschlang. »Warum bist du denn so nervös?«, fragte sie schließlich. »Wir machen aber nichts Verbotenes, oder?«

»Etwa genauso verboten, wie unerlaubt auf einem fremden Grundstück herumzuschnüffeln«, antwortete Philip. »Ich hoffe, du hast das mit den roten Punkten geübt.«

11. Rosafarbene Pusteln

Philip hatte zwei Tickets in Richtung Südstadt gelöst, Marie wortlos in die Bahn hineingeschoben und dann einen Platz gesucht, wo sie sich hinsetzen konnten. Gesagt hatte er seit der Haltestelle nichts mehr, und Marie wartete schon gespannt darauf, wann er ihr endlich den Rest des Plans verraten würde. Aber scheinbar wollte er damit bis zum allerletzten Moment warten. Wahrscheinlich hatte er Angst, dass Marie sonst die Biege machen könnte.

Dabei war das wirklich das Allerletzte, was Marie im Augenblick plante. Vielmehr wollte sie endlich Luuk finden. Sie wollte keine Lügen mehr erzählen und sich vor allem auch keine Sorgen mehr machen müssen. Stattdessen wollte sie wieder mit ihm im Trainingsraum stehen und versuchen, die Farbe von irgendwelchen Blumen zu verändern oder sonst was Unaufregendes …

Um nicht noch länger darüber nachzudenken, was sie sonst noch vermisste, vertrieb sich Marie die Zeit damit, ein paar der anderen Fahrgäste zu beobachten. Das Mädchen mit den knallroten Haaren und den Sommersprossen zum Beispiel, das völlig vertieft in einem Manga blätterte. Und den älteren, elegant gekleideten Herrn, der sich mit dem winzigen Dackel auf seinem Schoß unterhielt. Oder die zwei Jugendlichen im Sitz gegenüber, die miteinander tuschelten – und plötzlich gleichzeitig den Kopf hoben und Marie direkt ins Gesicht guckten. Ertappt wandte Marie sich ab. Hatte sie sich geirrt, oder war da tatsächlich ein verräterisches Blitzen in den Augen des Mädchens gewesen? Und der Junge trug doch ein Holzfällerhemd, oder? So eins, wie Flemming angehabt hatte, als er bei Amélie …

»Wir sind da«, sagte Philip auf einmal, und ebenso schnell, wie er sie vorhin in die Bahn hineinverfrachtet hatte, bugsierte er Marie nun wieder nach draußen. Ihr blieb nicht mal mehr Zeit, die zwei Teenager genauer unter die Lupe zu nehmen. Doch sobald Philip sie losgelassen hatte, drehte Marie sich um, schaute durch die Scheibe nach drinnen – und runzelte die Stirn. Die Jugendlichen interessierten sich überhaupt nicht mehr für sie, sondern lachten über irgendwas.

»Was ist?«, fragte Philip, und Marie grinste ihn verlegen an.

»Ich glaube, ich sehe Gespenster.«

»Hm, geht mir ähnlich. Ich sehe seit vorhin überall meine Großeltern.« Mit einem Wink bedeutete er Marie, ihm zu folgen, und gemeinsam bogen sie in eine der angrenzenden Straßen ein.

Hier reihte sich ein schmuckes Einfamilienhaus an das nächste. In den top gepflegten Gärten standen Trampoline und Spielhäuser aus Holz, in den Einfahrten parkten wuchtige Familienautos, die geduldig auf ihren nächsten Einsatz warteten.

»Willst du mir nicht langsam mal erklären, was wir hier machen?«, fragte Marie. »Wo sind wir überhaupt?«

»Wo wir sind: In der Lagestraße. Wir müssen aber noch ein Stückchen weiter bis zur Langgasse«, erwiderte Philip. »Was wir dort machen: Rote Punkte verteilen. Und wir haben nicht mehr viel Zeit.«

Im Laufschritt trabten sie die Straße entlang, bis irgendwann ein kleines Gässchen abzweigte, in das Philip einbog. Beim dritten Haus auf der linken Seite blieb er stehen, drehte sich ein paarmal um die eigene Achse und zeigte schließlich auf ein Auto, das am Straßenrand parkte.

»Dahinter verstecken wir uns und warten.«

»Warten worauf?«, fragte Marie, ohne sich von der Stelle zu rühren.

»Auf Konrad Bott, einen meiner Klassenkameraden.« Nach einem Blick auf seine Uhr fügte Philip hinzu: »Er müsste jeden Moment von der Kirche zurück sein. Das ist deine Chance, ihm rote Pusteln zu zaubern. Rote, *juckende* Pusteln, wenn möglich.«

»Was?« Fassungslos wich Marie ein Stück zurück. »Warum sollte ich so was machen? Das ist total fies!«

»Weil Konrad ab morgen ein Schulpraktikum bei Felix Flemming macht und ich seinen Platz dort übernehmen will.« Zur Abwechslung hob Philip einmal beide Augenbrauen. »Ein unerklärlicher Ausschlag wäre da sehr hilfreich.«

»Ist das dein Ernst?«, rief Marie. »Was ist mit den Sparkles? Du hast doch gehört, was Alfred gesagt hat: Es werden immer mehr! Und wenn sogar Luuk schon Probleme mit ihnen hatte …«

»Das weiß ich alles, Marie, und ich verstehe dich auch.« Philip nickte eindringlich. »Aber das ist unsere letzte – und wahrscheinlich auch unsere beste – Chance, ohne Hilfe an Flemming heranzukommen. Wenn wir die nicht nutzen, bleibt uns gar nichts anderes mehr übrig, als uns anderswo Hilfe zu holen.«

Missbilligend verzog Marie das Gesicht. Im Grunde hatte Philip recht, Konrads Platz einzunehmen, war eine großartige Idee. Aber allein die Vorstellung, erneut ein lebendiges Wesen zu verzaubern, jagte ihr eine Gänsehaut über den gesamten Körper. Das hatte ja bei Keks schon nicht sonderlich gut funktioniert. Und wenn es ganz blöd lief, hatte sie am Ende *noch einen* Zauber mehr an der Backe, den sie nicht allein wieder rückgängig machen konnte …

»Also, was meinst du? Willst du lieber die anderen bunten Magierinnen und Magier suchen oder einen letzten Versuch ohne sie wagen?«

»Mensch, du bringst mich echt in eine Zwickmühle!«, schimpfte Marie und fischte ein Zimtbonbon aus der Packung. »Was machen wir denn, wenn die Sache schiefgeht und ich …« Sie stockte, als Philips Blick zum Ende des Gässchens nach hinten schweifte.

»Verdammt noch mal!«, fluchte er und ging hinter einem Auto in Deckung. »Ist der etwa nach Hause *gerannt?*«

Mit einer bösen Vorahnung drehte Marie sich um und entdeckte einen stämmigen Jungen in einem viel zu kleinen Sommeranzug, der gerade um die Ecke bog. Er hatte seinen Zeigefinger tief in einem Nasenloch versenkt und stoppte abrupt, als er Marie erblickte. Hastig zog er den Finger heraus, um ihn am Gartenzaun abzuwischen.

»Suchst du was?«, fragte der Junge, der offenbar Konrad Bott war.

»Das sollte ich wohl eher dich fragen«, brummte Marie angeekelt, und als Konrad die Augen zusammenkniff, sagte sie lauter: »Ja. Meine … äh, meinen Kater Keks! Der ist mir vorhin weggelaufen.«

»Oha, hoffentlich ist er weit genug gelaufen«, rief Konrad dröhnend. »Cäsar hat Kekse nämlich zum Fressen gern.« Er zeigte auf den spindeldürren Nackthund im Karo-Pullover, der nun ebenfalls in die Gasse einbog und bei Maries Anblick sofort wie wild zu kläffen begann.

»Ich kann dir beim Suchen helfen, wenn du willst«, fuhr Konrad fort. »Wir beide. Cäsar ist ein super Spürhund.«

»Nein, nein, vielen Dank. Ich …« Noch während Marie angestrengt über eine passende Ausrede nachdachte, tauchte auf einmal Philip neben ihr auf.

»Unter dem Auto ist er auch nicht«, sagte er und klopfte sich die Hose ab, als hätte er bis eben auf dem Boden gekniet. »Wir müssen wohl … Oh. Hi, Konrad. Was machst du denn hier?«

»Ich wohne da.« Der Junge deutete auf das Haus, vor dem sie standen. Dabei knarzten die Nähte seines Anzugs so laut, dass Marie lieber einen Schritt zurückmachte, falls das Ding auseinanderplatzen sollte. Der Kerl brauchte wirklich *dringend* einen neuen Anzug. »Und was machst *du* hier?«

»Na ja, wir suchen Maries Kater. Angeblich hat ihn jemand hier gesehen. Ist ganz schön weit weg von zu Hause, das kleine Kerlchen.« Philip lächelte kurz, dann drehte er Konrad den Rücken zu und sagte an Marie gewandt: »Du kannst ja schon mal *weitermachen*. Ich komme gleich nach, ja?« Dabei sprach er so laut, dass Konrad es auf jeden Fall mitbekam, und zwinkerte wie jemand, dem gerade ein riesiger Käfer ins Auge geflogen war. Unauffällig war definitiv etwas anderes.

Marie unterdrückte mit aller Macht ein Grinsen und nickte, während sich Nervosität wie eine Flutwelle in ihr ausbreitete. Okay, sie würde diesem armen Jungen also allen Ernstes ein paar Pusteln verpassen. Aber sie würde sich bemühen, die Flecken so zu zaubern, dass sie von selbst wieder verschwanden. Falls das überhaupt möglich war. Alles, was sie für den Zauber noch brauchte, war etwas Rotes. Etwas wie … den Rosenbusch am Eingang der Gasse! Dessen Blüten waren zwar eher pink, aber das musste genügen.

Nachdem sie sich von Konrad verabschiedet hatte, lief Marie die Langgasse zurück bis zur Lagestraße. Dabei streckte sie möglichst beiläufig ihre Finger nach dem Magiestrom aus – und zuckte gleich darauf erschrocken zusammen. Mit einem Zischen zog sie ihre Hand zurück. Es fühlte sich an, als hätte sie in eine Steckdose gefasst. Mehrfach.

Offenbar hatte Alfred recht gehabt mit seiner Prophezeiung, dass ein Aktivitätshoch vor ihnen lag, denn die Magie hatte in der Zwischenzeit noch weiter an Kraft gewonnen. Und weil es in der Gegend auch niemanden zu geben schien, der den Strom regelmäßig abschöpfte, war er jetzt an dieser Stelle besonders stark. Nie und nimmer würde Marie ihn hier unter Kontrolle bringen können.

Sie wollte die Sache gerade abblasen, doch genau in dem Moment, in dem sie sich zu Philip umwandte, erwiderte der Decker-Junge ihren Blick – und auf seinem Gesicht erschien so ein Ausdruck … so eine unerschütterliche Zuversicht, die sich direkt in Maries Herz bohrte. Philip glaubte an sie, er vertraute ihr! Da konnte sie ja gar nicht anders, als es zumindest zu versuchen.

Mit frischer Kraft drehte sie sich wieder nach vorne und fixierte die pinken Rosenblüten, die nur wenige Schritte von ihr entfernt waren. Dann wappnete sie sich für das brennende Kribbeln, das kommen würde, und als sie so weit war, griff sie mit zusammengebissenen Zähnen erneut nach dem Magiestrom. Sie ignorierte das heftige Zappeln der Magie, krallte ihre Finger hinein und gab sich alle Mühe, sie festzuhalten. Immer wieder musste sie nachfassen oder einen Finger woanders platzieren, damit sie sich nicht an der Magie verbrannte. Doch schließlich gelang es ihr, den Strom zu kontrollieren.

Konzentriert starrte sie auf die Rosen und stellte sich

vor, wie kleine Pickelchen in derselben Farbe auf Konrads Gesicht erschienen. Auf seinen Armen, Händen, Beinen … überall auf seinem Körper. Und sie stellte sich den Juckreiz vor, der die Pickel begleiten sollte. Rote Pickel und heftiger Juckreiz für ein paar Tage.

Der Hund bellte. Wie hieß er gleich noch mal? Ach ja, Cäsar.

Juckende rote Pusteln auf Konrads Gesicht, seinen Armen, Beinen …

Marie drehte sich um. Sie prüfte ein letztes Mal ihren Griff um den Magiestrom, ehe sie ihn durch ihre Finger gleiten ließ und ihm einen Schubs in Konrads Richtung gab. Jucken. Pusteln. Nur ein paar Tage lang. Noch ein Magieschubser. Jucken. Pusteln …

Ein Schrei drang an ihre Ohren, und Marie ließ den Magiestrom augenblicklich los.

Hui.

Konrad Bott sah aus, als hätte ihn jemand mit einem Stempel überfallen. Auf seiner Haut prangten unzählige gleich große rosenfarbene Punkte, und offenbar juckten sie tatsächlich wie verrückt. Allerdings waren die nicht der Grund für Konrads Aufschrei gewesen. Der wahre Grund stand direkt neben ihm und versuchte verzweifelt, sich den karierten Pullover vom Leib zu kratzen. Die juckenden rosa Pusteln hatten nämlich nicht nur Konrad erwischt, sondern auch seinen Hund Cäsar. Sogar am Gartenzaun klebten ein paar rosarote Punkte. Nur Philip war wie durch ein Wunder verschont geblieben.

Stöhnend vergrub Marie ihr Gesicht in den Händen.

Diese VERFLUCHTEN SPARKLES!

»Ich weiß gar nicht, warum du dich so aufregst«, murrte Philip, als sie in der Straßenbahn zurück nach Hause saßen. »Hat doch alles super funktioniert.«

»Das nennst du super?«, fauchte Marie und funkelte ihn wütend an. »Ich habe einem Jungen *und* seinem Hund rosafarbene, juckende Pickel ge…« Sie blickte sich um, ob einer der anderen Fahrgäste zuhörte, und fuhr dann etwas leiser fort: »… gezaubert! Wahrscheinlich kommen die beiden in irgendein Versuchslabor, weil niemand weiß, wie das passiert ist!«

Konrads Kreischen nach zu urteilen war er kurz vorm Durchdrehen gewesen. Und auch seine Mutter, die daraufhin aus dem Haus gestürmt war, hatte kein besseres Bild abgegeben. Kreidebleich war sie gewesen, und ihre Hände hatten beim Anblick der vielen Pusteln wie wild zu zittern begonnen.

»Sie lassen jetzt erst mal einen Arzt kommen, schreibt Konrad. Er hat auch schon drei Bilder geteilt und hofft, dass es irgendwas super Außergewöhnliches ist.« Philip hielt Marie sein Handy entgegen und zeigte ihr die Fotos, die Konrad Bott bei den sozialen Medien hochgeladen hatte. »Auf dem hier nennt er sich und den Hund das achte Weltwunder, siehst du?«

Mit wachsender Verwunderung betrachtete Marie ein Bild nach dem anderen – und schüttelte ungläubig den Kopf, als sogar noch ein viertes dazukam. »Seltsamer Kerl.«

»Ja, Konrad ist … interessant«, stimmte Philip zu. »Aber genau deshalb wird er mit den Pusteln gut klarkommen. Also mach dir nicht so viele Gedanken.«

»Das sagst du so leicht. Was, wenn die Sparkles noch mehr Leute erwischt haben? Ich weiß ja nicht mal, wie weit die draußen fliegen können! Und ob sich der Zauber tatsächlich nach ein paar Tagen wieder auflöst, so wie ich es geplant habe. Das ist alles …«

»Marie Sophie Justine de la Borne aus Hausnummer 123«, unterbrach Philip sie ernst. »Ich stand direkt daneben und habe gar nichts abbekommen. Außerdem geht es Konrad gut. Er macht gerade eine Umfrage auf seinem Account, ob er später live gehen soll, damit jeder die Flecken sehen kann.« Er wollte Marie ein weiteres Mal sein Handy zeigen, doch sie lehnte dankend ab. »Außerdem solltest du es inzwischen gewöhnt sein, unbeabsichtigt Leute zu verzaubern.«

»Ich lache später darüber, okay?«, gab Marie bissig zurück. »Wie geht dein ausgefuchster Plan jetzt überhaupt weiter? Willst du einfach bei Flemming auftauchen und so tun, als wärst du Konrad, oder was?«

Philip schüttelte den Kopf. »Nein, die beiden haben sich bestimmt schon beim Vorgespräch kennengelernt. Ich gehe morgen hin und behaupte, der Wechsel wäre mit unserem Lehrer abgesprochen. Ich glaube kaum, dass Flemming das nachprüfen wird.« Die nächste Haltestelle wurde durchgesagt, und Philip stand auf, um sich durch die Masse an Fahrgästen zur Tür vorzuarbeiten.

»Aber was ist mit dem Schnüffelvieh?«, fragte Marie, während sie sich hinter ihm durch den Gang schob. »Was, wenn es dich wiedererkennt?«

Philip schnaubte. »Als ob er dieses Ding tagsüber herumlaufen lassen könnte.«

»Und Amélie? Sie freut sich schon so auf dich.«

»Ich lass mir was einfallen.«

Nacheinander hüpften sie aus der Straßenbahn und atmeten die warme, aber wenigstens nicht mehr so verbrauchte Luft ein, die ihnen entgegenschlug. Nach einem letzten Blick auf sein Handy steckte Philip das Gerät weg und deutete über die Schulter nach hinten.

»Ich geh dann mal meine Mum und Merle suchen. Sobald ich was Neues weiß, melde ich mich bei dir. Spätestens morgen Abend, denke ich.«

Mit einem Winken wollte er sich verabschieden, doch Marie stellte sich ihm in den Weg.

»Äh, hallo?«, sagte sie. »Du glaubst nicht allen Ernstes, dass ich so lange rumsitze und nichts tue, während du bei Flemming bist! Ich komme natürlich mit.«

»Ja, genau. Und wie soll ich ihm das erklären?« Lachend verschränkte Philip die Arme vor der Brust. »*Entschuldigung, Herr Flemming, aber ich ersetze Ihren Praktikanten, der wegen Krankheit ausfällt, und ich habe noch jemanden mitgebracht. Ein Mädchen, das Sie kennen und dessen Vater Sie wahrscheinlich entführt haben*. So vielleicht?«

Empört schnappte Marie nach Luft. Nur leider wollte ihr einfach keine passende Antwort einfallen, so angestrengt sie auch danach suchte. Stattdessen musste sie sich eingestehen, dass Philip recht hatte: Es *war* besser, wenn er allein bei Flemming auftauchte.

»Am besten hilfst du Alfred dabei, die anderen bunten Magierinnen und Magier zu suchen«, schlug er vor. »Nur für den Fall, dass die Sache schiefgeht.«

»Aha, und wie genau kriege ich mit, dass sie schiefgeht?«, erwiderte Marie. »Telepathie? Keine Ahnung, ob *du* das kannst, aber *ich* bin da raus.«

Philip brummte unwillig, denn für dieses Problem schien er ausnahmsweise mal keine Lösung zur Hand zu haben. Marie dagegen schon.

»Wir telefonieren, solange du dort bist«, entschied sie. »Du schaltest den Lautsprecher an deinem Handy aus, damit Flemming nichts mitbekommt. Dafür kann ich euch die ganze Zeit hören und im Notfall sofort was unternehmen.«

Einen Moment lang dachte Philip über diesen Vorschlag nach, dann nickte er. »Geht klar. Ich ruf dich an«, sagte er. »Ach, und wenn dir heute Abend langweilig sein sollte und du Konrads Livestream anschauen willst: Er hat seinen Profilnamen geändert. RotePunkteRegierenDieWelt.«

Diesmal hielt Marie ihn nicht auf, als er sich umdrehte und gemütlich davonschlenderte.

Den Nachmittag verbrachte Marie tatsächlich damit, Alfred bei der Suche nach den anderen bunten Magierinnen und

Magiern zu helfen, und nach mehr als drei Stunden fanden sie endlich ein Adressbuch hinter dem Hängeschrank in Luuks Badezimmer. Allerdings wurde die Freude darüber beim ersten Blick ins Buch sofort wieder getrübt, denn jede einzelne Seite war komplett geschwärzt.

Eine Weile testete Marie aus, ob Luuk nicht vielleicht mit unsichtbarer Tinte hineingeschrieben oder seine Schrift mit Hilfe der Magie hatte verschwinden lassen. Doch nachdem sie das Notizbuch beinahe über einer Kerze abgefackelt und so ziemlich jeden Zauberspruch ausprobiert hatte, der ihr diesbezüglich in die Finger gekommen war, gab sie schließlich auf. Alfred war leider ebenfalls keine große Hilfe, da er inzwischen wieder alle Schutzzauber errichtet hatte und nur noch eingeschränkte magische Kräfte besaß.

»Na super, so kommen wir also auch nicht weiter«, brummte Marie und warf seufzend einen Blick auf ihr Handy. Philip hatte ihr den Link zu Konrad Botts Livestream geschickt, der im Moment stattfand, und »Falls du dir immer noch Sorgen um ihn machst …« daruntergeschrieben. Nach kurzem Zögern öffnete Marie den Link – und riss geschockt die Augen auf.

Konrad ging es zwar gut, aber offenbar war sich der Junge für absolut nichts zu schade. Er saß mit bloßem Oberkörper vor der Kamera und vermaß jeden einzelnen rosafarbenen Fleck mit dem Lineal. Zu seiner Überraschung waren alle exakt gleich groß: zwei Zentimeter im Durchmesser. Als daraufhin jemand im Chat verlangte, dass auch Cäsars Punkte abgemessen werden sollten, klinkte sich Marie wieder aus.

Schaudernd legte sie das Handy weg. Kurz darauf nahm sie es jedoch erneut in die Hand und löschte vorsichtshalber auch gleich Philips Link zum Livestream. Nicht dass sie in Versuchung kam, sich das Ganze noch mal anzutun.

Um sich abzulenken, probierte Marie für den Rest des Abends, die Überbleibsel weißer Magie sichtbar zu machen. Diesmal begann Alfred das Training mit ein paar Konzentrationsübungen, die Marie immer dann wiederholen sollte, wenn ihr Geist abzuschweifen drohte. Anschließend musste sie ihren eigenen – den bunten – Magiestrom erspüren, ständig aufs Neue, bis es ihr irgendwann schwerfiel, den Strom *nicht* zu finden. Erst danach begann die richtige Arbeit: Von nun an sollte Marie ihre Sinne auf den Raum hinter, neben, über und unter ihrer eigenen Magie richten. Sie sollte etwas finden, das sich genauso anfühlte wie die bunte Magie, aber zugleich ganz anders war.

12. Aufgelegt

Natürlich hielt es Marie nicht mal eine halbe Stunde lang aus, bloß herumzusitzen und tatenlos zuzuhören, während Philip seine Geschichte zum Besten gab, dass er den plötzlich erkrankten Konrad ersetzen durfte, und sich anschließend von Felix Flemming durch die Schreinerwerkstatt führen ließ. Genauer gesagt gab sie bereits nach zehn Minuten auf.

Eilig stöpselte sie ihre Kopfhörer ein, damit sie Philip und Flemming auch weiterhin hören konnte, ohne die ganze Zeit das Handy ans Ohr halten zu müssen. Dann schnappte sie sich den goldenen Zwerg, den sie bis zu diesem Moment im Trainingsraum herumlaufen lassen hatte, setzte ihn zurück in den Käfig und flitzte die Treppe hinunter ins Erdgeschoss. Dort wartete Alfred auf sie, die Hände hinter dem Rücken verschränkt und

die Augen misstrauisch zu winzigen Schlitzen zusammengezogen.

»Wo willst du hin?«, fragte er, und Marie bemühte sich, möglichst keinen Verdacht zu erregen. Ihr war klar, dass der Butler nicht gerade begeistert sein würde, sollte er die Wahrheit erfahren. Also tischte sie ihm eine kleine Notlüge auf.

»Nirgendwohin. Der Kater hat nur schon wieder den Zwerg aus seinem Käfig geholt. Ich muss die beiden finden, bevor …«

»Entschuldige mal?«, schallte es empört aus der Küche herüber. Doch ehe Keks dazu kam, die Sache aufzuklären, hatte sich Marie schon an Alfred vorbeigeschoben und war zur Tür hinausgeschlüpft. Das aufgeregte Rufen des Butlers konnte sie zwar noch gut hören, aber da er das Haus nicht verlassen konnte, achtete sie nicht weiter darauf. Luuk und Philip waren wichtiger als ihr schlechtes Gewissen.

So schnell sie konnte, rannte Marie die Straße entlang, ließ Amélies Café hinter sich – wobei sie den kleinen Stich in der Magengegend ignorierte, der sie beim Anblick der Bäckerin durchfuhr – und kam erst beim *Schwarzen Schwan* wieder schlitternd zum Stehen. Genau gegenüber lag die Auffahrt zu Flemmings Häuschen.

Und nun?

Unsicher blickte Marie sich um. Obwohl es noch recht früh am Morgen war, knallte die Sonne bereits gleißend hell vom Himmel herunter und leuchtete jeden noch so kleinen Winkel des Grundstücks aus. Selbst wenn der Massikor tatsächlich irgendwo weggesperrt war, konnte Marie nicht unerkannt hier herumschleichen. Vielleicht war es doch klüger, die Füße still zu halten und auf Philips Mittagspause zu warten. Bis dahin konnte sie ja einfach weiter übers Handy lauschen. Oder?

Argh! Marie raufte sich die Haare. Diese Ahnungslosigkeit und das Nichtstun waren wirklich die Endgegner für ihren kurzen Geduldsfaden! Aber sie musste eine Entscheidung fällen, ewig hier stehen bleiben konnte sie nicht. Also kramte sie in ihren Taschen nach den restlichen Zimtbonbons und holte alle heraus. Bei einer ungeraden Anzahl von Bonbons würde sie nur übers Handy lauschen, bei einer geraden Anzahl spionieren gehen.

Eins, zwei, drei, vier … fünf.

Mist.

Grummelnd verzog sie sich in eine Nebengasse und lief dort mit dem Smartphone in der Hand unermüdlich auf und ab. Im Augenblick erklärte Flemming gerade, wie man einen Bankhobel übers Holz schieben musste, um gleichmäßigen Abrieb zu erhalten. Marie verstand nur Bahnhof von dem, was er sagte, aber Philip schien tatsächlich ganz bei der Sache zu sein. Er stellte immer mehr Fragen, ja, er quetschte Flemming förmlich aus. Marie war kurz davor, ihr Handy in einer herumstehenden Gießkanne zu versenken, als Philip auf einmal auf das Verzieren von Holz zu sprechen kam.

»Ich hatte letzte Woche ein Holzplättchen in der Hand, so groß etwa. In der Mitte war ein Symbol eingefräst, das sah wunderschön aus. Richtig kunstvoll«, sagte er, und Marie spitzte aufgeregt die Ohren. »Was benutzt man denn da für Werkzeuge?«

»Zum Fräsen?«, erwiderte Flemming. »Dafür gibt es spezielle Maschinen. Ganz feine Linien bekommt man am besten mit einem Laser hin. Könnte allerdings auch sein, dass das Zeichen mit der Hand herausgeschnitzt wurde. Dafür braucht man dann natürlich anderes Werkzeug, kleine Messer und Feilen vor allem. Hier, die kannst du dir mal in Ruhe anschauen, wenn du willst. Aber Vorsicht, die sind scharf.«

Eine Weile herrschte Ruhe, ehe Philip erneut zu sprechen begann: »Wow, die da sind ja winzig! Damit könntest du also irgendwelche Symbole aus dem Holz schälen?«

»Sozusagen«, war alles, was Flemming darauf antwortete.

Es raschelte und knackte in der Leitung, und auf einmal klang alles viel dumpfer. Als wäre das Handy tiefer in eine Tasche gesteckt worden.

»Und hast du das schon mal gemacht?«

»Ähm, ja«, gab Flemming etwas widerwillig zu. »Um ehrlich zu sein, ist das noch gar nicht lange her. Es war ein Geschenk, für einen … Freund.«

»Ah, cool. Darüber hat er sich bestimmt gefreut, oder?«

»Ich denke schon.« Flemming räusperte sich, und Marie hielt unweigerlich die Luft an. »Man könnte sagen, es hat seinen Zweck erfüllt. Aber ich frage mich gerade, ob du … Oh.«

Ein Klirren drang an Maries Ohr, danach ein weiteres Knacken – und dann Stille. Kurz darauf ertönte ein gleichmäßiges Tuten. Die Verbindung war abgebrochen.

Innerhalb weniger Sekunden war Marie aus der Gasse heraus und das Stückchen Straße bis zu Flemmings Auffahrt zurückgerannt, jetzt flitzte sie im Eiltempo zum Haus hinauf.

Werkstatt, Werkstatt, pochte es in ihrem Kopf. *Wo hat er seine Werkstatt? Bestimmt nicht im Wohnhaus.*

Sie hetzte weiter, lief zur Garage hinüber und von dort nach hinten in den Garten. Als sie vor wenigen Tagen auf genau demselben Weg vor dem Massikor geflüchtet waren, hatte Marie in der Dunkelheit eine Art Halle ausmachen können, groß und massiv. Und tatsächlich, an der Rückseite des Grundstücks stand eine Scheune. Eine Scheune, deren Fenster vernagelt waren.

Das unheimliche Schnüffelvieh, zugenagelte Fenster, überall scharfe Schnitzwerkzeuge … Mit wachsender Panik jagte Marie über den Rasen in Richtung Scheunentor, wo eine kleinere Tür eingelassen war. Sobald Marie sie erreicht hatte, riss sie am Griff, und die Tür flog krachend auf.

Dahinter wartete ein dunkler, gähnend leerer Gang auf sie. Ohne auch nur eine Sekunde zu zögern, sprintete Marie auf das Licht am anderen Ende zu – und kurz darauf stand sie endlich in der Werkstatt. Ganz kurz ließ sie ihren Blick über die Bretterstapel an den Wänden gleiten und über das Lochblech, an dem unzählige Werkzeuge befestigt waren. Dann lief sie um die gewaltige Maschine herum, die den Raum unterteilte – und da saßen sie: Felix Flemming und Philip Decker aus Hausnummer neun.

Die beiden hatten sich über ein Stück Holz gebeugt, die

Köpfe gehoben und guckten Marie an, als hätte sie den Verstand verloren. Wer von ihnen mehr überrascht war, konnte Marie nur raten. Allerdings war es Flemming, der als Erster seine Sprache wiederfand.

»Hallo«, sagte er, aber es klang mehr wie eine Frage als eine Begrüßung. »Kann ich dir irgendwie helfen?«

»Ähm, das ist Marie, eine … eine Freundin von mir«, stammelte Philip, als Marie auch nach mehreren Atemzügen kein Wort herausbekam.

»Luuk Vorlosts Tochter, ich weiß.« Flemming nickte. »Wir sind uns schon mal begegnet.« Er musterte Marie noch einen Moment länger, doch auf einmal veränderte sich etwas in seinem Gesicht, und er richtete sich ruckartig auf. »Ist etwas passiert? Brauchst du Hilfe?«

»Ich nicht«, erwiderte Marie unsicher, dann wandte sie sich verwirrt an Philip. »Du … Was …?« Sie schluckte. »Dein Handy …«

Wie in Zeitlupe und ohne Marie dabei aus den Augen zu lassen, griff Philip nach seiner Hoodie-Jacke, die neben ihm auf dem Tisch lag. Erst als er sein Smartphone hervorgekramt hatte, guckte er von Marie weg auf das Display hinunter.

»Aufgelegt«, sagte er tonlos.

»Ja! Du warst auf einmal weg, und ich dachte … ich dachte …«

»Wahrscheinlich bin ich aus Versehen auf irgendeine Taste gekommen. Anders kann ich mir das nicht erklären.«

»Apropos erklären«, hakte sich Flemming nun wieder ein.

»Könnte mir bitte jemand verraten, was hier los ist? Erst die Sache mit Konrad, jetzt« – er zeigte auf Marie – »die Sache mit dir. Irgendwas scheine ich verpasst zu haben.«

»Nich schlimm. Die wollen nur'n bisschen spielen«, ertönte auf einmal eine quietschige Stimme ganz in der Nähe, und Marie klatschte erschrocken die Hand auf ihre Hosentasche. Wie zum Teufel …? Sie hatte die Käfigtür doch zugemacht, oder etwa nicht?!

»Au! Sag mal, du spinnst wohl!«, schimpfte Willi. Er ruckelte unter Maries Handfläche herum, krabbelte hoch und rüber und einmal im Kreis und quetschte sich schließlich durch Maries Finger hindurch nach draußen. Mit einem Satz landete er auf der Tischplatte.

»Ach, du Sch… AAH!« Flemming zuckte zusammen. Mit weit aufgerissenen Augen taumelte er rückwärts, bis er gegen einen Stapel Bretter stieß, die daraufhin eins nach dem anderen polternd zu Boden krachten. Nach dem vierten Brett gab Flemming es auf, den Stapel wieder aufrichten zu wollen. Stattdessen deutete er mit zitternder Hand auf das goldene Männchen, das jetzt seelenruhig über seinen Werktisch spazierte.

»Was *ist* das?«

Endlich löste sich Marie aus der Starre, die sie beim Anblick des Zwerges befallen hatte, und versuchte, Willi wieder einzufangen. Aber sosehr sie sich auch bemühte, der Tisch war einfach zu breit. Selbst wenn sie sich streckte, kam sie nicht an den flinken Gold-Opa heran. Also kletterte sie auf den Stuhl, der direkt neben ihr stand, griff zu – doch Willi war schneller. Wie ein geölter Blitz düste er über die Tischplatte auf Philip zu.

»Fang ihn ein!«, rief Marie. »Nimm deine Jacke!«

Philip gehorchte, ohne mit der Wimper zu zucken. Aber bevor er überhaupt an den Zwerg herankommen konnte, stülpte Felix Flemming bereits einen Eimer über die kleine Goldfigur – und der Spuk hatte ein Ende.

Einen Moment lang herrschte Stille in der Werkstatt, nur das Trommeln von Willis kleinen Fäusten gegen das Blech war zu hören. Dann wich Flemming erneut vom Tisch zurück, fuhr sich mit beiden Händen durch die Haare und krächzte: »Also noch mal von vorne. Was ist hier los? Und was um alles in der Welt sitzt da unter meinem Eimer?!«

»Oh, das wundert mich jetzt aber, dass Sie ein magisches Wesen nicht erkennen, wenn Sie eins sehen«, giftete Marie. »Immerhin haben Sie einen Massikor als Haustier.«

Ganz langsam schüttelte Flemming den Kopf. »Wovon sprichst du da, bitte?«, fragte er, und als Marie ihn bloß schweigend anfunkelte, wandte er sich an Philip. »Wovon spricht sie da?«

»Davon, dass Sie dieses Schnüffelvieh auf uns losgelassen haben, damit wir meinen Vater nicht finden!«, brauste Marie auf. »Und davon, dass wir Sie trotzdem entlarvt haben.« Mit blubbernder Wut im Bauch streckte sie ihre Hände aus, um nach dem Magiestrom zu tasten. Dank der vielen Übungen von letzter Nacht und der Tatsache, dass der Strom weiter angewachsen war, fand sie ihn jetzt sogar noch schneller. Allerdings ließ er sich auch weiterhin schlecht kontrollieren.

»Hey, woah, warte mal«, sagte Philip, gerade als Marie ihre Finger um den reißenden, brennenden Strom schloss. »Ich bin mir nicht sicher, Marie, vielleicht haben wir uns geirrt.«

»Wieso?«, fauchte sie zurück, während sie gegen das Zappeln der magischen Energie ankämpfte.

»Schau ihn dir doch an, er hat keine Ahnung von Magie!«

»Magie?«, echote Flemming mit piepsiger Stimme, und es klang so überzeugend, dass Marie fast darauf reinfiel. Aber nur fast. Empört packte sie den Magiestrom noch fester. Das Brennen auf ihrer Haut bemerkte sie kaum mehr, so konzentriert war sie auf ihren Gegner.

»Wirklich spitze, dieser Gehirnwäschetrick«, fuhr sie ihn an. »Wie lange haben Sie gebraucht, um Philip auf Ihre Seite zu ziehen? Das können ja höchstens fünf Minuten gewesen sein.«

Flemming suchte sichtlich nach Worten, er schnappte regelrecht danach wie ein Fisch an Land nach Luft, und als er auch nach mehreren Versuchen keine gefunden hatte, presste er stöhnend seine Handballen auf die Augen. Marie wappnete sich für einen Angriff – doch da kam nichts. Stattdessen begann Felix Flemming zu lachen, erst leise, dann immer lauter, bis er schließlich ein triumphierendes »Ha!« ausstieß.

»Ich weiß es, das ist ein Traum. Dieser ganze merkwürdige Mist hier, die sprechende Figur und dass ihr mir weismachen wollt, da wäre Magie im Spiel – bloß ein Traum! Gleich wache ich auf und schwöre, nie wieder bis Mitternacht zu arbeiten, weil das echt Gift für mein Gehirn ist.« Er ließ die Hände sinken. »Nicht wahr? Genau so ist es.«

Marie zog die Augenbrauen zusammen. Der Kerl konnte wirklich verdammt gut schauspielern, das musste sie ihm lassen.

»Bitte sagt mir, dass es so ist«, fuhr er fort. »Sonst drehe ich jeden Moment durch, und ich glaube, das will keiner von uns.«

Oder … oder sprach er am Ende vielleicht doch die Wahrheit?

Zweifel bahnten sich einen Weg in Maries Gedanken, und ein paar Sekunden lang musterte sie den Schreiner durchdringend, suchte in seinem Gesicht nach Antworten. Wenn er ein weißer Magier war – und dann auch noch einer, der es geschafft hatte, Luuk Vorlost zu entführen –, hätte er Marie eigentlich mit Leichtigkeit aufhalten können. Er hätte nur Philip als Medium nutzen müssen, um Maries Hände unter Kontrolle zu bringen und sie daran zu hindern, Magie zu wirken.

Aber er hatte es nicht getan.

»Marie«, sagte Philip, als hätte er ihre aufkommende Unsicherheit bemerkt. »Er hat nichts mit der Sache zu tun.«

»Mit welcher Sache?«, hakte Flemming nach. »Leute, sprecht bitte mit mir! Ich …« Er rieb sich erneut die Augen, als würde er versuchen, einen Schleier loszuwerden, der ihm die Sicht versperrte. »Schreibt ihr ein Buch, oder so was? Übt ihr für ein Theaterstück?«

»Was ist mit dem Transporter?«, klammerte sich Marie an

den letzten Strohhalm, der ihr blieb, während der Magiestrom in ihren Händen sich immer stärker zur Wehr setzte. »Keks hat ihn am Dienstag vor unserem Haus gesehen! Das muss doch irgendwas zu bedeuten haben.«

»Letzten Dienstag?« Felix Flemming horchte auf. »Da war ich ab acht Uhr morgens mit meiner Aushilfe Peter am Bahnhof, um die Eingangstür auszubauen. Sie liegt drüben im anderen Werkraum, ich soll sie restaurieren. Wollt ihr sie sehen?«

»Ich hab sie vorhin schon gesehen«, sagte Philip. »Riesig, das Ding.«

Ab acht Uhr morgens? Marie verzog das Gesicht. Luuk war am späten Vormittag verschwunden, und wenn Flemming zu der Zeit nicht einmal in der Nähe ihres Hauses gewesen war …

»Sie sind wirklich kein weißer Magier«, murmelte sie schließlich und ließ den Magiestrom unverrichteter Dinge aus ihren Händen gleiten. Erleichterung machte sich in ihr breit, und auch ein klein wenig Enttäuschung darüber, dass sie in einer Sackgasse gelandet waren. Schon wieder. »Sie sind ein Malmag.«

»Ich bin Felix«, erwiderte Flemming. »Du … du kennst mich. Na ja, noch nicht so richtig. Aber *dein Vater* kennt mich! Er wollte uns eigentlich letzten Freitag einander vorstellen, nur …«

»Nur ist er inzwischen verschwunden«, beendete Marie den Satz und ließ sich seufzend auf den Stuhl fallen, der neben dem Werktisch stand.

»Was soll das bedeuten, verschwunden?!« Felix Flemming holte sein Handy hervor und deutete mit einer hilflosen Geste auf das Display. »Ich dachte, er hat bloß viel um die Ohren und reagiert deshalb nicht auf meine Anrufe. Jedes Mal geht sofort die Mailbox ran, dabei habe ich es bestimmt schon tausendmal versucht. Das macht mich wahnsinnig!«

»Ach was«, brummte Marie.

»Ja! Am liebsten wäre ich einfach vorbeigekommen und hätte nachgefragt, was los ist. Luuk hat mich allerdings gebeten, das auf gar keinen Fall zu tun. Und jetzt kommt ihr beide hier an und erzählt mir was von wegen Magie und davon, dass Luuk verschwunden ist. Wohin?«

»Keine Ahnung.« Marie lachte trocken. »Wir dachten, Sie hätten ihn.«

»Ich? Nein. Wieso? Gott, ich hab die halbe Stadt nach ihm abgesucht!« Zum dritten Mal innerhalb kurzer Zeit fuhr er sich mit den Händen über die Augen, über die Stirn, über die Schläfen. »Ich … ich … Verflucht. Ich will doch nur, dass *einmal* alles normal läuft.«

Wieder kehrte für einen Moment Ruhe ein, dann platzte auf einmal ein kurzes Lachen über Philips Lippen.

Irritiert drehte sich Marie zu ihm um. »Was ist? Denkst du etwa auch, dass du das alles nur träumst?«

»Nein, nein. Darüber bin ich hinweg«, gab Philip grinsend zurück. »Aber ich glaube, ich weiß jetzt, was hier los ist.« Er stand auf, kam zu Marie herüber und lehnte sich neben ihr an die Tischkante. Mit zufriedener Miene deutete er auf Flemming. »Du und Luuk – ihr zwei seid ein Paar, oder nicht? Deshalb willst du ihn unbedingt finden. Und deshalb hast du Marie im Café nach ihm gefragt.«

Ein … *Paar*? Marie blinzelte hektisch. Gerade eben hatten sie doch noch darüber diskutiert, ob Flemming Luuk vielleicht entführt hatte. Und jetzt sollten die beiden auf einmal zusammen sein?

»Stimmt das?«, hakte Marie krächzend nach. »War das der Grund?«

Felix Flemming zog den Kopf zwischen die Schultern und schenkte Marie ein entschuldigendes Lächeln. »Luuk wollte es dir eigentlich selbst erzählen«, sagte er. »Aber nachdem er sich ein paar Tage lang überhaupt nicht gemeldet und auf keine meiner Nachrichten reagiert hatte, wollte ich wenigstens wissen, ob es ihm gut geht.« Er räusperte sich leise. »Tut mir wirklich leid, wenn ich dich mit meinen Fragen verunsichert habe. Ich hab mir nur Sorgen gemacht.«

»Tja, da haben wir ja schon mal was gemeinsam«, entgegnete Marie. »Leider hilft uns das gerade auch nicht weiter.«

»Und ob es das tut!« Felix tippte ein paarmal auf seinem Handy herum, hob es ans Ohr und sagte: »Notrufzentrale? Ja, hallo, mein Name ist …«

»NEIN!«, riefen Marie und Philip wie aus einem Mund, während sie gleichzeitig aufsprangen und Felix Flemming das Smartphone aus der Hand reißen wollten. Aber der Schreiner war viel größer als sie und um einiges stärker. Er drehte sich einfach weg.

»Flemming, genau«, fuhr er fort. »Ich möchte eine Vermisstenanzeige aufgeben.«

»Nein, nein, *nein*!«, flehte Marie. »Nicht die Polizei, Felix. Bitte!«

Sobald sie seinen Vornamen ausgesprochen hatte, hielt Felix inne. Er wandte den Kopf in ihre Richtung und blickte sie abwartend an, als sie die Handflächen aneinanderlegte.

»Es gibt noch eine andere Möglichkeit, wie wir ihn finden können«, flüsterte Marie. »Luuk hat Freunde, die uns helfen werden.«

Zwei Atemzüge Stille. Drei. Ein verwirrt klingendes »Hallo? Sind Sie noch dran?« aus dem Smartphone.

Dann setzte Felix ein strahlendes Lächeln auf und rief: »Ach, gerade kommt er zur Tür herein. Hat sich erledigt, vielen herzlichen Dank! Auf Wiederhören.« Ohne eine Antwort von der Person am anderen Ende der Leitung abzuwarten, legte er auf.

»O Mann, das war knapp«, murmelte Philip, und auch Marie konnte sich ein erleichtertes Grinsen nicht verkneifen. Doch es währte nicht lange, denn Felix verschränkte die Arme vor der breiten Brust und fixierte Marie aus ernsten Augen.

»In Ordnung, wir spielen nach euren Regeln. Vorerst. Aber ich habe ein paar Bedingungen«, sagte er. »Erstens: Ihr klärt mich über alles auf, was diese Sache hier betrifft – und mit alles meine ich wirklich *alles*. Auch den kleinen goldenen Kerl da unter meinem Eimer. Und zweitens: Was immer dein Plan ist, Marie, wir fangen *jetzt* damit an.«

»Das trifft sich gut«, erwiderte Philip, während er den Blecheimer anhob und sich Willi schnappte. »Laut unserem

Freund Al haben wir nämlich gar nicht mehr viel Zeit, um Luuk zu helfen.«

Alfred! Beim Gedanken an den Gestaltwandler durchzuckte es Marie wie ein Gewittersturm. Und bei der Vorstellung, wie Alfred auf einen weiteren Malmag in seinem Haus reagieren würde, hätte sie am liebsten das Weite gesucht.

Ehrlich gesagt hatte Marie keine Ahnung, ob es sinnvoll war, das Haus ein weiteres Mal auf den Kopf zu stellen, um Hinweise über die anderen bunten Magierinnen und Magier zu finden. Aber es war die letzte Chance, die ihnen blieb, ehe sie entweder die Polizei informieren mussten – oder den Zauberrat. Keine der beiden Möglichkeiten klang auch nur im Geringsten verlockend. Ganz im Gegenteil, Marie überlegte eher, welche sich weniger schlimm anhörte.

Es musste doch jemanden geben, der ihnen helfen konnte und der sich nicht irgendwo vor aller Augen versteckt hielt! Jemanden, der wusste, was zu tun war.

Schweigend guckte Marie durch das Seitenfenster von Felix' Transporter auf die Straße hinaus und hoffte auf eine Eingebung, die einfach nicht kommen wollte. Währenddessen erklärte Philip neben ihr, weshalb ihnen bloß noch zwei Tage blieben, um Luuk zu finden.

Felix hörte aufmerksam zu, aber in regelmäßigen Abständen kam ein heiseres Lachen über seine Lippen, und Marie konnte es ihm nicht einmal verübeln. Für einen Erwachsenen, dessen gesamtes Wissen über Naturwissenschaften und das Leben an sich über den Haufen geworfen worden war, schien er trotz allem noch erstaunlich gefasst.

Marie dagegen hatte mit jeder Minute mehr zu kämpfen. Ihr Verdächtiger Nummer eins war vom Tisch, und dass die Kraft der Magieströme nun immer schneller immer stärker wurde, konnte sie inzwischen sogar spüren, ohne dass sie erst danach tasten musste. Wie ein leichtes Pochen in ihren Fingerspitzen fühlte es sich an. Als würde die Magie förmlich danach lechzen, abgeschöpft zu werden.

»Und Alfred meinte, dass der Höhepunkt wohl in zwei Tagen erreicht wird«, schloss Philip seine Geschichte in dem Moment, als Felix an einer roten Ampel stoppte.

Es dauerte ein paar Sekunden, bis Marie bemerkte, wo genau sie haltgemacht hatten, und augenblicklich regte sich wieder das schlechte Gewissen in ihr. Keine fünf Meter entfernt befand sich *Amélies Gaumenfreuden*, und ausgerechnet jetzt musste die Bäckerin durch das große Fenster nach draußen auf die Straße schauen.

Trotz der Beschwerde des Gold-Opas in ihrer Tasche ließ sich Marie tiefer in den Sitz sinken, doch Amélie hatte sie bereits entdeckt. Mit starrem Gesichtsausdruck musterte sie Felix, Philip und Marie, ehe ihr Blick weiterwanderte – den Transporter entlang nach hinten – und schließlich wieder zur Fahrerkabine zurückkehrte. Nun veränderte sich die Miene der Bäckerin. Ein zurückhaltendes Lächeln erschien auf ihren Lippen, während sie stockend eine Hand zum Gruß hob.

Marie schluckte schwer und erwiderte die Geste. Sie

konnte sich lebhaft vorstellen, was in Amélies Kopf vorgehen musste, immerhin hatten sie vor wenigen Tagen noch darüber gemunkelt, ob Felix Flemming womöglich ein Geheimnis hinter seiner hinausgezögerten Haussanierung verbergen könnte. Und jetzt fuhr Marie mit ihm und dem Jungen, der eigentlich im Café hätte Praktikum machen sollen, in einem Transporter herum!

Mittlerweile wusste Marie zwar, dass Felix vor lauter Arbeit einfach nicht dazu kam, sich regelmäßig um das Haus zu kümmern und deshalb alles so lange dauerte. Aber Amélie hatte davon natürlich nichts mitbekommen.

»Was ist los?«, fragte Philip. »Du bist so still.« Im selben Moment schaltete die Ampel auf Grün, Felix fuhr los und die *Gaumenfreuden* und ihre Besitzerin verschwanden aus Maries Blickfeld.

»Ich hab nur darüber nachgedacht, was du zu Amélie gesagt hast, weshalb du nicht kommst«, murmelte sie. »Sie hat uns gerade gesehen und nicht besonders glücklich gewirkt.«

»Ach, hör auf, dir deswegen Sorgen zu machen.« Philip tätschelte ihr beruhigend den Arm. »Ich habe ihr versprochen, dass ich die zwei Tage in den Ferien nachhole. Und die sind ja schon bald, also …«

Marie nickte zögerlich, dann blickte sie wieder zum Seitenfenster hinaus und wartete darauf, dass Felix endlich vor ihrem Haus hielt.

13. Wer zum Geier ist Kurt?

Dass die Haustür nur schwer aufging, war Marie ja inzwischen gewöhnt. Aber dass sie sich überhaupt nicht öffnen ließ, das war etwas Neues. Zehn Minuten lang versuchten sie ihr Glück, doch weder Philip noch Felix noch Marie selbst gelang es, den Schlüssel im Schloss weit genug zu drehen, dass die Tür aufsprang.

»Komm schon, Alfred«, knurrte Marie, während sie immer heftiger am Türgriff rüttelte, bis er schließlich gefährlich knarzte. Dieser Butler war wirklich ein unverbesserlicher Sturkopf! Wie konnte er es wagen, Marie einfach so aus…

»Hey, woah. Ganz ruhig«, sagte Felix, als Marie vor Wut gegen die Tür trat, und schob sie ein Stück zurück. »Dieses Schmuckstück ist mindestens zweihundert Jahre alt und verdient etwas Respekt.«

»Okay, dann versucht ihr beide weiter, sie mit Respekt zu öffnen. Ich gehe hintenrum und schaue nach, ob die Tür dort leichter aufgeht.« Entschlossen stapfte Marie am Haus entlang nach hinten in den kleinen Garten. Dabei warf sie bitterböse Blicke durch jedes einzelne Fenster, falls Alfred sie von drinnen beobachten sollte. Er würde schon noch merken, was es bedeutete, wenn er sich mit ihr anlegte!

»Entschuldigung, darf ich kurz stören?«, ertönte plötzlich eine Stimme nicht weit von ihr entfernt, und Marie blieb abrupt stehen. Panisch drehte sie sich um die eigene Achse, bis sie schließlich fündig wurde.

Neben dem Kirschbaum stand eine im eleganten Hosenanzug gekleidete Frau mit kinnlanger schwarzer Bobfrisur und einer knallroten Tasche in der Hand. Nur die sportlichen Turnschuhe wollten nicht so recht zum Rest ihrer geschniegelten Erscheinung passen. Als Marie sie eine Weile lang schweigend gemustert hatte, legte die Frau den Kopf schief und lächelte milde.

»Bist du Marie Sophie Josephine de la Bol?«, fragte sie.

»*Justine* de la *Borne*«, korrigierte Marie. »Und Sie sind?«

»Mein Name ist Nora Johnson, ich bin eine Freundin deines Vaters.« Ihr Lächeln wurde breiter. »Es freut mich sehr, dich kennenzulernen, Marie. Entschuldige, dass ich dich falsch angesprochen habe. Ich wollte sichergehen, dass du auch wirklich die bist, die ich suche.«

»Sie haben mich gesucht?«

»Zugegebenermaßen vor allem deinen Vater. Er ist nicht zufällig in der Nähe?«

»Nein.« Marie schüttelte den Kopf.

»Wie seltsam.« Nora Johnson trat aus dem Schatten des Baumes heraus und blickte sich aufmerksam im Garten um. »Dabei hatte ich das Gefühl, jemand hätte mich gerufen. Es schien ziemlich dringend zu sein.«

Gerufen? Die Art, wie die Frau das Wort aussprach, jagte Marie einen Schauer über den gesamten Körper. Es klang geheimnisvoll und irgendwie vielschichtig. Als läge eine weitaus tiefere Bedeutung direkt unter der Oberfläche. Eine Bedeutung, die Hoffnung machte.

Vorsichtig ging Marie ein paar Schritte auf Nora Johnson zu. »Wie genau wurden Sie denn gerufen?«

Konnte es sein, dass Alfred endlich einen Weg gefunden hatte? Oder sah Marie inzwischen tatsächlich überall nur noch Gespenster?

»Hm.« Die Frau kam nun ebenfalls langsam näher, bis sie schließlich einen Meter von Marie entfernt stehen blieb. »Ich denke, es könnte ein Adressbuch mit geschwärzten Seiten im Spiel gewesen sein.«

»ES HAT ALSO WIRKLICH GEKLAPPT?! SIE SIND EINE …«

»Ssscht!«, machte Nora Johnson und legte Marie hastig eine Hand auf den Mund. »Sprich es ja nicht aus! Manchmal hat selbst der Wind Ohren, und wir wollen doch nicht riskieren, dass die falschen Leute von meiner Anwesenheit erfahren.«

Marie nickte gehorsam.

»Ist Alfred noch bei euch und schützt das Haus?«

Wieder nickte Marie.

»Gut, dann sprechen wir drinnen weiter. Hier draußen ist es nicht sicher.« Ohne auf eine Antwort zu warten, eilte Nora Johnson die wenigen Meter zur Hintertür hinüber und zog Marie mit sich. Sobald sie dort angekommen waren, deutete sie auf das Schloss. »Beeil dich. Je früher ich verstehe, was eigentlich vor sich geht, desto besser.«

Mit bebenden Fingern versuchte Marie, die Tür zu öffnen, aber natürlich klappte es nicht. Marie rüttelte am Griff, sie zog und schob und fluchte – nichts.

Fragend blickte Nora Johnson auf sie herunter.

»Alfred hat die Schutzzauber verstärkt«, murrte Marie. »Und ich schätze, die Tatsache, dass an der Vordertür zwei Malmag auf mich warten, ist nicht gerade hilfreich.«

»Malmag?«, keuchte Nora, und alle Farbe wich aus ihrem ohnehin schon sehr blassen Gesicht. »Wissen die beiden etwa von uns?«

Marie nickte betreten.

»Um Himmels willen, das sind ja furchtbare Neuigkeiten! Aber darum kümmern wir uns später.« Nora presste ihre Hand auf den Türrahmen, dann schloss sie die Augen, atmete ein paarmal tief durch – und nur wenige Sekunden später wurde die Tür von innen aufgerissen.

»Nora! Du liebe meine Güte!« Hektisch winkte Alfred die bunte Magierin ins Haus, Marie dagegen warf er einen erbosten Blick zu. »Ist das dein Ernst, dass du jetzt auch noch mit Felix Flemming im Schlepptau hier auftauchst?«

»Ist das dein Ernst, dass du mich deswegen aussperrst?«,

giftete sie zurück und schob sich an dem Butler vorbei nach drinnen. Dabei guckte sie ihn mindestens ebenso böse an wie er sie.

»Marie, das ist kein Spaß. Felix Flemming?!«

»Entspann dich, ich kann das erklären.«

»Hoffentlich. Bevor ich nicht weiß, was hier …« Kaum hatte Alfred die Tür wieder hinter sich geschlossen, begann es in Maries Hosentasche auf einmal zu vibrieren, und sie hörte nicht weiter zu. Stattdessen fischte sie das Handy heraus.

»Ich bin drin«, sagte sie, sobald sie Philips Anruf angenommen hatte. »Ich muss nur kurz Willi nach oben ins Trainingszimmer bringen, danach hole ich euch.«

»Lass dir ruhig Zeit, wir lungern total gerne nutzlos vor eurem Haus herum«, erwiderte Philip, und Marie grinste. »Kannst du die Katze vielleicht auch gleich oben irgendwo einsperren und unten überall die Fenster aufmachen?«

»Selbstverständlich, Katzenallergiker Philip Decker aus Hausnummer neun.« In diesem Moment fiel Marie etwas ein, und sie fügte hinzu: »Wisst ihr was? Kommt doch einfach zur Hintertür, dann ist die Gefahr geringer, dass euch Gabriella entdeckt. Und bis ihr dort seid, habe ich unsere beiden sprechenden Störenfriede ausbruchssicher verwahrt.« Damit legte sie auf und flitzte die Treppe nach oben in den Trainingsraum.

Nora Johnson tat sich anfangs sogar noch schwerer mit den beiden Malmag als Alfred, und das lag nicht etwa daran, dass sie sonst nie welche zu Gesicht bekam. Ganz im Gegenteil, die meiste Zeit ihres Lebens war sie offenbar umringt von Malmag. Aber die hatten alle – so, wie es sich gehörte – auch tatsächlich keinerlei Ahnung davon, dass Magie existierte.

Seit die Zahl der bunten Magierinnen und Magier stetig schrumpfte und sich der klägliche Rest von ihnen über den gesamten Erdball verteilt hatte, spielte Nora den Menschen um sich herum also ständig etwas vor. Das Lügen, Verheimlichen und Verschleiern war ihr Alltag geworden. Und nun stand sie auf einmal zwei Malmag gegenüber, die Bescheid wussten. Zwei Malmag, denen sie vertrauen sollte.

Marie konnte förmlich spüren, wie sehr die bunte Magierin mit der Situation zu kämpfen hatte. Kaum eine Sekunde ließ sie Philip und Felix aus den Augen, und ihre Finger verschränkte sie so fest ineinander, dass ihre Knöchel weiß hervortraten. Doch als Marie erneut fragte, aus welchem Grund sie eigentlich hergekommen war, begann sie endlich zu erzählen.

»Eingebung, schätze ich«, sagte sie und unterdrückte ein Gähnen. In den letzten zwanzig Stunden hatte Nora wohl nicht eine einzige Minute geschlafen, dafür auf dem Weg von Kanada hierher aber zwei Flugzeuge bestiegen, einen Zug und drei Taxis. Kein Wunder also, dass sie müde war. »Ihr habt irgendwas mit Kurts Adressbuch angestellt, und das hat mich …«

»Kurt?«, fiel Marie ihr ins Wort. »Wer zum Geier ist Kurt?«

»Oh, mein Fehler. Er hat ja inzwischen einen anderen Namen angenommen, so wie wir alle.« Noch einmal musterte die bunte Magierin Philip und Felix mit Argusaugen, fast so, als rechnete sie damit, dass einer von beiden jeden Moment aufspringen und sich auf sie stürzen könnte. Doch schließlich richtete sie ihren Blick zurück auf Marie.

»Ich kenne deinen Vater schon sehr lange, musst du wissen. Über mehr als einhundert Jahre unserer Freundschaft hieß er allerdings Kurt Lovolus.«

»Mehr als einhundert Jahre …« Felix blies ächzend seine Backen auf. »Wie alt ist er denn genau?«

»Das solltest du ihn lieber selbst fragen«, entgegnete Marie, während sie über den Namen nachdachte, den Nora eben genannt hatte. Kurt Lovolus. Irgendwo hatte sie den doch schon mal …

»*Die Geschichte der Magie*!«, fiel es ihr gleich darauf wieder ein, und sie schnappte überrascht nach Luft. »Luuk – äh, Kurt hat *Die Geschichte der Magie* geschrieben! Luuk Vorlost ist dieselbe Person wie Kurt Lovolus!« Völlig überwältigt von dieser Neuigkeit wandte sie sich an Alfred. »Und du wusstest es die ganze Zeit über.«

Der Butler nickte bedächtig. »Natürlich.«

»Warum hast du nichts gesagt?«

»Weil er mich darum gebeten hat«, gab Alfred schulterzuckend zurück. »Und weil Namen vergänglich sind. Luuk Vorlost ist nicht der erste andere Name, den er trägt, und es wird sehr wahrscheinlich auch nicht der letzte sein. Allein schon deshalb, weil Magierinnen und Magier viel älter werden als Malmag.« Mit dem Daumen deutete er auf Philip. »Irgendwann würde einem schlauen Kerlchen wie ihm hier auffallen, dass Kurt von nebenan ja schon zu Großmutters Zeiten dort gelebt hat.«

Ein Grinsen erschien auf Philips Gesicht, und einen Moment lang glaubte Marie sogar, einen Hauch von Rot auf seinen Wangen erkennen zu können. Doch dann weiteten sich Philips Augen plötzlich. »Das ist ein Anagramm! Kurt Lovolus, Luuk Vorlost – Luuk hat einfach alle Buchstaben seines Namens genommen und anders zusammengesetzt. Warum ist mir das nicht früher aufgefallen?«

»Ja, warum ist dir das nicht früher aufgefallen?«, feixte Marie, und selbst Nora konnte sich ein Lachen nicht verkneifen.

»Du hast vollkommen recht, es *ist* ein Anagramm«, stimmte die bunte Magierin zu. »Aber nennt ihn ruhig weiterhin Luuk, zu eurer eigenen Sicherheit. Abgesehen davon scheint ihm das Leben als Luuk ja auch ganz gut zu bekommen.« Erneut schaute sie von Felix zu Philip und schließlich weiter zu Marie. »Ich habe noch nie so viele Leute auf einmal in seinem Wohnzimmer gesehen.«

»Du tust ja geradezu so, als ob das etwas Gutes wäre!«, ereiferte sich Alfred. »Jede weitere Person in diesem Haus bedeutet zusätzliche Probleme bei den Schutzzaubern und vor allem mehr Gefahr für Luuk. Was mich zu der Frage zurückbringt, wie du erfahren hast, dass wir Hilfe brauchen.«

»Wie gesagt, ihr habt irgendetwas mit dem Adressbuch angestellt.« Ein weiteres Gähnen schlüpfte über Noras Lippen, und Marie hätte ihr am liebsten auf der Stelle ein Bett angeboten. Doch mit jeder Minute, die verstrich, rückte der

Moment näher, in dem Luuk seine Kräfte verlieren könnte – oder sogar Schlimmeres.

»Normalerweise nutzen wir das Buch zur Kommunikation untereinander«, fuhr die bunte Magierin auch gleich darauf fort. »Aber gestern hat es auf einmal völlig verrückt gespielt. Es sind ständig leere Nachrichten angekommen oder lauter unzusammenhängende Wortfetzen.«

Marie grinste verlegen bei der Erinnerung daran, was sie mit dem Adressbuch alles angestellt hatte, um ihm sein Geheimnis zu entlocken. »Tja, das war dann wohl ich.«

»Inzwischen ist mir das auch klar geworden.« Nora lachte leise. »Im ersten Moment war ich mir allerdings sicher, dass es ein Hilferuf von Kurt – von *Luuk* ist. Immerhin hatte er sich vorher über eine Woche lang überhaupt nicht gemeldet, und nicht mal unser Massikor hat ihn finden können. Also habe ich …«

»*Euer* Massikor?« Entgeistert starrte Marie die bunte Magierin an. »*Ihr* habt dieses unheimliche Schnüffelvieh geschickt?!«

»Forrest ist doch nicht unheimlich!«, entgegnete Nora. »Er sieht vielleicht ein bisschen gewöhnungsbedürftig aus, ja. Aber er ist das sanftmütigste Wesen, das man sich überhaupt vorstellen kann. Und sein Geruchssinn ist absolut einzigartig. Wer auch immer …« Sie stockte, als wäre ihr gerade in diesem Moment etwas aufgefallen. Dann verengte sie ihre Augen zu winzigen Schlitzen. »Sag bloß, *du* hast den Blumentopf nach ihm geworfen?«

»Redet sie da etwa von *meinem* Blumentopf? Du wolltest damit jemanden treffen?«, schaltete sich nun auch noch Felix ein, und Marie stöhnte auf.

»Schon gut, Leute, eine Runde Entschuldigungen für alle. Bedient euch!« Sie machte eine Geste, als würde sie Zettel verteilen und einen davon über ihre Schulter nach hinten fliegen lassen. »Die letzte war für Forrest, weil ich ihn unheimlich genannt und einen Blumentopf nach ihm geworfen habe.«

»Du kannst dich gerne persönlich bei ihm entschuldigen, wenn er nachher zusammen mit unserem Freund Harry hier auftaucht«, erwiderte Nora, während sie auf die Uhr an ihrem Handgelenk sah. »Die beiden sollten bald da sein. Laetitia landet morgen mit dem ersten Flieger.«

»Morgen erst«, murmelte Alfred, der eine ganze Weile bloß schweigend zugehört hatte. »Das wird knapp. Dann bleibt euch ja nur noch ein Tag, um etwas zu unternehmen.« Auf Noras verwunderten Blick hin fügte er hinzu: »Laut meinen Berechnungen steht ein Geistermond kurz bevor, und nur an diesen Tagen …«

»Ich weiß, ich weiß«, unterbrach ihn die bunte Magierin. »Luuk hat es uns erzählt. Mit all den unangenehmen Einzelheiten.« Einen Moment lang starrte sie gedankenversunken vor sich hin, ehe sie die Schultern straffte und sich an einem zuversichtlichen Lächeln versuchte. »Gut. Nutzen wir die Zeit wenigstens sinnvoll. Am besten, ihr erzählt mir alles von Anfang an. Jedes Detail könnte von Nutzen sein, auch« – sie wandte sich an Felix und Philip – »eure Beobachtungen. Ich muss alles wissen.«

»Oh, kann ich mitmachen?«, ertönte auf einmal Keks' samtig weich rollende Stimme vom Durchgang zum Flur, und wie auf Kommando wandten sich alle Köpfe in seine Richtung. »Ich bin gut im Beobachten.«

»Wieso ist da eine sprechende Katze in eurem Haus?«, fragte Nora und verfolgte mit einem Stirnrunzeln, wie Philip sein Shirt über Mund und Nase zog. Aber scheinbar hatte er nicht schnell genug reagiert, denn bereits im nächsten Moment wurde er von einem heftigen Niesanfall durchgeschüttelt.

»HATSCHZ! Hast du nicht was von – HATSCHZ! – ausbruchssicher gesagt?«, fuhr er Marie an, ehe er zum nächstgelegenen Fenster hetzte, es aufriss und sich hektisch frische Luft zufächelte.

Ein reumütiges Grinsen schlich sich auf Maries Lippen. »Ähm, ja. Hat wohl nicht so gut geklappt«, murmelte sie. Dann wandte sie sich an Nora. »Und das mit der Katze, das war auch ich.«

Gut eine Stunde und vier große Heftseiten voll mit Notizen, Zeichnungen und Zahlen später hatte Nora endlich all die Informationen beisammen, die ihrer Meinung nach wichtig waren, um Luuks Entführung aufzuklären. Jetzt las sie sich gerade all diese vollgeschriebenen Zettel noch einmal schweigend durch, während der Rest von ihnen anderen Beschäftigungen nachging.

Alfred hatte sich in die Küche verzogen, um dort eine weitere Kanne Kaffee zu kochen und damit seine angespannten

Nerven zu beruhigen. Felix telefonierte im Flur mit einem wichtigen Kunden, und Philip blickte nachdenklich durch den Spalt des gekippten Fensters nach draußen auf die Straße. Weil Marie nicht wusste, was sie sonst machen sollte, ging sie zu ihm hinüber und stieß ihn behutsam mit der Schulter an.

»Hey. Tut mir leid wegen der Katze«, sagte sie, doch Philip winkte bloß kopfschüttelnd ab, ohne sie anzuschauen. Also probierte sie es erneut. »Bist du sauer deswegen?«

»Ach, Quatsch!«, entgegnete Philip nun. »Mich lässt nur diese Sache mit dem Transporter nicht los, den Keks vor eurem Haus gesehen hat. Vielleicht sollten wir ihm mal ein paar Bilder zeigen. Wenn wir Glück haben, erkennt er die Fahrzeugmarke wieder.«

»Okay, aber das übernehme ich lieber allein«, entschied Marie. »Ich hab nämlich immer noch keine Lust, deinem Kopf beim Anschwellen zuzuschauen.«

»Du lieber Himmel, anschwellende Köpfe können wir jetzt wirklich nicht gebrauchen«, murmelte Nora, die ihnen offenbar zugehört hatte. »Halte dich einfach von der Katze fern, Junge. Sobald ich eine freie Minute habe, kann ich versuchen, den Zauber rückgängig zu machen. Dann darf das kleine Kerlchen zurück zu seiner Besitzerin.«

»Super«, brummte Philip. »Ich hätte da sogar noch einen Kandidaten, den du dir anschauen könntest.«

»Eins nach dem anderen.« Noch immer tief über ihre Aufzeichnungen gebeugt, deutete die bunte Magierin auf Marie. »Das mit den Bildern verschiedener Fahrzeugmarken ist übrigens eine gute Idee. Mach das, ich versuche währenddessen herauszufinden, wo und wann diese Holzscheibe verzaubert wurde, die Luuk von Felix geschenkt bekommen hat.« Ein paarmal blätterte sie noch weiter, ehe sie plötzlich stöhnend ihren Kopf in den Nacken legte. »Verdammt, irgendwie werde ich das Gefühl nicht los, wir übersehen etwas. Irgendeine Verbindung zwischen all diesen Dingen, ein winziges Puzzleteil.«

O ja. Marie wusste genau, was Nora meinte. Dasselbe Gefühl nagte auch an ihr, und inzwischen wurde es mit jeder Minute stärker. Nur wie sollten sie dieses fehlende Puzzleteil jemals finden, wenn bisher alle Fäden an unterschiedlichen Stellen ins Leere zu laufen schienen?

Mit einem Seufzen holte sie ihr Handy und wollte sich gerade auf die Suche nach Keks machen, als Felix im Durchgang zum Flur auftauchte. Offenbar hatte er sein Telefonat beendet, und jetzt schien er nicht so richtig zu wissen, was er mit sich anfangen sollte.

»Überleg doch noch mal, ob auch wirklich niemand dieses Holzplättchen gesehen haben könnte«, schlug Marie vor, um ihn eine Weile zu beschäftigen.

Doch Felix schüttelte sofort entschieden den Kopf. »Da muss ich nicht mehr überlegen«, sagte er. »Ich bin jede einzelne Sekunde mindestens ein Dutzend Mal in Gedanken durchgegangen – nichts. Die Scheibe war immer bei mir, bis ich sie Luuk gegeben habe.« Er lehnte sich gegen den Türrahmen, schloss die Augen und begann, seine Nasenwurzel mit kreisenden Bewegungen zu massieren. »Das ist auch noch gar nicht so lange her, vielleicht zwei oder drei Wochen. An dem Tag haben wir zusammen Mittagspause gemacht und …«

»Amélie«, fiel ihm Philip ins Wort, und Felix öffnete seine Augen wieder.

»Richtig, wir waren bei Amélie«, sagte er. »Woher weißt du das?«

»Ich fürchte, er wollte etwas anderes damit ausdrücken«, wisperte Alfred, der sich in diesem Moment direkt neben Nora materialisierte. »Wir bekommen Besuch.«

»Ja. Amélie.« Philip deutete zum Fensterspalt hinaus. »Da draußen auf der Straße. Und wie es scheint – jepp, sie kommt aufs Haus zu.«

»Oh, Mist!« Mit einem Satz war Marie zurück beim Fenster und stöhnte innerlich auf, als sie die Bäckerin entdeckte. Mit einem entschuldigenden Lächeln auf den Lippen drehte sie sich zu Felix um. »Wahrscheinlich macht sie sich Sorgen, weil wir bei dir im Transporter mitgefahren sind.«

»Unsinn. Wieso sollte sie sich deswegen Sorgen machen?«, entgegnete er. »Ich bin seit zwei Jahren Kunde bei ihr, sie kennt mich.«

»Jaaa, das schon. Aber, ähm … na ja, es könnte sein, dass sie … ähm.« Marie stockte kurz. Dann nahm sie all ihren Mut zusammen und sagte: »Seit kurzem glaubt sie, dass du irgendwie seltsam bist und was zu verbergen hast.«

»Bitte was?!« Felix stieß sich vom Türrahmen ab und schielte aus sicherer Entfernung durchs Fenster nach draußen. »Wie kommt sie auf so eine Idee?«

»Lass mich raten«, ging Nora dazwischen. »Dafür bist auch du verantwortlich, Marie Sophie Justine de la Borne.«

Empört fuchtelte Marie mit den Händen durch die Luft. »Ich dachte, Felix hätte Luuk entführt!«, maulte sie. »Weil Alfred es die ganze Zeit behauptet hat. Kurz darauf erzählt mir Amélie auf einmal, dass Felix sich seit ein paar Tagen extrem verdächtig verhält, und du« – sie wandte sich an Felix selbst – »stellst mir plötzlich eine komische Frage nach der anderen! Was hätte ich da bitte tun sollen?«

»Nicht auch noch Öl ins Feuer gießen«, brummte Nora und erhob sich von ihrem Stuhl. »Aber gut, sehen wir einfach zu, dass wir sie schnell wieder loswerden. Du« – sie zeigte auf Philip – »atmest zu einem anderen Fenster hinaus. Los. Und der Rest von euch verhält sich ruhig. Wenn wir …«

Der Türgong hallte durchs Haus und brachte alles in Marie zum Schwingen, während sie sich eilig in die Hocke sinken ließ.

»Rührt euch nicht!«, zischte Nora.

Die Sekunden verstrichen, niemand bewegte sich. Doch irgendwann ertönte der Gong ein zweites Mal, gefolgt von Amélies Stimme. »Marie, Liebes?«, rief sie. »Ist alles in Ordnung? Ich habe Felix Flemmings Transporter vor der Tür stehen sehen und dachte mir, ich schaue kurz vorbei.«

Nora presste ihren Zeigefinger auf die Lippen, als Felix gepeinigt aufstöhnte. *Ruhe!*, flüsterte sie lautlos, und Felix ballte widerstrebend die Hände zu Fäusten.

Marie ahnte, wie schwer es ihm fallen musste, nicht auf der Stelle zur Tür zu rennen und zu erklären, dass alles bloß ein Missverständnis gewesen war. Immerhin wartete Amélie da draußen, *ihre Amélie*! Sie einfach so dort stehen zu lassen, fühlte sich falsch an. So falsch, dass Maries Herz sich mit jedem Schlag ein Stückchen weiter schmerzhaft zusammenzog.

Schließlich betätigte die Bäckerin den Gong noch ein drittes Mal und klopfte dabei mehrmals kräftig gegen die Tür.

»Luuk! Marie! Ich bin es, Amélie Delamour!« Ein flehender Unterton färbte Amélies Worte hell. »Bitte, ich mache mir wirklich Sorgen. Könnt ihr nicht …?«

Blitzschnell sprang Marie auf die Beine und huschte vom Wohnzimmer hinaus in den Flur. Natürlich war Alfred der Erste, der sie einholte. Er erschien mitten im Gang, beide Hände warnend erhoben und mit einem entschlossenen Ausdruck im Gesicht. Aber Marie schoss an ihm vorbei, als wäre er bloß eine störende Pappfigur, die ihr im Weg stand.

»Warte!« Das war Philip. »Ma… HATSCHZ! Marie, HALT! Die Holzscheibe beim Mittagessen …«

Der Rest ging in Maries hektischem Keuchen unter. Sie hatte die Tür erreicht und griff nach der Klinke.

»Und der Transporter, Marie! Ma… HATSCHZ! *Nicht* aufmachen! Katzen können kein Rot sehen!«

Zu spät. Mit einem Ruck riss Marie die Tür auf – und da stand sie. Amélie.

Einen Wimpernschlag lang spiegelte sich Überraschung in ihren Augen, doch im nächsten Moment legte sie ihre Hand auf die Tür und drückte sie mühelos weiter auf. »Danke, Liebes. Das wurde ja auch Zeit.«

14. Gift

Es dauerte ein paar Sekunden, bis sich Marie an den Anblick gewöhnt hatte, der sich ihr bot: Zum allerersten Mal überhaupt stand sie Amélie Delamour gerade außerhalb der *Gaumenfreuden* gegenüber. Hier draußen wirkte die Bäckerin irgendwie größer und eindrucksvoller, nicht so schwerfällig und stämmig wie im Café. Vielleicht lag es daran, dass sie zur Abwechslung mal keine Schürze trug, sondern ein schwarz-weiß gemustertes Oberteil und eine dunkle Hose. Außerdem hatte sie ihre Haare zu einem strengen Pferdeschwanz nach hinten gebunden.

Aber das Auffälligste waren ihre Augen. Anstatt in einem warmen Braunton wie sonst immer glommen sie nun eher grün.

Giftgrün, schoss es Marie schlagartig durch den Kopf, und sie schob den Gedanken bestürzt beiseite. Wahnsinn, wenn das so weiterging, würde sie bald an jeder Straßenecke Gefahr lauern sehen! Offenbar hatte sie sogar schon Philip angesteckt, anders konnte sie sich seine Worte von vorhin nicht erklären.

»Wo ist er?«, fragte Amélie jetzt, und Marie setzte ein möglichst überzeugendes Lächeln auf. Mehr als zwei, drei beruhigende Sätze sollte es hoffentlich nicht brauchen, um die Bäckerin wieder loszuwerden.

»Luuk? Oh, der ist oben und …«

»Ich spreche von Felix Flemming, Kindchen.« Amélie tätschelte flüchtig Maries Wange, ehe sie ihre Hand über Maries Schulter zu ihrem Oberarm gleiten ließ – und schmerzhaft zupackte. »Ruf ihn.«

»Hey, vorsichtig! Du tust mir weh.«

»Ist das so? Stell dir vor, ich werde dir gleich noch mehr weh tun, wenn du ihn nicht dazu bringst, aus seinem Versteck zu kommen.«

Ein Zittern durchfuhr Maries Körper, und ihr Herzschlag beschleunigte sich. Was hatte Amélie da gerade gesagt? Das musste ein böser Traum sein, ein Versehen, eine Verwechslung – *irgendetwas*! Amélie würde sie nie und nimmer tatsächlich so behandeln! *Niemals*!

Mit schockgeweiteten Augen schaute Marie die Bäckerin von unten herauf an und hoffte, dass sie das Missverständnis aufklären würde. Doch den Gefallen tat ihr Amélie nicht.

»Nun mach schon, Kleines«, murrte sie stattdessen und verstärkte ihren Griff. »Lass mich nicht noch länger warten, ja? Auch meine Geduld hat …«

Ein leises Quietschen ertönte, als die Tür zum Wohnzimmer geöffnet wurde, und kurz darauf streckte Felix seinen Kopf auf den Flur heraus. Marie wollte ihn zurückschicken, ihm irgendein Zeichen geben, dass sie keine Ahnung hatte, was hier gerade vor sich ging. Aber alles, was sie hervorbrachte, war ein wortloses Krächzen.

»Amélie«, sagte Felix betont überrascht. »Du siehst … *anders* aus. Kann ich dir irgendwie helfen?«

»Das kannst du, ja. Ich möchte dir gern etwas zeigen. Hast du eine Minute für mich?«

Felix' Blick rutschte zu Amélies Hand hinunter, die noch immer fest um Maries Oberarm gekrallt war. Er presste die Lippen aufeinander, bis sie ganz schmal wurden.

»Sicher«, sagte er schließlich und machte einen Schritt auf den Flur hinaus. Hinter ihm drang gedämpftes Getuschel aus dem Wohnzimmer. »Am besten lässt du Marie einfach los« – ein weiterer Schritt – »und wir sprechen draußen auf der Straße weiter. Was immer es ist, wir finden eine Lösung. Gemeinsam.«

Amélies Finger zuckten. Sie lachte.

»Ach, Felix«, säuselte sie. »Du hast mir schon genug geholfen.« Im nächsten Moment spannte sich ihr gesamter Körper an.

»Nicht!«, brüllte Marie, aber es war zu spät. Sie wurde bereits von Amélie zur Seite geschleudert, und das Nächste, was sie spürte, war die Ecke der Flurkommode in ihrem Magen. Röchelnd brach Marie zusammen. Sternchen tanzten vor ihren Augen, gleißendes Kribbeln schoss ihre Wirbelsäule hinauf, Brauseblasen zerplatzten überall in ihrem Körper. Und dann dieser Geruch … nach verbranntem Holz.

Atmen, befahl sich Marie. *Atmen.*

Als sie nach einer gefühlten Ewigkeit endlich wieder normal Luft bekam und sich auf die Seite wälzte, stand Amélie noch immer auf der Türschwelle. Nur führte sie jetzt mit ihren Armen seltsam fließende Bewegungen aus. Es schien, als würde sie an etwas ziehen oder etwas durch ihre Hände gleiten lassen. Als würde sie … würde sie …

Magie wirken.

Die Erkenntnis traf Marie wie ein weiterer, noch viel härterer Schlag in die Magengrube: Amélie Delamour war eine Magierin! Und ganz offensichtlich eine, die den Menschen in diesem Haus nicht gerade wohlgesinnt war. Ganz im Gegenteil. Als Felix drohend einen Schritt auf sie zuging, packte Amélie die Magie mit beiden Händen, und der Schreiner sank entkräftet gegen die Wand.

»Was machst du … mit mir?«, brachte er keuchend hervor.

Sie nutzt dich als Medium, dachte Marie, weil Sprechen nicht funktionierte. Verdammt noch mal *gar nichts* funktionierte außer Daliegen und Zuschauen, während die Frau, der sie bis vor wenigen Minuten ohne zu zögern ihr Leben anvertraut hätte, ein weiteres Mal amüsiert auflachte.

»Ich sorge dafür, dass ihr kleinen Ameisen mir nicht entkommt«, knurrte Amélie, dann streckte sie ihre Hand aus – und zerfetzte mit einer einzigen ruckartigen Drehung ihres Handgelenks die hölzerne Treppe, die in den ersten Stock hinaufführte.

Ächzend ging Felix daraufhin in die Knie, aber Marie konnte es kaum erkennen. Ein Schleier aus Tränen verwischte ihre Sicht.

Das hier – das alles – war ihre Schuld. Wenn sie Amélie nicht die Tür geöffnet hätte …

»Hey, Lady Sinnlose-Zerstörung!«, schallte Noras Stimme plötzlich von irgendwoher durch den prasselnden Splitterregen. »Warum legst du dich nicht lieber mit jemandem in deiner Größenordnung an?« Kurz darauf erschien die bunte Magierin am Ende des Ganges, beide Hände zu Fäusten geballt. Ihre schwarzen Haare flatterten in einem unsichtbaren Wirbel aus Magie.

»Na endlich! Bunte Magierin zwei von zwölf!«, jubelte Amélie. »So langsam leert sich meine Liste. Und dich« – sie warf Marie einen abschätzigen Blick zu – »nehme ich am besten auch gleich mit.«

»Dafür müsstest du uns erst mal kriegen!« Mit großen Schritten stapfte Nora auf Amélie zu und pfefferte ihr dabei alle möglichen Dinge um die Ohren. Sie nutzte die Magie, um Bilder von der Wand zu reißen, Stühle nach Amélie zu werfen und sogar die Kommode, gegen die Marie gekracht war. Und als es nichts mehr zu werfen gab, erzeugte Nora starke Luftstöße, um die Bäckerin Zentimeter um Zentimeter zurückzudrängen.

Beinahe zur selben Zeit materialisierte sich Alfred hinter der geöffneten Tür. Zunächst konnte Marie dort nur ein paar graue Flecken im Schatten aufblitzen sehen. Doch mit jeder Sekunde breiteten sich diese Flecken aus, bis sie schließlich zu einer massiven Wand verschmolzen, die die Tür immer weiter zudrückte.

Frustriert schrie Amélie auf, und auch Marie verstand allmählich, was der Butler und Nora da versuchten: Sie wollten Amélie aussperren. Denn sobald die Tür geschlossen war, würden Alfreds Schutzzauber wieder wirken und dafür sorgen, dass die weiße Magierin kein zweites Mal hereinkommen konnte.

Marie musste ihnen helfen!

Endlich gelang es ihr, Bewegung in ihren Körper zu bringen, und sie kämpfte sich mühsam auf die Knie nach oben. Das war ihre Chance, ihren Fehler wiedergutzumachen und Alfred die Möglichkeit zu geben, seine Aufgabe zu erfüllen. Mit grenzenloser Anstrengung zog Marie sich an der Wand hoch. Dann brachte sie ein herumliegendes Stück Holz von der Treppe zum Schweben, schleuderte es in Amélies Richtung – und traf.

Die weiße Magierin tobte vor Wut. Unermüdlich wehrte sie Noras Angriffe ab und versuchte zugleich, die Tür offen zu halten. Doch mit jeder Sekunde schien sie an Kraft zu verlieren, weil auch Felix immer schwächer wurde. Inzwischen war er kreidebleich im Gesicht und kauerte auf allen vieren. Sehr viel länger würde Amélie mit seiner Hilfe nicht Magie wirken können, und dann …

Eine Bewegung in Maries Augenwinkel erregte ihre Aufmerksamkeit, und unwillkürlich ließ sie ihren Blick in den ersten Stock hinaufwandern. Keks. Am Kopf der zerstörten Treppe saß Keks und beobachtete vollkommen reglos, was hier unten geschah. Direkt neben ihm stand Willi, der goldene Zwerg.

»Verschwindet!«, schnauzte Marie die beiden an, während sie mit Hilfe der Magie ein noch größeres Stück Holz anhob.

Nora feuerte unterdessen immer mehr kräftige Luftstöße in Amélies Richtung und Alfred wuchs als Wand weiter an.

Nur Keks und Willi regten sich nicht.

»Keks, zieht Leine!«, befahl Marie – erfolglos.

Weder der Kater noch der Gold-Opa reagierten. Sie blieben einfach, wo sie waren, und guckten zu.

Zögernd wandte sich Marie ab – und starrte direkt in Amélies Augen. Grün, sie waren tatsächlich grün. Und sie trieften vor Gift.

Ein verschlagenes Grinsen erschien auf dem Gesicht der weißen Magierin, als sie langsam den Kopf drehte und den Kater ins Visier nahm.

»Neun Leben«, sagte sie, und Maries Herz schrumpfte zusammen.

Doch bevor sie irgendetwas unternehmen konnte, hatte Amélie ihre Arme ausgebreitet und hob sie gleich darauf ruckartig nach oben, als würde sie die Magie förmlich durch Felix und Keks hindurchreißen. Wortlos sackten die beiden in sich zusammen.

Felix … Keks …

Ein Schrei ertönte, als die weiße Magierin nun all ihre Kraft nutzte, um Nora so oft und so heftig gegen die Wand zu schleudern, bis sie ebenfalls reglos liegen blieb. Ein zweiter Schrei folgte, als die Tür aufflog und die Wand dahinter geradezu mühelos zu Staub zermalmte.

Nora … Alfred …

Schluchzend stürzte Marie vorwärts, um in ihrer Verzweiflung *irgendetwas* zu unternehmen. Sie durften nicht verlieren, nicht *so*! Doch Amélie wischte sie mit einem beiläufigen Kopfnicken zur Seite. Wie eine Feder, ein gewichtsloses Staubkorn segelte Marie durch den Raum und landete inmitten der Trümmer, die einmal eine Treppe gewesen waren. Ihre Welt erzitterte, und sie begann zu bröckeln, als die weiße Magierin sich ein letztes Mal an Felix wandte.

»Zu schade, dass ich dich gehen lassen muss«, sagte sie mit einem furchterregenden Blitzen in ihren Giftaugen. »Aber jetzt wird es wirklich Zeit, dass ich mich verabschiede.« Amélie hob die Hand und machte eine Geste, als würde sie etwas wegschnippen, das vor ihr in der Luft schwebte. Es krachte.

Finsternis senkte sich über Marie, eine tiefe Finsternis, die nur von etwas Rotem durchbrochen wurde. Ein roter Transporter mit schwarzem Schriftzug hinter Amélie, draußen auf der Straße.

… Transporter …

… Katzen können kein Rot sehen …

… die Holzscheibe beim Mittagessen …

… Mittagessen in Amélies Café …

Amélie. Von Anfang an immer Amélie.

Und schon wieder überall dieses gleißende Kribbeln. Die Brauseblasen. Verbranntes Holz.

Dann ein allerletzter Gedanke.

Philip …

Als Marie erwachte, war undurchdringliche Dunkelheit das Erste, was sie wahrnahm. Dunkelheit und der Geruch von fauligem Moder.

Reglos blieb sie liegen. Sie wartete darauf, dass Bilder in ihr aufsteigen und Erinnerungen mit sich bringen würden. Erinnerungen an das, was passiert war, wer sie hierhergebracht hatte. Und als ihr Gedächtnis schließlich all dieses Wissen preisgab, krampfte sich Maries Körper schmerzhaft zusammen. Kälte bohrte sich wie ein Stachel tief in ihr Herz.

Amélie war eine weiße Magierin. Noch dazu eine, die offenbar gelernt hatte, die Schutzvorrichtungen der Malmag zu umgehen, um ihnen mehr Kraft zu entziehen. Allein der Gedanke an Felix, der zusammengesunken auf dem Boden lag und sich nicht bewegte …

Ein Geräusch ganz in der Nähe ließ Marie herumfahren. Da atmete jemand, und irgendwo ganz weit hinten drang Licht durch einen winzigen Spalt in den Raum herein. Ob das Licht von der Sonne stammte oder von einer Lampe, konnte Marie nicht sagen, und warum der Strahl immer weitergeleitet wurde – von einer Wand zur nächsten und wieder zurück –, erst recht nicht.

»Hallo?«, flüsterte sie, und gleich darauf etwas lauter: »Ist da jemand?«

Im nächsten Moment wurde das Atmen schneller, das Rascheln von Kleidung kam dazu und dann … eine Stimme.

»Marie! Oh, Gott sei Dank, endlich bist du wach! Ich habe mir solche Sorgen gemacht.« Das war Luuk. Nicht zu fassen, DAS WAR TATSÄCHLICH LUUK! »Hat sie dir weh getan?«, fragte er. »Bist du verletzt?«

Ruckartig richtete Marie sich auf – und knallte mit der Stirn gegen etwas Hartes, Kaltes. Sternchen explodierten in der Dunkelheit vor ihren Augen, zerfielen in glitzernde Schauer, wie die Sparkles es immer taten.

»Aua«, ächzte Marie und ließ sich zurück auf den Rücken sinken. Sie hob ihre Hand, um die schmerzende Stelle zu befühlen, und zuckte zurück, als sie sie gefunden hatte. Das würde eine hässliche Beule werden, so viel stand fest. »Ich fürchte, *jetzt* bin ich verletzt«, murmelte sie.

»Wieso? Was … was ist passiert?«

»Nichts Schlimmes, ich bin nur irgendwo dagegen gestoßen.« Um Luuk nicht in Panik zu versetzen, verkniff sich Marie jeden weiteren Schmerzenslaut. Stattdessen klammerte sie sich an all die kleinen Geräusche, die ihr Vater verursachte. Himmel, wie sehr sie ihn vermisst hatte – und wie gut es tat, ihn endlich wieder in ihrer Nähe zu wissen!

»Du musst vorsichtig sein, wenn du dich bewegst«, sagte Luuk nun. »Die Einrichtung in den Zellen besteht komplett aus Metall.«

»In den Zellen?«, echote Marie und streckte ihre Finger nach oben hin aus, bis sie auf die glatte, metallische Fläche trafen, an der sie sich gestoßen hatte. »Wo sind wir hier? Und wieso klingst du so weit weg?«

»Ich bin in der Zelle gegenüber von deiner, und das Gebäude ist ein altes Gefängnis, denke ich. Oder irgendeine verlassene Ruine mit meterdicken Mauern. Das würde zumindest den Geruch erklären und warum es auch tagsüber so kühl ist.«

»Verstehe.« Ganz behutsam fuhr Marie mit den Fingern die metallene Fläche entlang, bis sie das Ende gefunden hatte. Dort krallte sie sich fest und zog sich Stück für Stück darunter hervor. »Und weshalb ist es so dunkel?«

»Falls es hier irgendwann einmal Fenster gegeben hat, sind sie wie der Rest des Raumes mit Spiegelfliesen verkleidet worden. Mit doppelseitigen Spiegelfliesen, genauer gesagt, damit wir keine Magie wirken können.«

»Na, klasse«, murmelte Marie, während sie sich behutsam aufsetzte. »Verspiegelte Zellen – die Idee hat sie bestimmt aus einem Horrorfilm geklaut.«

»Ich bin jedenfalls nicht traurig, dass Amélie das Licht wieder ausmacht, sobald sie verschwindet.« Ein paar Sekunden lang schwieg Luuk, ehe er hinzufügte: »Geht es dir gut?«

Marie zögerte. Gut? Nein, wenn sie ehrlich war, ging es ihr überhaupt nicht gut. Sie hatte nicht nur zugelassen, dass diese falsche Schlange namens Amélie ihr Zuhause hatte verwüsten können. Sie hatte diesem … diesem *Biest* auch noch ihre eigenen und Luuks Freunde auf dem Silbertablett serviert. Wenn einem von ihnen ernsthaft was passiert war …

»Marie«, sagte Luuk, als hätte er ihre Gedanken erraten. »Nichts hiervon ist deine Schuld. Ich hoffe, das weißt du.«

»Natürlich ist es meine Schuld!«, brauste Marie auf. »Philip hat mich gewarnt, er hat es gewusst! Ich hätte auf ihn hören und Amélie nicht die Tür öffnen sollen, aber ich hab es getan! Und jetzt besteht die Hälfte unseres Hauses aus Trümmern, und Alfred und die anderen sind verletzt oder sogar noch Schlimmeres …« Tränen rollten über ihre Wangen, und ein Schluchzen kämpfte sich ihre Kehle herauf, als die Bilder ein weiteres Mal vor ihrem inneren Auge aufstiegen.

»So ein Unsinn! Du hast ihr vertraut, genau wie ich auch. Andernfalls wäre ich nie so leichtsinnig gewesen, das Haus für sie zu verlassen«, erwiderte Luuk. »Wenn also jemand die Schuld daran trägt, dann bin ich das. Weil es mir all die Jahre nicht aufgefallen ist. Weil ich dachte, ein anderer Name würde mich länger schützen.«

Wieder kehrte für ein paar Atemzüge Stille ein, bis Marie ihrer Stimme weit genug traute, um zu fragen: »Warum hast du mir nie etwas erzählt über diese neue Art der weißen Magie?«

Ein freudloses Lachen platzte daraufhin über Luuks Lippen. »Ich war der festen Überzeugung, dass du zu jung bist, um dich damit auseinanderzusetzen, und dass wir noch genügend Zeit hätten, um das nachzuholen.« Er räusperte sich leise. »Ich wollte dich beschützen, Marie – *uns alle.* Stattdessen habe ich dich und Alfred völlig ahnungslos zurückgelassen. Das war töricht von mir, so töricht. Es tut mir unendlich leid.«

»Du hast uns doch nicht absichtlich in Gefahr gebracht«, wisperte Marie.

»Du die anderen aber auch nicht, oder?«

Nein. Marie schüttelte den Kopf, obwohl sie wusste, dass Luuk es in der Finsternis nicht sehen konnte. Eine Weile versuchte sie, den wirren Knoten aus Selbstvorwürfen und Zweifeln in ihrem Hirn zu lösen, bis Luuk irgendwann fragte: »Wer ist eigentlich Philip?«

Mit einem leichten Grinsen auf den Lippen drehte sich Marie in die Richtung, in der sie Luuks Zelle vermutete. »Ernsthaft?«, hakte sie nach. »Das interessiert dich gerade am meisten?«

»Na ja, ich bin dein Vater«, entgegnete Luuk. »Wäre doch komisch, wenn ich mich nicht dafür interessieren würde.«

»Alles klar«, gab Marie prustend zurück. »Im Moment würde ich trotzdem lieber darüber reden, wie wir hier rauskommen.«

Luuk schnaubte, aber bevor er etwas sagen konnte, wurde auf einmal eine Tür irgendwo rechts von Marie aufgerissen, und schmerzhaft helles Licht strömte in den Raum. Die unzähligen Spiegelfliesen reflektierten die Strahlen so oft und warfen sie kreuz und quer durcheinander, dass Marie ihre Lider schließen musste, um nicht geblendet zu werden.

»Schätzchen, dein Vater ist einer der mächtigsten bunten Magier weltweit und hat es bisher nicht hier raus geschafft«, drang Amélies Stimme zu ihnen nach hinten. »Also finde dich lieber damit ab, dass es dem Rest von euch genauso ergehen wird.«

Marie versuchte angestrengt, ihre Augen wieder zu öffnen. Doch nach der langen Zeit in absoluter Dunkelheit hätte sogar schon der Blick in eine winzige Taschenlampe weh getan. Verfluchter Mist, Amélie hatte ihr Gefängnis wirklich schlau gewählt!

Die Tür fiel ins Schloss, Finsternis senkte sich erneut über den Raum und wurde gleich darauf ein zweites Mal zurückgedrängt. Diesmal allerdings von einer einzelnen Glühbirne, die ganz weit hinten im Gang hing. An diese Lichtquelle gewöhnten sich Maries Augen um einiges schneller.

Hastig richtete sie sich auf, als das Klackern von Absätzen näher kam. Sie schaute zu Luuk hinüber – und dort war er, etwa vier Meter von ihr entfernt. Zwei Gitter trennten sie voneinander, eins auf ihrer Seite des Ganges, eins auf seiner. Aber das hätte Marie in diesem Moment nicht weniger stören können. Luuk war da, und es schien ihm verhältnismäßig gut zu gehen.

»Hi«, flüsterte Marie zu ihm hinüber.

»Hi«, flüsterte er im selben Tonfall zurück.

»Ich unterbreche eure tragische Familienzusammenführung ja nur äußerst ungern«, sagte Amélie und baute sich breitbeinig zwischen ihnen auf. »Aber ich habe einen Vorschlag.«

Marie konnte nicht anders, sie fletschte die Zähne beim Anblick der Frau, die ihr jahrelang vorgelogen hatte, sie wäre eine von den Guten. Eine von den *Besten*!

»Wie wäre es, wenn du dich auf der Stelle wieder verziehst und deinen Vorschlag mitnimmst?«, fauchte sie und streckte instinktiv ihre Finger nach der Magie aus – doch da war nichts. Nirgends. Nicht einmal ein Hauch des Gefühls von Vanilleeis mit heißen Himbeeren, frischer Waldmeister-Limonade und gebackenen Bananen. Und schon gar kein Hauch von warmem Sommerregen abends am Meer.

Nichts.

»Oooh«, sagte Amélie und schob mitleidig ihre Unterlippe nach vorne. »Hat dir Luuk etwa nicht erzählt, dass du hier drinnen keine Magie wirken kannst?« Sie deutete erst auf den Boden, dann auf die Seitenwände und zeigte schließlich zur Decke hinauf. »Überall Spiegel, mein Schatz. Sobald du nach dem Magiestrom greifen willst, wird er reflektiert. Das heißt, er erreicht dich nicht, egal aus welcher Richtung er kommt.«

Entsetzt probierte Marie ein zweites Mal, die Magie zu erspüren, ein drittes Mal, ein viertes – ohne Erfolg. Da war absolut *nichts*.

»Warum tust du das?«, flüsterte Marie. »Was willst du von uns?«

»Ich habe es deinem Vater zwar schon erklärt«, entgegnete Amélie, »aber gut, da warst du ja noch hinter Felix Flemming her.«

Bei diesen Worten versteifte sich Luuk in seiner Zelle, und Marie hob kopfschüttelnd beide Hände.

»Keine Sorge, ich hab ihm nichts getan!«

»Nein, du nicht, Schätzchen.« Mit einem Angst einflößenden Haifischgrinsen auf den Lippen kam die weiße Magierin auf Marie zu. »Ich allerdings schon. Und ich könnte dich hier rauslassen, damit du dich um ihn kümmern kannst. Um sie alle: Felix, Alfred, deinen kleinen Freund

Philip …« Nur wenige Schritte von Maries Zelle entfernt blieb sie stehen, und ihr Grinsen wurde sogar noch eine Spur breiter, ehe sie blitzschnell herumwirbelte und zu Luuk hinüberging.

»Alles, was ich dafür von dir verlange, sind die Adressen der anderen bunten Magierinnen und Magier«, fuhr sie an Maries Vater gewandt fort. »Und zwar ein bisschen zügig. Wenn du sie mir gibst, lasse ich das Balg frei. Wenn nicht, werde ich ihr genau wie dir und Nora die Kraft nehmen.«

Nora war ebenfalls hier? Ein Blick auf Luuk verriet Marie, dass Amélie die Wahrheit gesagt hatte, und ihr Herz schrumpfte im Nu zusammen. Hektisch stürzte sie zu den Gitterstäben nach vorne, um in die anderen Zellen hineinschauen zu können. Doch sie konnte Nora nirgends entdecken.

»Sie liegt in der Zelle neben dir«, sagte Amélie, ohne sich umzudrehen. »Noch ist sie ohnmächtig, und wie es aussieht, wird sich das auch nicht so schnell ändern.«

O bitte nicht, bitte nicht, bitte nicht …

»Also?«, fragte Amélie, die sich nun mit verschränkten Armen an das Gitter von Luuks Nachbarzelle lehnte, die Fingernägel ihrer rechten Hand anhauchte und sie anschließend am Stoff ihres Oberteils polierte. »Wir haben nicht mehr viel Zeit, Luuk Vorlost. Ich will eine Antwort.«

»Nein«, entschied Marie, bevor Luuk überhaupt den Mund öffnen konnte. Sie kannte diesen unentschlossenen Ausdruck auf seinem Gesicht, wusste, dass er kurz davor war, nachzugeben. Aber das würde Marie nicht zulassen. Es *musste* eine andere Möglichkeit geben, als noch mehr Leute in Gefahr zu bringen.

»Nein?«, wiederholte Amélie betont überrascht. »Bist du sicher?«

»Soll ich es dir buchstabieren?«, fauchte Marie. »Du kannst mir auch eine Packung Mehl bringen, dann streue ich dir das Wort auf den Boden. Und den Rest kippe ich in dein verlogenes Gesicht!«

»Hm, das lassen wir lieber. Immerhin kenne ich mich mit Mehl um einiges besser aus als du«, erwiderte Amélie mit einem süffisanten Lächeln auf den Lippen. »Oder was meinst du, warum das Café jeden Tag so gut besucht war?«

Es dauerte einen Augenblick, bis Marie die Anspielung verstand. Und als der Groschen schließlich fiel, sog sie scharf die Luft ein.

»Du hast die Kuchen verzaubert?«, wisperte sie.

»Nicht bloß die Kuchen, Kleines. *Alle* Gebäckstücke, und jedes einzelne hatte seinen Zweck.« Amélie drehte lachend ihren Pferdeschwanz zwischen den Fingern. »Der Cupcake, den du gegessen hast, als Felix im Café war? Er enthielt einen Wahrheitszauber. Beinahe hätte ich dich so weit gehabt, dass du mir alles erzählst.«

»Ich … ich …«, stotterte Marie. »Was?«

»Ja, aufregend, nicht wahr? Womöglich hätte es nur noch einen Cupcake und ein paar Minuten mehr gebraucht, dann hätte ich dich sogar nach den Adressen der anderen bunten Magierinnen und Magier fragen können.«

Fassungslos schüttelte Marie den Kopf. Ein paar Minuten

mehr … Ja, sie konnte sich noch genau an das Gefühl erinnern, an den Drang, sich jemandem anzuvertrauen. Jetzt wusste sie den Grund dafür. Aber anstatt alles vor Amélie auszuplaudern, hatte sie stattdessen Philip die ganze Wahrheit um die Ohren gehauen, weil sie die Worte nicht mehr hatte zurückhalten können.

»Wie?«, hauchte sie. »Wie ist denn das möglich? Weiße Magie … Das … das hätte ich doch eigentlich bemerken müssen!«

»Sie testet seit vielen Jahrzehnten aus, wie weit sie gehen kann, ohne dass es jemand mitbekommt«, sagte Luuk, und mit einem Mal schien er um Jahre gealtert zu sein. »Es ist fast wie eine Sensibilisierung bei Allergikern. Man fängt mit einer winzigen Menge an, verabreicht diese regelmäßig und steigert sie mit der Zeit.«

»Und jetzt denk mal genau darüber nach, wie lange ihr zwei schon regelmäßig in mein Café kommt. Eine *Ewigkeit*!« Amélie seufzte zufrieden. »Letzten Dienstag hatte ich Luuk dann endlich so weit, dass er keinerlei Gedanken mehr an seine – an eure! – Sicherheit verschwendete, als ich ihn aus dem Haus gebeten habe. Es war ein Kinderspiel.«

Marie musste all ihre Kraft aufbringen, um nicht laut loszuschreien. Vor Wut. Vor Enttäuschung. Und vor Entsetzen, weil Amélie – die *echte* Amélie – so unfassbar skrupellos war. Trotzdem hielt sie die weiße Magierin auf, als sie sich erneut an Luuk wenden wollte.

»Lass es!«, rief sie. »Er wird dir nicht helfen. Nicht, nachdem du ihn all die Jahre nur belogen und betrogen hast!«

Amélie zuckte scheinbar gelangweilt mit den Schultern. »Also schön. Ich hoffe, dir ist bewusst, was das für dich bedeutet, kleines Vögelchen. Spätestens morgen war's das dann mit der Magie.« Sie stieß sich von den Gitterstäben ab und stöckelte zur Tür zurück, während ihre Worte in Maries Gedanken widerhallten und Luuk mit jedem ihrer Schritte ein kleines Stückchen schmaler, bleicher, schwächer wurde. Als er schließlich den Blick abwandte, um Amélie nachzuschauen, blieb Marie beinahe das Herz stehen.

»Bitte nicht, Luuk!«, sagte sie und hoffte, das Zögern in ihrer Stimme würde ihm nicht auffallen. »Wir haben noch bis morgen Nacht Zeit, um uns etwas einfallen zu lassen. Alfred hat ausgerechnet, dass der Geistermond erst …«

»Nun, ich denke, Alfred hat sich geirrt«, fiel Amélie ihr ins Wort, und kurz darauf erfüllte ihr Lachen den ganzen Raum. »Wahrscheinlich hat er übersehen, dass die Magieströme am Ende noch einmal schneller und stärker an Kraft zunehmen als in der gesamten Zeit zuvor. Und dass der Geistermond kein Vollmond sein muss.«

Das Licht der winzigen Glühbirne erstarb, der Raum wurde erneut in schmerzhaft helles Strahlen getaucht, als Amélie die Tür öffnete und »Ruft mich, wenn ihr es euch anders überlegt!« trällerte – dann kehrte die Dunkelheit zurück.

15. Fallende Steinchen

Diesmal fühlte sich die Finsternis drückender an, dichter, massiver. Als ob sie stetig näher kommen und immer mehr Platz einnehmen würde. Als ob sie lebendig wäre.

Aber das war natürlich nur Einbildung, das wusste Marie. Amélie war schuld daran. Amélie und ihr bitterböses Lachen – und das Wissen, dass Alfred sich verrechnet hatte. Ihnen lief die Zeit davon.

Marie zwang sich, ihren Atem ruhig fließen zu lassen und ihre rasenden Gedanken in langsamere Bahnen zu leiten. Sie gab ihren Augen Zeit, sich an das Schwarz zu gewöhnen. Und als ihr Blick schließlich an dem winzigen Spalt hängen blieb, durch den ein einzelner Lichtstrahl in den Raum drang, kam ihr eine Idee.

»Weiter hinten fehlt ein Stück Spiegel an der Wand«, sagte sie so leise, dass Luuk sich wahr-

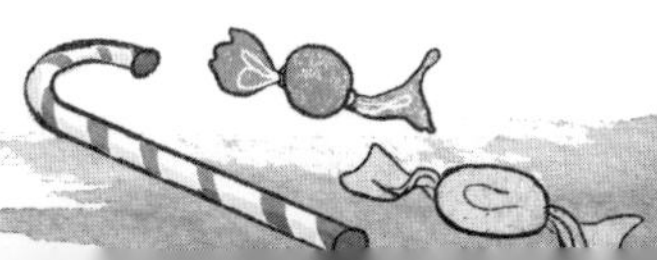

scheinlich schon anstrengen musste, um es zu hören. »Ich weiß nicht, ob du es sehen kannst, aber dort scheint Licht durch einen Riss in der Mauer oder so. Vielleicht kriege ich dort die Magie irgendwie zu fassen.«

Luuk antwortete nicht. Aber Marie streckte dennoch ihre Hand aus und konzentrierte sich darauf, zu tasten, zu fühlen. Es musste einfach einen Weg geben, um Amélie aufzuhalten. Um zu verhindern, dass sie noch mehr Menschen Leid zufügen und die bunte Magie zerstören konnte.

DA! War da nicht gerade etwas gewesen? Ein Kribbeln? Nein, wieder nichts. Frustriert schloss Marie die Augen und verdoppelte ihre Anstrengungen. Sie würde Amélie aufhalten, egal um welchen Preis. Und wenn Marie dafür …

»Marie«, sagte Luuk irgendwann. »Was hat Alfred dir eigentlich darüber erzählt, was passiert, wenn alle bunten Magierinnen und Magier verschwunden sind?«

Widerwillig öffnete Marie ihre Augen wieder. Das Licht, das nun durch den Riss strömte, hatte sich verändert, war wärmer geworden und schwächer. Irritiert runzelte Marie die Stirn. Wie lange hatte sie denn jetzt schon erfolglos versucht, die Magie zu finden?

»Ähm, er sagte irgendwas darüber, dass sich die Fließrichtung des bunten Magiestroms wahrscheinlich umkehrt, wenn ihn niemand mehr abschöpft«, murmelte sie. »Weil sich übervolle Flüsse neue Wege suchen oder so. Und dass er sich dann dem weißen Strom angleichen wird.«

Vielleicht ist das hier schon der Anfang davon, schoss es ihr urplötzlich durch den Kopf. *Vielleicht finde ich den Strom deshalb nicht!*

»Hat er auch erwähnt, dass diese Geschichte von einem weißen Magier stammt?«, fragte Luuk, und Marie ließ langsam ihre Hände sinken. Eine Umkehr der Fließrichtung war ja schon keine besonders schöne Vorstellung. Allerdings begann das dumpfe Gefühl an ihr zu nagen, dass Luuks Version der Geschichte noch viel schlimmer sein würde.

»Der Strom kehrt sich nicht um«, fuhr er fort. »Ganz im Gegenteil, er nimmt immer weiter an Stärke zu, bis er irgendwann unkontrollierbar wird und in reinem Chaos endet. Wenn es erst einmal so weit ist …« Er stockte kurz. »Ich weiß nicht genau, was dann geschieht, ehrlich gesagt. Aber es wird kein gutes Ende nehmen. Für niemanden.«

»Wie kommst du darauf?«, fragte Marie krächzend, nachdem sie eine Weile auf Luuks Worten herumgekaut hatte.

»Weil es schon einmal passiert ist, etwa neunhundert nach Christus.« Schritte ertönten, und gleich darauf erklang das Geräusch, als würde Kleidung an einer Wand entlangstreifen. Offenbar hatte sich Luuk auf den Boden gesetzt.

Marie tat es ihm gleich, machte sich allerdings nicht die Mühe, erst den Weg zur Wand zu suchen.

»Ich beschäftige mich inzwischen seit Jahrzehnten mit der Geschichte der Maya – aus dem Grund habe ich übrigens auch damals die Lehrstelle als Kunsthistoriker hier angenommen«, redete Luuk schließlich weiter. »Die meisten Forscher sind der Meinung, dass die Maya-Kultur aufgrund von Dürren zugrunde gegangen ist.«

»Die Kalenderscheibe bei uns zu Hause, die stammt von den Maya«, unterbrach ihn Marie. »Richtig?«

»Richtig. Unter anderem mit Hilfe dieses Kalenders habe ich Beweise dafür gefunden, dass es nicht die Dürren allein waren, die dieses Volk ausgelöscht haben.« Wieder stockte Luuk kurz, ehe er mit ernster Stimme hinzufügte: »Der Strom der bunten Magie war zu dieser Zeit vollkommen außer Kontrolle und hat überall auf der Welt ganze Landstriche verwüstet. Wer weiß wie viele Menschen, Tiere und andere Lebewesen waren damals auf der Flucht.«

Auf der Flucht vor der Magie? Allein der Gedanke jagte Marie einen Schauer über den Rücken, so unvorstellbar war er.

»Und dann?«, hauchte sie.

»Dann … geschah ein Wunder«, sagte Luuk. »Ab etwa 910 nach Christus entspannte sich die Lage urplötzlich wieder. Für die Maya war es da allerdings schon zu spät.«

Mit zum Zerreißen gespannten Nerven drehte sich Marie zum Gitter und griff nach den Eisenstreben. »Was war das für ein Wunder?«, fragte sie, doch Luuks schweres Seufzen ließ nichts Gutes erahnen.

»So weit bin ich mit meinen Recherchen leider noch nicht gekommen«, gab er zu. »Schlimmstenfalls kann es noch Jahre dauern, bis ich passende Aufzeichnungen finde.«

»Super.« Ein trockenes Lachen schlüpfte über Maries Lippen. Enttäuscht lehnte sie ihren Kopf gegen die Gitterstäbe und fixierte den winzigen Riss im Mauerwerk, durch den mittlerweile kaum noch Licht hereindrang.

Wenn es dumm läuft, hast du keine Jahre mehr, dachte sie.

Aber weil sie diesen Gedanken möglichst schnell wieder loswerden wollte, fragte sie stattdessen: »Warum erzählst du mir dann ausgerechnet jetzt davon?«

»Weil wir – selbst wenn wir es schaffen, Amélie irgendwie aufzuhalten – sehr wahrscheinlich nicht mehr rechtzeitig das Problem mit dem Magiestrom lösen können«, erwiderte Luuk. »Amélie ist nicht die einzige weiße Magierin, die diesen Unsinn von der Umkehr der Fließrichtung glaubt und inzwischen auch bunten Magierinnen und Magiern die Kräfte entziehen kann, musst du wissen …«

Ein Steinchen brach irgendwo aus der Wand heraus, fiel zu Boden und rollte klackernd über die Spiegelfliesen, bis es schließlich liegen blieb. Stille breitete sich im Raum aus.

»Was war das?«, fragte Luuk, nachdem er wie Marie eine Weile mucksmäuschenstill abgewartet hatte, und gleich darauf fiel das nächste Steinchen. Dann noch eins.

Marie sprang auf die Füße. Sie schrammte sich das Knie an und schlug heftig mit dem Ellbogen gegen das Gitter, aber das störte sie nicht. Sie wusste, wo die fallenden Steinchen herkamen.

Nur wenige Minuten nach dem ersten Klackern war der Riss in der Wand so weit angewachsen, dass Marie dahinter sogar schon ein winziges Stückchen Himmel erahnen konnte. Die Sonne ging offenbar gerade unter und tauchte alles draußen in ein warmes orangefarbenes Licht.

Wer genau das Loch in der Mauer da Steinchen für Steinchen vergrößerte, wusste Marie zwar noch nicht, aber es war ihr auch egal. Selbst wenn es Rolf, der unheimliche Hausmeister aus dem Kinderheim damals, sein sollte, würde sie ihm vor Freude jubelnd um den Hals fallen, sobald sich die Gelegenheit dazu bot.

Aber es war nicht Rolf, der sich kurz darauf durch den kaum handbreiten Spalt zwängte und meterhoch über dem Boden baumelte. Es war nicht Rolf, der sich suchend umblickte und eine goldene Hand vom Gestein löste, um Marie zu winken, als er sie entdeckte.

Es war Willi.

Willi, der nun mit einem spitzen Schrei abrutschte und laut scheppernd auf den Fliesen landete.

Erschrocken sog Marie die Luft durch ihre Zähne – und gleich darauf noch einmal, als ein sehr verdächtiges Geräusch durch den Riss zu ihnen hereindrang. Ein abgehacktes, hektisches Schnüffeln, wie sie es schon einmal gehört hatte. Massikor, da draußen stand ein Massikor!

»Willi? Alles in Ordnung?« Und Philip Decker aus Hausnummer neun.

Marie schlug sich beide Hände vor den Mund, um ein aufgeregtes Kreischen zu unterdrücken. »Ruft mich«, hatte Amélie gesagt, bevor sie den Raum verlassen hatte. Das hieß, sie war sicherlich irgendwo in der Nähe und konnte hören, was hier drinnen passierte. Sie mussten leise sein!

»Willi!«, zischte Philip erneut, und endlich regte sich der Zwerg in der Dunkelheit.

»Ja, Mann! Mach nich so ’nen Wind!«, knurrte er. »Sieh lieber zu, dass du uns hier rausholst. Voll die unheimliche

Bude, ey.« Er räusperte sich, dann folgte das Trippeln von Füßen, und im nächsten Moment erschien der kleine goldene Kerl direkt vor Maries Zelle. Ein breites Grinsen lag auf seinen Lippen, und mittlerweile drang genügend Licht durch den Spalt herein, dass Marie es deutlich erkennen konnte. »Hey, Weißgoldlöckchen, was geht?«

Auf der anderen Seite des Ganges schnappte Luuk so laut nach Luft, dass Willi herumwirbelte und wie ein fünf Zentimeter hoher Karatekämpfer wild mit den Händen fuchtelte. Doch als er den bunten Magier erblickte, hielt er sofort wieder inne.

»Oh, du bist der Typ von den Bildern«, sagte er. »Wie sieht'n die Sache aus, sind wir cool miteinander?«

Marie konnte nicht anders, sie musste lachen. Lachen, weil Willi einfach einzigartig war, weil Luuk so überrascht guckte und weil Philip nun weiter den Riss in der Wand bearbeitete, um ihn zu vergrößern. Inzwischen hatte er fast den Umfang eines Kinderkopfes.

»Ja, ich denke, wir sind tatsächlich … *cool miteinander*«, erwiderte Luuk stockend, ehe er sich in die Hocke sinken ließ und Willi fragte: »Wer ist alles mit dir hier?«

»Philip«, gab der goldene Zwerg zurück. »Und so'n Ding, das aussieht wie 'ne Mischung aus Albtraum und Horrorfilm. Is aber total nett, ey, ich durfte sogar drauf reiten. Ach« – Willi hob einen Zeigefinger – »und noch der Typ, dem das Albtraumviech gehört.«

»Harry«, flüsterte Luuk. »Das sind großartige Neuigkeiten! Geh und sag ihm, wir brauchen …«

Er hielt inne, als das Geräusch eines Schlüssels ertönte, der ins Schloss gesteckt wurde. Seine Augen weiteten sich.

Amélie.

»Entschuldige, ich muss mir das kurz ausleihen«, sagte Luuk, und im nächsten Moment zog er alle Magie, die durch Maries missglückten Zauber vor ein paar Tagen in Willi gelandet war, aus dem kleinen goldenen Körper heraus. Mit einem hellen Klappern kippte der Zwerg auf die Spiegelfliese und blieb reglos liegen.

Marie blinzelte verstört, während Luuk einen Teil der Magie nutzte, um erst seine und danach Maries Zelle zu öffnen, und mit dem Rest des Zaubers die Tür am Ende des Ganges blockierte. »Raus aus der Zelle!«, befahl er, und Marie gehorchte wie ferngesteuert. Sie bückte sich, um Willi aufzuheben, kickte ihn aber stattdessen aus Versehen weiter von sich weg. Irgendwann kam er erneut zum Stillstand, starr, stumm.

»Nach hinten zum Riss!«, rief Luuk nun. »Wir brauchen mehr Magie! Schick mir so viel, wie du kannst!«

Wieder befolgte Marie den Befehl, ohne darüber nachzudenken. Sie lief, stolperte über ihre eigenen Füße, als sie Nora in der Zelle neben ihrer entdeckte, und dann fiel sie. Nur eine Sekunde später krachte die Tür am Ende des Ganges gegen die Wand.

»Von all den furchtbaren Entscheidungen, die du in deinem langen Leben getroffen hast, Luuk Vorlost, war das bei weitem die schlechteste!«, donnerte Amélie.

Marie blickte zur Tür. Die weiße Magierin hatte den

Raum betreten, und sie war nicht allein. Vor sich her schob sie einen bleichen, zitternden Mann, der Marie zwar nicht bekannt vorkam, Luuk aber offensichtlich schon.

»Harry«, wisperte er.

»Harry Bond!«, stimmte Amélie lachend zu. »Mein Gott, wie lange ich nach ihm gesucht habe. Und jetzt kommt er freiwillig zu mir! Was für ein unverschämtes Glück.« Sie drehte sich leicht zur Seite, so dass man das Messer sehen konnte, das sie dem bunten Magier an den Rücken hielt. »Überlegt euch euren nächsten Schachzug gut, sonst wird Harry dafür bezahlen.«

Ein ersticktes Keuchen hinter ihr ließ Marie herumfahren, und gerade noch so konnte sie erkennen, wie Philip vom Riss in der Wand ruckartig weggezerrt wurde. Seine Finger krallten sich an den Steinen fest, rutschten ab, er fluchte – und dann war er verschwunden.

Langsam, ganz langsam drehte Marie sich wieder zu Amélie um.

»Ach, und der kleine Decker natürlich auch«, fügte die weiße Magierin mit einem Grinsen hinzu, das alles in Marie zu Eis gefrieren ließ. »Eine falsche Bewegung, und ich lasse ihn vom höchsten Turm hier werfen.«

Sogar Luuk schien zu ahnen, dass sie nun nichts mehr gegen Amélie ausrichten konnten, denn er ließ – wenn auch widerstrebend – seine Hände sinken. Der Zauber, der Willi zum Leben erweckt, die Zellen geöffnet und zumindest eine Zeitlang die Tür zu diesem Raum verschlossen gehalten hatte, schwebte ungenutzt über dem Boden. Er war schwächer geworden, hatte einen Großteil seiner Energie abgegeben in den letzten Minuten. Und doch spürte Marie ihn mit jeder Faser ihres Körpers. Fast so intensiv, als wäre er sichtbar. Das Vanilleeis, die Limonade, der Regen – alles, wonach sie vorhin so verzweifelt gesucht hatte, war wieder da.

Marie folgte dem Zauber in Gedanken, während er gemächlich durch den Raum waberte.

»Zurück in eure Zellen. Alle beide!«, befahl Amélie, und Luuk bewegte sich, ohne zu zögern. Dabei wirbelte er den Zauber durcheinander, trieb ihn an, bis er sich drehte. Als hätte man einen Kreisel losgelassen.

Marie blieb, wo sie war. Selbst wenn sie gewollt hätte, wäre es ihr nicht gelungen, aufzustehen. Erst recht nicht, als die Tür erneut geöffnet wurde und zwei weitere Personen im Raum erschienen: Ein breitschultriger Mann mit langen Haaren, den sie noch nie gesehen hatte – und Philip.

»Ah, Philip Decker. Vielleicht kannst du mir ja helfen, deine kleine störrische Freundin auf Trab zu bringen«, zischte Amélie. Dann trat sie Harry so heftig in die Kniekehlen, dass er stöhnend zu Boden ging, und vergrub im nächsten Moment ihre Finger in Philips Haar. Mit einem Ruck zerrte sie ihn zu sich heran, während ihr Gehilfe sich drohend hinter Harry aufbaute.

Ein Wimmern kroch Maries Kehle herauf, als sie in Philips schmerzerfülltes Gesicht blickte. Die ganze Zeit hatte sie sich nur den Kopf darüber zerbrochen, wie es wohl sein würde, wenn er sich bald nicht mehr an sie erinnern konnte. Wie sehr er ihr schon nach diesen wenigen gemeinsamen

Tagen fehlen würde. Aber jetzt wünschte sie sich, sie hätten einander nie kennengelernt. Marie wünschte sich, der Zauber, der nun ungenutzt durch den Raum schwebte, hätte Willi nie getroffen.

»Steh schon auf, du kleine Kröte!«, fuhr Amélie sie an. »Oder wartest du lieber, bis ich Onkel Harry und Klein-Philip noch mehr weh getan habe?« Ein weiteres Mal riss die weiße Magierin an Philips Haaren, bis er gequält aufschrie, und Marie schloss die Augen.

Es musste doch einen Weg geben, wie …

Da. Überrascht kniff sie ihre Lider fester zusammen. Da … da war noch etwas, das sie genauso spüren konnte wie Willis Zauber, fast so, als wäre es sichtbar. Vanilleeis, Limonade, Regen … und ein gleißendes Kribbeln. Ganz ähnlich, und doch ganz anders. Langsam öffnete Marie ihre Augen wieder, dann stand sie auf und setzte vorsichtig einen Fuß vor den anderen, um diese Empfindung nicht zu vertreiben.

»Schneller.« Amélie wurde ungeduldig. Sie gab ihrem Gehilfen ein Zeichen, und sofort presste der Kerl seinen schweren Stiefel in Harrys Rücken, um ihn auf alle viere zu zwingen.

Jetzt konnte Marie es ganz deutlich fühlen. Nicht nur das gleißende Kribbeln in ihrer Wirbelsäule, auch die Brauseblasen im Rest ihres Körpers und …

»Ich sagte, du sollst in deine verdammte Zelle zurückgehen, du nerviges Balg!«, brüllte Amélie. Ihre Finger wanderten von Philips Haaren zu seinem Nacken, krallten sich in seine Haut.

… und den Geruch nach verbranntem Holz.

Woher kam das? Genau dasselbe hatte sie schon zu Hause wahrgenommen, als Amélie gegen Nora gekämpft hatte. War das etwa …? Konnte das allen Ernstes … weiße Magie sein?

Marie ließ ihren Blick durch den Raum gleiten, während sie auf ihre Zelle zuging. Sie suchte und hangelte sich an dem Gefühl entlang, bis sie endlich fündig wurde: Amélie trug einen Armreif. Einen verzauberten Armreif.

»Magieanker«, flüsterte Marie. Sie konnte ihn *spüren*. Und sie fragte sich, ob es wohl möglich war …

Instinktiv öffnete sie ihre rechte Hand. Willis Zauber war nun ganz nah. Zwei Schritte später streifte er Maries Haut, und sie packte zu. Eins.

»Marie!« Luuks warnende Stimme. »Bitte.«

Nein.

Die Finger ihrer anderen Hand streckte sie nach vorne.

Aus Amélies Sicht musste es so aussehen, als würde Marie nach der Gittertür ihrer Zelle greifen wollen. Doch so war es nicht. Sie suchte nach etwas anderem, tastete den Raum um den Armreif danach ab – und fand es. Ganz ähnlich wie Willis Zauber, aber nicht so süß und warm. Eher prickelnd und scharf.

Voller Erstaunen, Ehrfurcht und mit einer Prise Angst im Herzen schloss Marie ihre Hand um diese neue Energie. Zwei.

Amélies Arm, der mit dem Armreif, zuckte zur Seite. Die Bäckerin blickte daran hinunter, ungläubig, verwirrt. Dann schaute sie zurück zu Marie.

»Was glaubst du, was du da tust?«, fragte sie, und auch ihr Gehilfe schien mit einem Mal unsicher.

Marie lächelte. Magie, sie hielt Magie in beiden Händen. Einmal bunt, einmal weiß.

»Dich aufhalten«, sagte sie.

Und dann jagte sie alle Spiegelfliesen auf einmal in die Luft.

»Marie! Marie, schau mich an!«

Luuks Gesicht drang durch den Nebel vor Maries Augen, und sie blinzelte träge. Ihr Vater sah aus, als hätte er in Glitzer gebadet. Überall auf seiner Haut und in seinen Haaren hingen winzige reflektierende Splitter und verwandelten ihn in einen lebenden Edelstein.

»Was ist passiert?«, hauchte Marie, sobald sie sich in der Lage fühlte zu sprechen. Ihr Hals kratzte. Sie musste dringend etwas trinken.

»Du hast … uns das Leben gerettet«, sagte Luuk. Behutsam strich er mit dem Daumen über Maries Wange, einmal, zweimal und auch ein drittes Mal. Dann grinste er und fügte hinzu: »Uns allen. Du hast gezaubert, Marie.«

»Okay.« Sie blinzelte erneut. »Gern geschehen.«

Lachend drückte Luuk ihr daraufhin einen Kuss auf die Stirn, und am liebsten wäre Marie ewig so liegen geblieben. Sie hatte ihren Vater zurück, endlich! Doch als Luuk »Erinnerst du dich wieder?« fragte, brachte der Unterton in seiner Stimme Maries Herz zum Stolpern.

Sie schloss die Augen, dachte zurück – und mit einem

Mal waren die Bilder da. Die Gefühle, als sie ihre Finger erst um die bunte und anschließend um die weiße Magie geschlossen hatte. Um die weiße Magie!

Panisch schnappte Marie nach Luft.

»Ganz ruhig, es ist alles gut!« Luuk hielt sie an den Schultern fest, als sie sich ruckartig aufrichten wollte, und drückte sie zurück zu Boden. »Du hast das ausgezeichnet gemacht, Kleines, ich bin so stolz auf dich. Aber du brauchst jetzt Ruhe.« Er musterte sie von oben bis unten. »Hast du Schmerzen?«

Schmerzen? Marie schüttelte den Kopf. Nur die Erinnerungen, die das Wort mit sich brachte, taten weh. Erinnerungen an den spitzen Aufschrei und das angsterfüllte Gesicht eines Jungen.

»Philip«, flüsterte sie.

»Ihm geht es gut, keine Sorge«, versprach Luuk. »Er hilft Harry mit Nora.«

Erleichtert atmete Marie auf. »Und Amélie? Ist sie …?«

»Ich weiß nicht, wo sie ist. Wahrscheinlich schon über alle Berge mit ihrem Komplizen.« Luuks Lächeln wurde eine Spur schmaler, kälter. »Sobald die Spiegel weg waren, haben Harry und ich ihnen die bunte Magie nur so um die Ohren gehauen.«

»Gut, das ist … gut«, sagte Marie. »Trotzdem …«

»Wir werden sie finden, vertrau mir. Nur nicht mehr heute, in Ordnung?«

Marie nickte. Sie schob die Gedanken über Amélie beiseite, damit sie Platz für andere machen konnten. Allerdings waren die auch nicht viel besser. Mit einem Kloß im Hals erinnerte sie sich an den kleinen goldenen Zwerg, dessen Zauber sie genommen und …

»Was is'n jetzt, können wir endlich mal abhaun hier?«, drang plötzlich eine helle Stimme an ihr Ohr, und Marie erstarrte. Die Tonlage war anders, ein wenig tiefer. Aber der Dialekt war derselbe. Und noch während sie zu verarbeiten versuchte, was das bedeutete, zog Willi sich an ihren Haaren nach oben, bis er Marie direkt in die Augen gucken konnte. »He, Prinzessin! Wie lange willste denn noch pennen? Langsam wird's peinlich.«

Ein Lachen prickelte in Maries Kehle. »Ich bin wach«, flüsterte sie. »Danke der Nachfrage.«

»Ich wusste, dass ich es bereuen werde, dich wieder zum Leben erweckt zu haben«, brummte Luuk und pflückte den Gold-Opa von Maries Wange. Der kleine Kerl fluchte wie ein Wilder, doch Marie achtete nicht darauf, denn hinter Luuk tauchte nun noch jemand auf. Ein dunkelhaariger Junge, der die Augen seiner Mutter besaß.

Philip kam näher, die Hände in den Hosentaschen vergraben, und schaute mit ängstlich gerunzelter Stirn auf Marie herab.

»Hey, Marie Sophie Justine de la Borne aus Hausnummer 123«, sagte er. »Zurück unter den Lebenden?«

Marie grinste. »Ja. Ich dachte, ich schaue lieber mal nach, ob mit deinen Haaren alles in Ordnung ist.«

16. Vergessenszauber

Drei Tage später hockte Marie auf dem Fensterbrett im Wohnzimmer und starrte reglos zur anderen Straßenseite hinüber. Seit gut zwanzig Minuten saß Gabriella Eco dort auf dem Bänkchen neben ihrer Haustür, das Telefon zwischen Schulter und Ohr geklemmt, einen Stift in der Hand und einen gewaltigen Zettelberg neben sich. Bestimmt versuchte sie gerade zum x-ten Mal, die Polizei davon zu überzeugen, dass ihre heimtückische Cousine den »teuersten Kater des gesamten Landes« gestohlen hatte. Und dass der Kater nur deshalb nirgends auffindbar war, weil Clementina das Tier inzwischen über die Grenze ins Ausland geschleust haben musste. Dabei entsprach nichts davon auch nur annähernd der Wahrheit.

Wenn Gabriella wüsste, dass ihr geliebter Keks bloß wenige Meter von ihr entfernt auf einem

Sessel lag und sich von einem Gestaltwandler das Fell mit einem Handstaubsauger absaugen ließ ... Und wenn sie wüsste, dass Luuk Stunden über Stunden damit verbracht hatte, den Kater zu einer Rückkehr in sein ehemaliges Zuhause zu überreden ... Aber anstatt den Vorschlag anzunehmen, hatte Keks sich vehement geweigert und sogar damit gedroht, bei der nächsten Gelegenheit zu türmen. »Notfalls schwimme ich den Toilettenabfluss hinunter!«, hatte er geflucht und sich danach irgendwo verkrochen.

Marie musste immer noch grinsen beim Gedanken daran, wie empört er jeden angefaucht hatte, der ihm zu nahe gekommen war. Doch das Grinsen rutschte ihr von den Lippen, als plötzlich das Gartentürchen geöffnet wurde und Luuk mit versteinerter Miene hindurchtrat.

Scharf sog Marie die Luft zwischen ihren Zähnen hindurch. In den letzten Tagen hatte sie ihren Vater kaum zu Gesicht bekommen, deshalb fiel ihr jetzt umso stärker ins Auge, wie mitgenommen er eigentlich aussah. Kein Wunder, immerhin hatte er seine gesamte Zeit damit verbracht, sich um alle anderen zu kümmern – um alle außer Felix, genauer gesagt. Der war nämlich dank Philip und Harry längst im Krankenhaus gewesen, als der Kampf mit Amélie stattgefunden hatte.

Also hatte Luuk zunächst Marie und Alfred wieder auf die Beine gebracht, nur um direkt danach Nora so weit aufzupäppeln, dass sie wie Harry auch in ihr verstecktes Leben zurückkehren konnte. Anschließend hatte er die übrigen bunten Magierinnen und Magier vor Amélie und ihrem

Komplizen gewarnt. Er hatte den Zauberrat über die Machenschaften der weißen Magierin informiert und sofortiges Einschreiten verlangt – mehr als ein verwaschenes »Wir kümmern uns darum« hatte er bisher allerdings nicht als Antwort bekommen. Außerdem hatte er geholfen, das Haus zu reparieren, Gabriella daran gehindert, ihrer Cousine die Augen auszukratzen, und er hatte sich bei der Kunstakademie zurückgemeldet.

Wahrscheinlich hätte er noch zigtausend andere Aufgaben abgehakt, ehe er sich einen Moment für sich genommen hätte. Einen Moment mit Felix Flemming. Also hatte Marie ihn heute kurzerhand dazu gezwungen.

Und nun war er zurück.

Mit wild klopfendem Herzen sprang Marie vom Fensterbrett herunter und hetzte in den Flur hinaus, um ihren Vater zu begrüßen.

»Wie geht es ihm?«, fragte sie, sobald Luuk die Haustür hinter sich zugezogen und den Rest der Welt damit ausgeschlossen hatte. »Ist er bei Bewusstsein? Wie schwer ist er verletzt? Kann er bald wieder …?«

»Marie«, unterbrach Alfred sie mit sanftem Tadel in der Stimme. Der Butler war ihr gefolgt und schob sie nun langsam, aber bestimmt ins Wohnzimmer zurück. »Lass ihm etwas Zeit, um sich zu sammeln.«

Noch mehr Zeit? Marie wartete doch schon seit einer halben Ewigkeit, immerhin hatte Luuk den gesamten Vormittag bei Felix Flemming im Krankenhaus verbracht! Es war das erste Mal seit seiner Entführung vor zehn Tagen, dass Luuk Felix zu Gesicht bekommen hatte. Aber seinem verschlossenen Gesichtsausdruck nach zu urteilen, schien es kein besonders angenehmer Besuch gewesen zu sein.

Augenblicklich spann sich Marie die schlimmsten Befürchtungen in ihrem Kopf zusammen. Was, wenn Felix niemals wieder der Alte werden würde? Was, wenn er nicht mehr mit Luuk zusammen sein wollte? Oder wenn Amélie ihn …?

»Hatten wir eigentlich schon Mittagessen?«, fragte Keks in diesem Moment von seinem Sessel aus, und Marie schoss ihm einen wutentbrannten Blick zu. Dieser Kater war wirklich das verfressenste Wesen, das ihr je untergekommen war! Und dreist noch dazu.

»Was ist? Man wird ja wohl mal fragen dürfen!«, brummte er und drehte Marie demonstrativ den Rücken zu.

»Wehe, ihr brecht jetzt einen Streit vom Zaun!«, knurrte Alfred, während er Marie zum Sofa führte. »Hab Geduld, Marie. Es wird sicherlich nicht lange dauern, bis Master Luuk bereit ist, mit dir zu sprechen.«

»Schon in Ordnung, mein Freund. Danke.« Luuk hatte das Wohnzimmer mittlerweile ebenfalls betreten und ließ sich nun ächzend neben Marie auf die Polster sinken.

Abwartend musterte sie ihn, ließ ihren Blick über sein kantiges, scharf geschnittenes Gesicht gleiten. Er war schmaler geworden, und sein sonst so selbstsicheres, gelassenes Auftreten schien wie weggeblasen. Stattdessen wirkte er müde, fahrig und nervös.

Als er auch nach mehreren Minuten noch nichts gesagt

hatte, räusperte sich Alfred leise. »Irgendwelche speziellen Wünsche zum Tee, Master Luuk? Ich könnte ein paar von den Calissons dazu servieren oder …«

»Nein, bloß kein französisches Gebäck, Alfred. Davon habe ich fürs Erste genug«, erwiderte Luuk entschieden und bedeutete dem Butler, sich ebenfalls hinzusetzen. »Ehrlich gesagt, brauche ich auch keinen Tee. Mir wäre es viel lieber, wenn du einfach hier bei uns bleibst und dich ein wenig mit uns unterhältst.«

Marie schluckte. Ihre bitterböse Vorahnung verstärkte sich bei diesen Worten noch weiter, und es fiel ihr zunehmend schwerer, einen klaren Gedanken zu fassen. Stand es etwa dermaßen schlecht um Felix, dass …?

»Nun schau nicht so«, sagte Luuk und tätschelte beruhigend ihre Hand. »Es geht ihm soweit gut.«

»Gut?«, echote Marie nach einem Moment der Fassungslosigkeit. »Wirklich? Das ist ja großartig!«

»Großartig, ganz recht.« Luuk bemühte sich, ein Lächeln auf seine Lippen zu zaubern, doch das dazugehörige Strahlen in seinen Augen blieb aus. »Körperlich hat er kaum Schaden davongetragen. Bis auf ein paar Prellungen, Schürfwunden und zwei angeknackste Rippen ist alles heil geblieben.«

»Aber?«, hakte Marie nach.

»Er … er erinnert sich an nichts. Weder daran, was passiert ist, noch wo es passiert ist oder warum.« Mit einem Seufzen nahm er seine Brille ab und rieb sich die Augen. »Auch nicht daran, wer ich bin.«

Oh. Betroffen verzog Marie das Gesicht, und auch Alfred konnte seine Bestürzung nicht verbergen. Obwohl Felix ein Malmag war, hatte der Butler sich in den letzten Tagen auffällig oft nach ihm erkundigt und Luuk ebenfalls dazu ermutigt, ihn zu besuchen. So oft, dass Marie sogar schon Witze darüber gerissen hatte, ob ihm seine Abneigung gegenüber nicht magischen Menschen wohl aus Versehen irgendwo abhandengekommen war.

»Möglicherweise ist der Gedächtnisverlust nur eine vorübergehende Nachwirkung«, schlug Alfred nun vor. »Etwas, das sich von allein wieder auflöst.«

»Das lässt sich noch nicht sagen«, entgegnete Luuk. »Bisher haben die Ärzte keinen Hinweis auf irgendwelche Hirnverletzungen gefunden, also …«

»… ist es wahrscheinlicher, dass Amélies Angriff der Grund dafür ist«, schlussfolgerte Marie.

Luuk brummte zustimmend. »Davon gehe ich aus, ja. Die Macht und die Boshaftigkeit dieser Frau sind – waren wirklich außergewöhnlich. Wenn ich darüber nachdenke, wie viel Zeit sie dafür aufgewendet hat, um ihren Plan in die Tat umzusetzen …«

O ja, der Gedanke daran hatte Marie auch schon viele schlaflose Stunden beschert. Mehr als fünf Jahre waren sie Stammgäste in Amélies *Gaumenfreuden* gewesen, beinahe genauso lange, wie das Café existierte. Und während sie sich mehrmals wöchentlich den Bauch mit verzauberten Gebäckstückchen vollgeschlagen hatten, war Amélie der Umsetzung ihres Vorhabens mit jedem Tag ein bisschen näher gekommen. Sie hatte geduldig die nette Bäckerin von nebenan gespielt, bis die Zeit zum Zuschlagen schließlich gekommen war.

»Gibt es denn immer noch keine Spur von ihr?«, wollte Alfred wissen, und der Unterton in seiner Stimme verriet, dass er die Antwort bereits kannte. Genau wie Marie.

»Nein.« Luuk schüttelte den Kopf. »Wir müssen abwarten.« Dann setzte er seine Brille wieder auf und fügte hinzu: »Im Grunde sind wir ja recht glimpflich davongekommen. Wer weiß, womöglich gibt sich die Sache mit dem Gedächtnisverlust tatsächlich von allein wieder. Aber falls nicht – und falls keine weiteren Nachwirkungen hinzukommen –, hat Amélie mir vermutlich sogar einen Gefallen getan. So bleibt es mir wenigstens erspart, Felix selbst einem Vergessenszauber unterziehen zu müssen.«

Vergessenszauber … Allein der Klang des Wortes brachte Maries Innerstes zum Erbeben. Und seine Bedeutung noch um einiges mehr.

»Wo wir gerade schon mal beim Thema sind«, sagte sie gedehnt und zwang ein Lächeln auf ihre Lippen. »Wir müssen …«

»… über Philip sprechen, ich weiß. Erstaunlicher junger Mann.« Luuk nickte anerkennend. Kurz darauf ließ er seinen Blick zum Sessel hinüberwandern, wo sich inzwischen Gold-Opa Willi neben Keks auf das Polster gezwängt hatte. »Er hat mich gebeten, den Zwerg nicht zurückzuverwandeln, weil er sich auf diese Weise für seine Hilfe an der Ruine bedanken will. Stattdessen soll ich so etwas wie eine

Kopie anfertigen, damit seine Großeltern beruhigt schlafen können, wenn ich das richtig verstanden habe.«

»Oh«, gab Marie überrascht zurück. Von diesem Entschluss hatte Philip ihr gar nichts erzählt. Und genauso wenig davon, dass er sich mit Luuk allein unterhalten hatte. »Wieso hat er mich denn nicht gefragt, ob ich das für ihn machen kann?«

»Ich schätze, er hatte Angst, dass du dabei aus Versehen wieder irgendetwas zum Leben erweckst«, feixte Luuk. »Oder dass die Sparkles ihn am Ende doch noch erwischen. Die Aktivität der Magieströme ist nach wie vor sehr hoch.«

»Schon klar«, brummte Marie. »Bisher hat ihn das aber nicht gejuckt.«

»Bisher hat er ja auch nicht gewusst, dass der bunte Magiestrom jederzeit außer Kontrolle geraten und ganze Landstriche verwüsten könnte, wenn noch mehr von uns verschwinden.« Luuk hielt kurz inne, ehe er Marie mit der Schulter anstieß und sagte: »Und dass du ein paar merkwürdige Kräfte besitzt.«

»Das klingt, als wäre ich krank«, nörgelte Marie, doch Luuk schüttelte entschieden den Kopf.

»Ganz und gar nicht. Es ist nur so: Nach allem, was wir über die Magie wissen, dürfte es gar nicht möglich sein, beide Ströme zu kontrollieren. Du bist ein Wunder, Marie.«

»Ein sturköpfiges und überraschend erfindungsreiches Wunder«, korrigierte Alfred. »Eins, auf das wir nun noch viel mehr achtgeben müssen als vorher.«

»Allerdings.« Ein amüsiertes Lachen perlte über Luuks

Lippen, und Marie spürte, wie ihr die Röte ins Gesicht schoss. Ein Wunder, hatten sie gesagt …

Noch immer verstand Marie nicht richtig, was vor drei Tagen in Amélies unheimlichem Spiegelkabinett eigentlich geschehen war. Wie sie auf die Idee gekommen war, ihre Hand nach der weißen Magie auszustrecken und zu versuchen, den Strom zu bändigen. Luuk hatte ihr im Nachhinein erzählt, dass er die weiße Magie zwar auch wahrnehmen konnte, jedoch bei weitem nicht so intensiv und zielgenau wie Marie. Außerdem hatte er mehr als zwei Jahrhunderte benötigt, um überhaupt so weit zu kommen.

»Mach dir übrigens nicht allzu viele Gedanken, was die weiße Magie angeht. Wir finden schon irgendwo einen Lehrer oder eine Lehrerin für dich«, sagte er nun mit sichtbarem Stolz in den Augen. »Bis dahin hilfst du uns einfach weiterhin, den bunten Magiestrom unter Kontrolle zu halten. Du hast in den letzten Tagen erstaunliche Fortschritte gemacht, darauf sollten wir …«

»Entschuldigung, wenn ich unterbreche, Master Luuk«, schaltete sich Alfred jetzt wieder ein. »Aber ich denke, ein wenig Ferien würden uns allen ganz guttun. Ach, und jemand, der sich etwas mehr Mühe mit der Reparatur unserer Treppe gibt.« Er deutete auf den Flur hinaus, wo Luuk vergangene Nacht versucht hatte, mit Hilfe der Magie eine halbwegs ansehnliche Treppe zusammenzuzimmern. »Die Stufen knarzen an den unmöglichsten Stellen.«

»Ja, ja, keine Sorge. Ich kümmere mich darum«, versprach Luuk. Doch ehe er noch etwas hinzufügen konnte, schallte auf einmal der laute Gong der Türglocke durchs Haus, und Marie erstarrte.

Zum ersten Mal seit dem Vorfall mit Amélie hatte jemand den Gong betätigt, und genau wie damals erwarteten sie eigentlich keinen Besuch. Oder?

Fragend blickte Marie zwischen Luuk und Alfred hin und her.

»Das ist der Junge«, sagte Alfred schließlich. »Philip Decker aus Hausnummer neun.«

»Ah, pünktlich wie ein Uhrwerk. Vorbildlich.« Luuk erhob sich vom Sofa, strich sein Hemd glatt – und hielt Marie zurück, als sie ebenfalls aufstehen wollte. »Darum kümmere ich mich«, murmelte er. »Glaub mir, es ist besser so.«

»Aber … aber …«, widersprach Marie – vergebens.

Luuk schüttelte bloß milde lächelnd den Kopf, dann drehte er sich um und verließ das Wohnzimmer. Er schloss sogar die Tür hinter sich, so dass sich Marie nicht einmal mehr von Philip verabschieden, geschweige denn einen letzten Blick auf ihn werfen konnte. Alles, was ihr blieb, war, den Stimmen der beiden zu lauschen, ihren behutsam gesetzten Schritten, als sie nach oben ins Büro gingen, und schließlich dem Zufallen der Tür.

Wie steifgefroren saß Marie auf dem Sofa und wartete. Dabei ließ sie die Erinnerungen an Philip Decker aus Hausnummer neun an sich vorbeiziehen wie einen Kinofilm. Sein ratloses Gesicht, als sie ihm das erste Mal draußen auf der Straße begegnet war. Seine Neugier und seine frechen Sprüche. Sein Kreischen in Felix Flemmings Garten und später seine Sorge wegen des Vergessenszaubers … Die ungewohnte Vertrautheit, die sich zwischen ihnen entwickelt hatte …

Marie wünschte sich so sehr, sie hätte ihm die Prozedur, die jetzt auf ihn zukam, irgendwie ersparen können – auch wenn er sich später natürlich nicht mehr daran erinnern würde. Sie allerdings schon. Für immer.

»Möchtest du, dass ich dich ablenke?«, fragte Alfred irgendwann, doch sie reagierte nicht darauf.

Stattdessen spürte sie in sich hinein und suchte nach dem Echo des Moments, in dem Philip sie vergaß. Marie war sich sicher gewesen, dass sie es merken würde, wenn es so weit war. Dass mit einem Mal irgendetwas fehlen würde. Aber offenbar hatte sie sich geirrt. Nichts veränderte sich. Nur die Traurigkeit baute sich in ihr auf wie eine Welle.

Nach einer gefühlten Ewigkeit ertönten Schritte oben im ersten Stock, dann knarzten die Stufen erneut, und kurz darauf drangen wieder leise gemurmelte Worte in den Raum. Und auf einmal – ein Klopfen.

Marie zuckte zusammen. Sie ließ ihren Blick zu Alfred schweifen, der sofort loseilte, um die Tür zu öffnen. Draußen stand Philip. Seine dunklen Locken standen wirr vom Kopf ab, und ein verwunderter Ausdruck lag auf seinem Gesicht. Schräg hinter ihm rieb sich Luuk abwartend übers Kinn.

»Wie sieht es hier aus?«, fragte er.

»Nichts«, erwiderte Philip, und Marie schluckte.

Sie rührte sich nicht, als Philip das Wohnzimmer betrat, sich suchend umschaute und schließlich mit zögernden

Schritten durch den Raum ging. Zu dem Sessel hinüber, auf dem Keks und Willi saßen. Ein sprechender Kater und ein lebendiger Goldzwerg, die sich gerade darüber stritten, wer mehr Platz beanspruchen durfte!

»Stopp!«, rief Marie und wollte Philip aufhalten. Doch ehe sie auch nur einen Finger rühren konnte, drehte sich der Decker-Junge mit einem Grinsen auf den Lippen zu ihr um.

»Entspann dich, Marie«, sagte er. Dann streckte er die Hand nach der schwarzen Katze aus und strich ihr sanft, ganz sanft übers Fell. Ohne Maske vorm Gesicht, ohne Niesen, ohne tränende Augen.

Keks beobachtete ihn argwöhnisch dabei, und auch Willi schien für einen Moment wie erstarrt. Aber Marie registrierte das alles nur am Rande. Ihre Gedanken kreisten um etwas anderes.

»Du … du weißt meinen Namen noch?«, hauchte sie.

»Deinen Namen und den gesamten Rest.« Philip nickte. »Ich bin derselbe wie vorher, offenbar nur ohne diese beknackte Allergie. Luuk meinte, es wäre ganz hilfreich, etwas dagegen zu unternehmen, wenn ich jetzt öfter hier bin.«

Öfter … hier?

Maries Blick zuckte von Philip zu Alfred und anschließend zu ihrem Vater hinüber. Hatte sie das gerade eben richtig gehört? Oder war bei dem Vergessenszauber vielleicht irgendetwas schiefgelaufen?

»Na ja«, sagte Luuk auf Maries stumme Frage hin, während er mit gemächlichen Schritten zu ihr herüberkam. »Wer weiß, wie lange Keks noch bleiben will. Und der Junge meinte, sein Kopf würde anschwellen, wenn er in die Nähe von Katzen kommt. Das war mir dann doch etwas zu …«

»Du hast ihn keinem Vergessenszauber unterzogen?«, flüsterte Marie atemlos. Kleine Bläschen aus Glück perlten in ihrem Magen nach oben, doch sie wollte ihnen noch nicht den Weg zu ihrem Herzen zeigen. Aus Angst, dass das hier ein Versehen war. Ein Fehler.

»Nein«, gab Luuk leise zurück. »Ich habe Philip nur das Versprechen abgenommen, über alles zu schweigen, was uns und die Magie betrifft. Sonst hole ich das mit dem Vergessenszauber nach.«

Jetzt kämpften sich die Blasen aus Glück weiter, zerplatzten eine nach der anderen, bis Marie kaum mehr sprechen konnte. »Aber … aber warum?«

Eine Weile schaute Luuk nachdenklich auf Marie herab.

»Er erinnert mich an dich«, sagte er schließlich. »Er ist mutig, hilfsbereit und sprüht nur so vor Einfallsreichtum.« Ein Lächeln zupfte an seinen Lippen. »Außerdem glaube ich, dass selbst ein Wunder manchmal ein wenig Unterstützung gebrauchen kann.«

Danksagung

Ganz besonderer Dank gilt wie immer meiner fantastischen Agentin, der dieses Buch auch gewidmet ist. Du bist der Pfad im Dschungel meiner wüsten Gedanken, und es ist so schön, dich an meiner Seite zu wissen.

Außerdem gilt ein großes Dankeschön meiner neuen Lektorin Charlotte. Christiane hatte wie immer den richtigen Riecher – du fühlst dich schon jetzt an wie Zuhause!

Dasselbe gilt für Tamara. Danke, dass du so unermüdlich mit mir am Text gearbeitet und mir genau den richtigen Input gegeben hast, um die Sparkles zum Leben zu erwecken.

Danke auch dem Rest des Fischer-Teams, allen voran Julia Röhlig, Stefanie Kisser und always wonderful Esther. Ihr wisst hoffentlich, wie großartig ihr seid!

Ebenso großartig sind meine beiden Kolleginnen Anna Benning und Dagmar Bach! Danke für euren Zuspruch und eure Begeisterung für Marie. Ihr habt mich durch einige Täler begleitet, das werde ich euch nicht vergessen!

Auf gar keinen Fall fehlen dürfen auch Annabelle von Sperber und Max Meinzold, die dem Buch eine so wundervolle, knallige Verpackung gezaubert haben. Ihr habt euch sicherlich der bunten Magie bedient – danke dafür!

Ein x-faches Hoch geht zudem an meine Kolleginnen Lilly Lucas und Kristina Moninger, die ich inzwischen glücklich zu meinen Freundinnen zählen darf. Danke, dass es euch gibt und ihr zu jeder Zeit für mich da seid!

Karla. Was soll ich sagen. Es vergeht kein Tag, an dem ich nicht dankbar bin dafür, dass du in mein Leben getreten bist. Für dich würde ich die Welt umrunden – barfuß.

Dicke Umarmungen und Küsse gehen raus an Anne, Barbara und Elke. Ich hab mir eine gute Hood ausgesucht.

Lisa? Eva? Thanks for making it THAT easy to come back.

Meiner gesamten wunderbaren Familie danke ich für ihre anhaltende Unterstützung. Ich liebe jede*n einzelne*n von euch so sehr, das könnt ihr euch nicht vorstellen.

Der allerdickste Dank geht diesmal allerdings an zwei junge Helden, die sich kopfüber in Maries Welt gestürzt und mir an vielen Stellen geholfen haben. Emil, Max, ich hoffe, ihr versteht, wie viel mir eure Begeisterung bedeutet.

Zu guter Letzt: Danke, liebe Leserinnen und Leser, dass ihr Marie, Philip und all den anderen schrägen Figuren eine Chance gegeben habt. Ich hoffe, ihr hattet so viel Spaß beim Lesen wie ich beim Schreiben!

EVERYBODY SPARKLE ON!